Christian Gude

MOSQUITO

Christian Gude

MOSQUITO

Kriminalroman

*Bibliografische Information
der Deutschen Bibliothek*
Die Deutsche Bibliothek verzeichnet diese
Publikation in der Deutschen Nationalbibliografie;
detaillierte bibliografische Daten sind im Internet
über http://dnb.ddb.de abrufbar.

Besuchen Sie uns im Internet:
www.gmeiner-verlag.de

© 2007 – Gmeiner-Verlag GmbH
Im Ehnried 5, 88605 Meßkirch
Telefon 0 75 75/20 95-0
info@gmeiner-verlag.de
Alle Rechte vorbehalten
2. Auflage 2007

Lektorat: Claudia Senghaas, Kirchardt
Umschlaggestaltung: U.O.R.G. Lutz Eberle, Stuttgart
Unter Verwendung eines Fotos von Peter C. Beck, Darmstadt.
Gesetzt aus der 10,5/14,4 Punkt GV Garamond
Druck: Fuldaer Verlagsanstalt, Fulda
Printed in Germany
ISBN 978-3-89977-712-3

Soweit im Nachwort nicht explizit erläutert sind alle Protagonisten dieses Romans frei erfunden, Ähnlichkeiten mit lebenden oder verstorbenen Personen zufällig. Die im Roman verwendeten Fachtermini und erklärungsbedürftigen lokalen Ausdrücke und Bezeichnungen sind in einem Glossar im Anhang erläutert.

Übersichtsplan

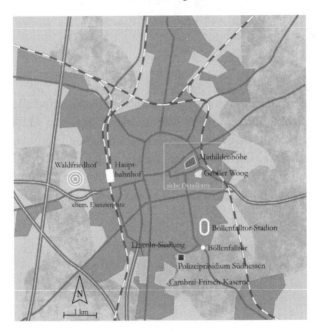

Der Große Woog im südhessischen Darmstadt ist heute ein Badesee am Ostrand der Innenstadt. Die Anlage des Gewässers zwischen 1560 und 1570 geht zurück auf Ludwig den Vierten, Landgraf von Hessen-Marburg, und seinen jüngeren Bruder Georg den Ersten, Landgraf von Hessen-Darmstadt.

Detailplan

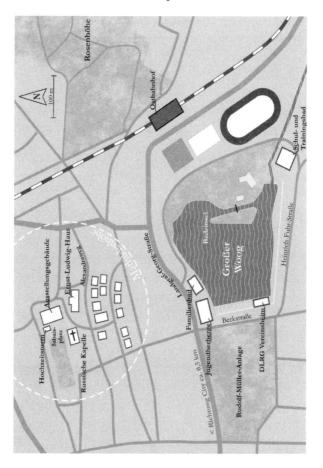

Prolog

Seit Jahren war er nicht mehr im Keller gewesen. Aufsteigende Feuchte hatte den Innenputz der Wände von der Fundamentplatte aufwärts gelöst, auf den Fugen des freigelegten Ziegelmauerwerks blühten mineralische Krusten. Die Luft war feucht und stockig, ein unangenehmer Geruch, der immer durch die offene Kellertür in den Wohnbereich gezogen war, wenn seine Mutter Vorräte heraufgeholt hatte. Jürgen Wolf dachte über den feinen Unterschied zwischen Ursache und Anlass von Ereignissen nach, den ihm sein Geschichtslehrer an der Viktoriaschule fast zwanzig Jahre zuvor zu vermitteln versucht hatte. Auf seine Situation übertragen war der Anlass klar definiert – der Besuch eines Polizisten, einige Artikel in der ›Darmstädter Allgemeinen Zeitung‹. Die Ursache war viel schwieriger zu fassen. Sie war fester Teil seines Lebens, er konnte sie nicht an einem Datum festmachen. Sie lag irgendwo in den letzten dreißig Jahren des Schweigens in seiner Familie. Letztendlich war es müßig darüber nachzudenken. Er stand im Keller und hatte seine Entscheidung getroffen. Und anders, als er in all den Jahren befürchtet hatte, bereitete ihm sein Beschluss keine panische Angst, sondern Erleichterung. Der Plan, den er ausführte, hatte seit Jahren in seinem Kopf existiert, abruf- und ausführbar wie eines der zahlreichen Computerprogramme, mit denen er sich an seinem Arbeitsplatz beschäftigte.

Dutzende alter Kartons mit Spielsachen aus seiner Kindheit und Jugend räumte er um, Metallbausätze, physikalische und chemische Experimentierkästen, verschimmelte Bildbände über Weltraumfahrt, Raketentechnik und Tiefseetauchen. Die Wachstumsbedingungen für Pilzmyzele waren ausgezeichnet in dieser Gruft, der graue Belag haftete sogar an Metall- und Kunststoffteilen.

Die Uniform entdeckte er in einer Pappschachtel, die direkt an der Außenmauer auf dem klammen Estrich stand. Boden und Rückwand der Box lösten sich auf in dem Moment, als er sie hochhob. Er fand eine besser erhaltene mit verrosteten Ausstechformen für Weihnachtsplätzchen, schüttete deren Inhalt auf den Boden und legte den Overall vorsichtig hinein. Die verrotteten Baumwollfasern rissen bei der geringsten mechanischen Beanspruchung.

Er löschte das Kellerlicht, verließ das Haus durch die Hintertür und befestigte den Karton auf dem Gepäckträger seines Fahrrades. Auf der Heinrich-Fuhr-Straße spähte er über den Grünstreifen Richtung Woog und nach Osten zum Trainingsbad, konnte seine Mutter aber nicht entdecken. Entweder sie war unten an der Uferböschung und fütterte Enten oder sie gönnte sich an der Trinkhalle vor dem Trainingsbad einen Underberg – für die Verdauung. An der Kreuzung Nieder-Ramstädter- und Heinrichstraße zögerte er. Der Weg durch das verwinkelte Paulusviertel war sicher etwas kürzer, aber er wollte sich nicht verfahren. Sein Aktionsradius war von Kindheit an eingeschränkt, die Region südlich der Viktoriaschule für ihn Terra incognita. Er wählte die sichere Variante über die Nieder-Ramstädter Straße nach Süden, am alten Friedhof und der Georg-Büchner-Schule vorbei, die ihn mehr an ein Kasernengelände als an ein Gymnasium erinnerte. Der Höhenunterschied brachte ihn kaum außer Atem, aber er wurde nervöser, je näher er seinem Ziel kam. Auf Höhe des Hochschulstadions wäre er beinahe gedankenversunken in eine Gruppe Sportstudenten hineingefahren. Die jungen Männer produzierten sich gleich als Beschützer ihrer Kommilitoninnen und raunzten ihn an, die Mädchen machten sich über seine Aufmachung lustig. Er trat so kräftig er konnte in die Pedale und flüchtete. An der ARAL-Tankstelle hinter dem Böllenfalltor-Stadion versorgten sich einige Fans des SV 98 mit Dosenbier. Er vermied den Blickkontakt, um eine weitere Konfrontation zu verhindern. Hinter dem Betriebshof der HEAG bog er rechts in die Klappacher Straße ein und ließ sein Rad den halben Kilometer von der Anhöhe zum Polizeipräsidium hinunterrollen, den Karton auf seinem Gepäckträger mit einer Hand festhaltend.

Noch konnte er zurückfahren, den alten Overall wieder in den Keller legen und einfach mit seiner Mutter so weiterleben, wie er es seit Jahren getan hatte. Aber bald würde der Punkt kommen, an dem er nicht mehr umkehren konnte. Das limbische System seines Zwischenhirnes setzte unaufhaltsam eine komplexe physiologische Reaktionskette in Gang, sein Sympathikus initiierte die Ausschüttung von Adrenalin, Aufmerksamkeit, Sinnesempfindlichkeit, Muskeltonus, Puls und Herzfrequenz erhöhten sich, er atmete schneller und flacher. Er hatte Angst. Seine Amygdalae befahlen im umzukehren, aber er widerstand.

1

Rünz stand auf dem Damm am Westufer des Großen Woogs. Es war trotz der frühen Stunde bereits hell, die Sonnenwende lag nicht lange zurück. In der Nacht hatte ein leichter Ostwind Moder und Exkremente der Enten auf der Wasseroberfläche herübergetrieben. Die faulige Mischung dümpelte zwischen den Betonstegen der alten Wettkampfanlage und verbreitete einen unangenehmen Geruch. Der Ermittler beugte den Oberkörper nach vorne, stützte die Unterarme auf das Metallgeländer, das den Dammweg von der Uferböschung trennte. Er zitterte, hatte Schweißperlen auf der Stirn. Die in seinen Blutbahnen zirkulierenden Abbauprodukte des Alkohols bereiteten ihm bei der geringsten Anstrengung pulsierende Kopfschmerzen, die im Rhythmus seines Herzschlages über den Nacken schossen. In Abständen weniger Minuten überspülten ihn Wogen der Übelkeit, die er verzweifelt zu glätten versuchte. Sobald er die Vorboten des Brechreizes spürte, den verstärkten Speichelfluss in seinen Wangentaschen und die Spannung der Bauchdecke, richtete er sich auf, hob die Arme und verschränkte die Hände hinter seinem Kopf, stechend riechende Schweißflecken in seinen Achselhöhlen entblößend. Indem er den Körper streckte und flach atmete, hoffte er, den Druck des Zwerchfells auf seinen Magen zu senken.

Er musste um jeden Preis vermeiden, was ihm wie nichts anderes auf der Welt panische Angst bereitete – das Erbrechen.

Die Pappeln auf der nördlichen Seeseite standen regungslos glitzernd in der Morgensonne, erstarrten Flammenwerfern gleich, die lotrecht in den Himmel fauchen. Aus der Uferböschung am Nordufer stieg ein Graureiher auf und drehte seine Platzrunde über dem See. Am Westufer wendete er seinen Kopf Rünz zu und schien ihn sekundenlang zu beobachten. Bis auf einige neugierige Frühschichtarbeiter waren die Straßen noch leer, die ersten Badegäste erst in zwei bis drei Stunden zu erwarten. Rünz schaute nach links zur frisch sanierten Jugendherberge. Drei oder vier Dutzend Pubertierende drückten sich an den Fenstern ihrer Schlafsäle die Nasen platt, einige Gruppenleiter schienen erfolglos zu versuchen, die Teenager zurück in die Betten zu treiben. Davon abgesehen war die Szenerie auf und um den See bestimmt von der ruhigen und professionellen Aktivität einer Handvoll DLRG-Männer, Feuerwehrleute, Sanitäter und Polizisten. Etwas nördlich der Seemitte waren Taucher im Einsatz, sie wurden von Kollegen in schwarzen Schlauchbooten mit Seilen gesichert.

Rechter Hand, auf der Betonplatte am Fuß des massiven Sprungturmes, lag einer der Taucher auf der Seite. Sein Oberkörper war frei, der rote Neoprenanzug bis zu den Hüften herabgezogen. Seine Ausrüstung – Maske, Flossen, Atemregler, Flaschen, Ballastgürtel – lagen verteilt entlang einer nassen Spur, die von einer der Trittleitern bis zu seinem Liegeplatz führte, so als hätte er auf der Flucht Ballast abgeworfen. Sein Zustand schien stabil. Er war bei Bewusstsein und sprach mit einigen seiner Kollegen, die neben ihm knieten. Zwei Sanitäter, die ihn untersucht und versorgt hatten, packten ihre Ausrüstung zusammen. Etwas abseits unterhielt sich ein untersetzter Grauhaariger mit Sprechfunkgerät und rotgelber DLRG-Jacke mit einem großen, sportlich wirkenden Zivilisten, um die dreißig Jahre alt, der sich auf einem kleinen Block Notizen machte. Der Große beendete das Gespräch, verabschiedete sich, stieg schräg den Damm hinauf und kam auf Rünz zu.

»Sie sehen schlecht aus, Chef.«

»Sicher nicht so schlecht, wie ich mich fühle, Herr Wedel.«

Rünz fehlte die Energie, auf die Respektlosigkeit seines Assistenten angemessen zu reagieren.

»Hat der ihn gefunden?« Rünz wies mit dem Kopf zum Sprungturm.

»Ja, hat ihn ganz schön erwischt. Der Junge ist neu in der DLRG-Truppe, die haben hier drüben unter der Kneipe ihr Basislager. Der Dicke unten mit der roten Jacke ist Olaf Deiters, der Leiter der Gruppe. Das hier sollte eine ganz lockere Einstiegsübung für einen Tauchlehrgang werden und dann sowas.«

»Was hat der Junge denn? Schock?«

»Sein Kollege sagt, dass er fast an seinem Erbrochenen erstickt ist.«

Rünz zuckte zusammen. Sein Assistent wich einen Schritt zurück, er hatte die Körperausdünstungen seines Vorgesetzten registriert.

»Er ist am Seegrund entlang getaucht, ist ja nur ein

paar Meter tief, aber total trüb. Bei der Sichtweite hat er den Toten wohl erst gesehen als er ihn zehn oder zwanzig Zentimeter vor der Nase hatte. Jedenfalls schwört er Stein und Bein, dass da unten einer liegt. Hat natürlich einen Koller gekriegt, konnte aber sein Mundstück nicht ausspucken, weil er so eine Vollmaske getragen hat. Als er endlich wieder oben war, ist er wie ein Verrückter mit kompletter Ausrüstung hier zum Familienbad rübergepaddelt, obwohl es zum Nordufer drüben viel näher gewesen wäre.«

»Seine Kollegen haben noch nichts gefunden?«

»Bis jetzt nicht, aber die wissen ja auch nur ungefähr, wo der Junge seinen Schock bekommen hat. Müssen halt jetzt jeden Quadratmeter absuchen. Schlage vor, wir sperren den Woog heute für die Badegäste.«

»Langsam, wir schauen erstmal, ob da unten nicht nur eine Schaufensterpuppe liegt. Ist ja noch ein bisschen hin, bis die Kassen öffnen.«

Die beiden Ermittler verfolgten schweigend die Arbeit des Teams auf dem See. Nach einigen Minuten stieg einer der Taucher an die Oberfläche und ließ sich von seinen Kollegen ins Boot ziehen. Er nahm die Maske ab und schien über einen Fund zu berichten, die Entfernung war aber zu groß, um ihn zu verstehen. Mit den Händen gestikulierend stellte er Größen- und Lageverhältnisse dar. Einer der anderen im Boot nahm über Sprechfunk Kontakt mit seinem Gruppenleiter am Sprungturm auf. Deiters kam nach einem kurzen Wortwechsel zu den Ermittlern auf den Damm hoch.

»Sie haben ihn, der Junge hat sich nicht getäuscht.

Die Leiche steckt im Schlamm fest, sichtbar ist nur ein Teil des Schädels, ein Unterarm mit Hand und die Fußspitzen, alles skelettiert. Ist in Rückenlage, auf der Körpermitte liegt ein schwerer Brocken, könnte Beton sein, den müssen wir erst irgendwie hochziehen, vorher ist an eine Bergung nicht zu denken.«

»Das riecht nicht nach Badeunfall«, murmelte Rünz. »Können Ihre Leute die Stelle mit einer Boje markieren und sich in Bereitschaft halten?«

»Kein Problem.«

»Herr Wedel, kontaktieren Sie bitte Stadtverwaltung und Badeaufsicht, das Familienbad und das Freibad drüben auf der anderen Seite müssen heute und morgen geschlossen bleiben. Und dann versuchen Sie bitte Sybille Habich vom KTU beim LKA zu erreichen, bitten Sie sie, möglichst sofort mit einem kleinen Team zu kommen. Außerdem hätte ich für die Leichenschau gerne Bartmann hier, ich bin sicher, Sie erreichen ihn jetzt schon in der Kennedyallee.«

Wedel setzte sich mit seinem Mobiltelefon ab. Die Aktivität hatte Rünz etwas von seinen Beschwerden abgelenkt – er sehnte sich jetzt nach einer Flasche Cola, erfahrungsgemäß der einzige Rettungsanker für seinen ziellos im Bauchraum herumtreibenden Magen – vorausgesetzt, er schüttelte die Kohlensäure vollständig ab und nahm die koffeinierte Plörre langsam und in homöopathischen Dosen zu sich.

Gut anderthalb Stunden später saß er vor einer Pepsidose in der Jugendherberge bei einer improvisierten Lagebesprechung mit Robert Bartmann vom

Rechtsmedizinischen Institut der Goethe-Universität Frankfurt und Sybille Habich vom Kriminaltechnischen Institut des Landeskriminalamtes Wiesbaden. Die zeitgenössische, funktionale Innenarchitektur der Unterkunft hatte wenig mit Rünz' Klischeevorstellungen von Jugendherbergen zu tun. Einzig die omnipräsenten mp3-Autisten mit ihren Ohrstöpseln verrieten die eigentliche Zielgruppe des Hauses. Die Einrichtung war komplett modernisiert, der DJV hatte mehrere Seminarräume eingerichtet, die er nach den Stadtteilen Darmstadts benannt hatte. Die Dreiergruppe saß standesgemäß im Raum Bessungen mit Blick zum Woog, ein kleines, aber helles und funktional ausgestattetes Arbeitszimmer mit Flipcharts, Beamer, Tafel und Pinwänden.

»Puh«, stöhnte Bartmann, die Nase rümpfend. »Hier könnte mal einer eine Dusche vertragen.«

Rünz lief rot an, obwohl der Mediziner ihn offensichtlich nicht als Verursacher der Geruchsbelästigung identifiziert hatte. Bartmanns Bemerkung überspielend referierte er hastig den Sachstand und wandte sich an Habich.

»Haben Sie eine Idee, wie wir die Leiche möglichst schonend bergen können und eine ordentliche Spurensicherung am Fundort hinbekommen?«

»Da fallen mir spontan drei Möglichkeiten ein, von denen Ihnen zwei ganz sicher nicht gefallen werden.«

Habich kicherte über ihre Bemerkung wie ein kleines Schulmädchen, für eine ausgewiesene Spezialistin im Alter von fast fünfzig Jahren eine deplaziert und infantil wirkende Masche, mit der sie sich bei

Besprechungen präventiv vor Angriffen und Kritik zu schützen suchte. Sie hatte die aschfahle, ledrige Haut einer langjährigen starken Raucherin und wirkte nervös, weil sie sich in der Herberge keine Zigarette anzünden konnte.

»Erklären Sie mir alle drei.«

»Die Erste: Wir lassen den ganzen See ab, bis am Fundort nur noch ein paar Zentimeter Wasser stehen, genug für eine Arbeitsplattform mit flachem Boden. Das würde sicher ein paar Tage dauern, aber wir hätten optimale Arbeitsbedingungen.«

Bartmann nickte zustimmend, Rünz schüttelte den Kopf.

»Und ich werde von einer Meute aus Anglern, Woogsfreunden, Naturschützern, Enten, Schlammbeißern und Badegästen, angeführt vom Oberbürgermeister aus der Stadt gejagt. Die Alternativen, bitte.«

Habich giggelte. Bartmann rollte mit den Augen. Erwachsene Menschen, die zur Regression neigten, waren ihm zuwider.

»Naja, Möglichkeit zwei: Wir könnten rund um die Fundstelle eine Spundwand einbauen und innen das Wasser abpumpen, dann hätten wir zumindest ein paar einigermaßen trockene Quadratmeter, auf denen wir bergen und sichern könnten.«

»Wie viel Aufwand ist das?«

»So eine Wand ist aus einzelnen Metallprofilen zusammengesetzt, die direkt nebeneinander mit einer hydraulischen Presse in den Seegrund gedrückt werden. Dazu braucht es allerdings schweres Gerät, das kostet ein paar Wochen und einige zehntausend

Euro, und Ärger mit den Naturschützern wird es da auch ...«

»Ich hoffe, das waren die beiden Möglichkeiten, die mir nicht gefallen werden«, unterbrach Rünz sie. Sie kicherte wieder.

»Richtig. Vorschlag drei, mein Favorit: Wir ziehen mit einer Seilwinde den Betonklotz hoch. Dann organisiere ich so eine Art Staubsauger, mit dem Unterwasserarchäologen arbeiten. Damit können wir den Schlick auf der Leiche und drumherum absaugen und an Land mit einer Filtereinheit alles auf Verwertbares sieben. Mit dem Sauger könnten wir heute Nachmittag schon loslegen und der finanzielle Aufwand ist überschaubar. Dafür brauche ich allerdings die DLRG-Truppe zur Unterstützung.«

Rünz schaute zum Rechtsmediziner.

»Einwände, Herr Bartmann?«

Der Rechtsmediziner blinzelte aus dem Fenster in die Morgensonne. Er nahm seine Brille ab und massierte seine Nasenwurzel zwischen Daumen und Zeigefinger.

»Wir müssen uns Gedanken machen, wie wir den Korpus unversehrt herausbekommen. Mir wäre am liebsten wir könnten ihn mit dem Seesediment, in dem er steckt, wie ein Kuchenstück herausschneiden, dann könnte ich ihn an Land quasi in situ...«

»Das wird nicht funktionieren«, unterbrach ihn Habich. »Dafür müssten wir mindestens zwei oder drei Kubikmeter tropfnassen Schlick mit herausheben, das sind über zwei Tonnen Gewicht. Das geht nur mit einem großen Greifer, das haben nur Schwimmbagger, das ist unrealistisch.«

Rünz versuchte, zu vermitteln. »Wenn Sie mit ihrem Staubsauger den Körper vom Schlamm befreien, können wir ihn vielleicht konventionell mit ein paar Tragegurten heben. Wir müssten schonend vorgehen.«

»Ziehen Sie mir wenigstens rund um die Leiche vier oder fünf Sedimentproben mit dem Kernbohrer, ich will sehen, ob die Stratigrafie gestört ist. Außerdem brauche ich ein paar Wasserproben aus verschiedenen Tiefen.«

Bartmann leistete kaum Widerstand, er schien erschöpft. Er arbeitete zuviel, hatte aber keine Alternative. Weit in der zweiten Lebenshälfte wurde die noch zur Verfügung stehende Zeitspanne für produktive berufliche Tätigkeit überschaubar, eine deprimierende Erkenntnis für einen leidenschaftlichen Wissenschaftler.

Rünz ließ die beiden für die Klärung technischer Details alleine und ging. Er übergab Wedel, der noch mit den DLRG-Leuten am See stand, die Einsatzleitung vor Ort mit der Bitte, ihn rechtzeitig zur Bergung zu rufen. Dann fuhr er nach Bessungen ins Präsidium.

2

Er versah seine Bürotür mit einem ›Bitte nicht stören‹ - Schild und unterrichtete die zuständige Staatsanwältin telefonisch. Sie gab ihm vorab das mündliche Einverständnis für die besprochenen Aktionen am Fundort. Sein Vorgesetzter Eric Hoven würde ihn im Laufe des Tages sicher noch kontaktieren, aber nicht vor Mittag. Hoven hatte einen Termin beim BKA Wiesbaden, es ging um effizientere Zusammenarbeit zwischen BKA, LKAs und Präsidien, schlankere Entscheidungsstrukturen, optimierte Kommunikationsprozesse, verbessertes Qualitätsmanagement – die postmoderne Sintflut, die aus der Wirtschaftswelt heraus alle Lebensbereiche überschwemmte und vor der Staatsgewalt nicht Halt machte.

Rünz legte den Kopf auf den Schreibtisch und döste ein. Kurz vor Mittag schreckte er auf, in einem der Kreißsäle im Marienhospital mussten die Fenster offen stehen, er hörte die markerschütternden Schreie einer Gebärenden. Übelkeit und Kopfschmerzen waren leichtem Hunger gewichen. Er fand in seinem Schrank ein Ersatzhemd und machte sich in den Sanitärräumen der Bereitschaftspolizei frisch. Dann ging er in die Kantine und stellte sich einige Beilagen zusammen, gekochten Reis und Salzkartoffeln, Speisen mit denkbar geringem Risiko einer Kontamination durch pathogene Erreger, die sich in seinem Magen-Darm-Trakt unkontrolliert vermehren konnten. Zur Sicherheit würde er ohnehin nur einen Teil der Beilagen essen, gerade so viel, dass er am Nachmittag, wenn er von der Arbeit abgelenkt war, verdauen konnte und abends mit leerem Magen aus der Gefahrenzone war. An einem der kaum besetzten großen Tische stellte er sein Tablett ab und zog ein kleines, in Folie verschweißtes Plastikbesteck aus der Tasche, das er stets dabeihatte. Das Letzte, was er brauchen konnte, war eine durch Schmierinfektion infizierte Kantinengabel, die durch die Hände eines kranken Küchenmitarbeiters gegangen war. Mit gesenktem Kopf begann er zu essen, den Blickkontakt mit Kollegen und anderen Mitarbeitern meidend.

Am Nebentisch saß eine Gruppe von Bereitschaftspolizisten, drei Frauen und drei Männer. Der Wortführer der Runde war Brecker, Rünz' Schwager. Er lachte alle paar Sekunden dröhnend auf wie ein röhrender Hirsch. Er war ein massiger Typ mit Stiernacken und millimeterkurzen grauen Haaren und hatte Rünz den Rücken zugewandt, sein Oberkörper schien die Nähte des braunen Hemdes fast zu sprengen. Brecker hatte als Polizeihauptmeister die oberste Sprosse auf der Karriereleiter im mittleren Polizeivollzugsdienst erreicht, aber das frustrierte ihn nicht, er war eins mit seinem Beruf, ein Raubtier auf Streife, das allein durch seine physische Präsenz kritische Situationen im Außendienst meisterte und auch dann mal blaue Flecken verteilte, wenn es nicht unbedingt notwendig war. Ganz und gar alte Schule hatte er für jüngere Kollegen, die nach heiklen Einsätzen schon mal den psychologischen Dienst des Präsidiums in Anspruch nahmen, nur Hohn und Spott übrig.

Die Namen der beiden anderen Männer am Tisch kannte Rünz nicht, er nannte sie insgeheim die Lakaien, weil sie Brecker wie Pudel begleiteten und bei jeder seiner derben Zoten kräftig ablachten. Sie wirkten grotesk wenn sie ihm nacheiferten und selbst versuchten, kernige Sprüche zu machen.

Zwei der Frauen kannte Rünz, erfahrene Polizistinnen mit über zehn Jahren Berufserfahrung. Die Dritte, eine untersetzte Brünette, vielleicht Anfang zwanzig, hatte er noch nie gesehen. Eine Anfängerin. Beute für das Tier. Brecker fragte sie ohne Unterlass nach ihrem Privatleben, ließ sie aber nie zu Wort kommen, sondern schoss direkt sexuelle Anspielungen hinterher, über die der Rest der Truppe sich amüsierte. Die Brünette wirkte verunsichert, lachte mal mit, starrte dann wieder wie versteinert auf ihren Teller. Sie hatte den richtigen Zeitpunkt verpasst, eine klare Grenze zu ziehen und wollte sich jetzt nicht als Spielverderberin isolieren, obwohl ihr die Unverschämtheiten sichtlich unangenehm waren. Ihre beiden Kolleginnen waren denkbar weit entfernt von Geschlechtersolidarität. Sie waren durch die gleiche Schule gegangen und hatten sich arrangiert, indem sie ihre Weiblichkeit morgens an den Garderobenhaken hängten. Sie bewegten sich wie Männer, lachten und sprachen wie Männer, vermieden es, mit ihren femininen Seiten Angriffsflächen zu bieten. Aber die Zeiten wurden hart für Dinosaurier wie Brecker. Junge Frauen mit schwachem Selbstbewusstsein wie die Anwärterin am Nebentisch waren inzwischen seltene Pflanzen, über die sich Brecker mit umso größerem Hunger hermachte. Heute waren die Standardreaktionen auf sexuelle Belästigung am Arbeitsplatz entweder massive dienstrechtliche Probleme oder ein Tritt in die Weichteile. Rünz hatte Mitleid mit der jungen Frau. Andererseits beneidete er Fossile wie seinen Schwager um die Gewissenlosigkeit, mit der sie sich über das frische Fleisch hermachten. Die einzige Frau, die Rünz so respektlos behandelte, war seine eigene – Breckers Schwester.

Der Stiernacken drehte sich um und zwinkerte ihm zu.

»Servus Karl. Süß die Kleine, oder?«

»Zu alt für dich.«

»Nur kein Neid! Kommst du morgen Abend auf den Schießstand, Karl? Ich habe eine kleine Überraschung!«

»Denke schon.«

»Wie gehts meinem Schwesterchen?«

»Heute Morgen noch gut …«

»Bist immer schön lieb zu ihr, gelle?«

Rünz lächelte gequält, Brecker wandte sich wieder seiner Gruppe zu.

Er hatte gerade begonnen, wieder in seinen Beilagen herumzustochern, als ihm gegenüber jemand sein Tablett auf den Tisch schob.

»Ich grüße Sie, Herr Rünz. Darf ich mich zu Ihnen setzen?«

Es war Hoven. Diese joviale, energische Begrüßung hatte er sich von den externen Consultants abgeschaut, die mit PowerPoint-Präsentationen und Flipcharts einen großen Teil seiner Arbeitszeit gestalteten.

»Selbstverständlich, nehmen Sie Platz«, antwortete Rünz. Freundlichkeit kostete den immer noch angeschlagenen Polizeihauptkommissar große Überwindung.

»Das sieht ja recht übersichtlich aus«, sagte Hoven mit Blick auf seinen Teller. »Machen Sie Diät?«

»Nein, ich habe eine Fastenwoche hinter mir und muss jetzt langsam wieder anfangen«, fabulierte Rünz.

Einige Sekunden sagte keiner von beiden etwas, eine unangenehme Situation, aber Rünz fehlten Energie und Inspiration für eine ordentliche Konversation.

»Wie ist der Stand bei der Woogsleiche?«

Hoven hatte auf Arbeitsgespräch umgeschaltet. Rünz gab ihm eine kurze Zusammenfassung.

»Presse?«, fragte Hoven.

»Keiner vor Ort. War wohl ein bisschen zu früh.«

»Ich werde trotzdem mit dem Herausgeber der ›Allgemeinen‹ sprechen«, sagte Hoven. Mit einem einfachen Chefredakteur mochte er sich offensichtlich nicht abgeben.

»Vorausgesetzt natürlich, Bartmann schließt auf ein Gewaltverbrechen, aber davon ist ja auszugehen. Wenn Dreyfuss uns vier Wochen ungestört arbeiten lässt, geben wir ihm Exklusivinformationen. Er wird drauf eingehen. Wir werden für das *issue* eine ordentliche *awareness* bekommen, wenns tatsächlich ein

Mord war. Und wenns ein Badeunfall ist interessiert das ja sowieso keinen. Fahren Sie, so lange wir von Bartmann nichts Näheres erfahren, das Standardprogramm – ohne *publicity*.«

Hoven machte eine Pause, steckte sich ein Stück Cordon bleu in den Mund und kaute entspannt. Er hatte sich um Mund und Kinnpartie herum einen präzise getrimmten Henriquatre wachsen lassen, der ihm zugleich die Aura intellektueller Brillanz und verwegenen Freibeutertums verlieh. Sein Schuhwerk bezog er aus exklusiven englischen Manufakturen, am Handgelenk trug er eine mächtige Luminor Sealand von Panerai, der perfekte Zeitgeber für Menschen die die Symbiose aus Sportlichkeit, Exklusivität und Nonkonformismus suchten. In Besprechungen klappte er gerne demonstrativ das Saphirglas des Automaten auf, so als bediente er eine alte Taschenuhr mit undurchsichtigem Deckel. Sein Auftreten und seine Erscheinung waren sozusagen die Antithese zu Rünz' Präsenz. Er war der Archetyp einer neuen Spezies in der Führungsebene der hessischen Polizei, ein narzisstischer und eloquenter Kosmopolit, für den Strafverfolgung letztlich nach den gleichen ökonomischen Prinzipien optimiert werden konnte wie die Umsatzrendite einer Aktiengesellschaft. Er war um die vierzig und hatte einige ältere Semester wie Rünz längst in der Innenkurve überholt. In unzähligen Managementseminaren hatte er seinen aktiven Wortschatz um zahlreiche sinnfreie Business-Anglizismen erweitert – er liebte es, bei festlichen Anlässen im Präsidium *keynote speeches* zu halten, in denen er von *visions, missions, top-down-*

und *bottom-up-approaches* referierte. Die hessische Polizei war in seiner Vorstellung auf dem Weg zu einem Dienstleistungsunternehmen, das am Markt *gut aufgestellt* werden musste, um das *Produkt Sicherheit* lukrativ zu vertreiben. Hoven saugte wie ein trockener Schwamm alle Methoden der perfektionierten Selbst- und Fremdausbeutung auf, die aus der Grauzone zwischen Wirtschaftspsychologie und missverstandener fernöstlicher Philosophie heraus in die Arbeitswelt drängten. Als Quereinsteiger hatte er vor zwei Jahren die Einsatzgruppe im Präsidium Südhessen übernommen und war direkt dem Polizeipräsidenten unterstellt. Rünz musste als Leiter der Ermittlungsgruppe Darmstadt City an ihn berichten, aber Hoven war ein Vorgesetzter auf Durchreise. Die Tätigkeit in Darmstadt war für ihn nichts weiter als eine Zwischenstufe auf einer Karrieretreppe, die ihn in einigen Jahren ins Innenministerium, in die Interpolzentrale nach Lyon oder als Sicherheitsberater zu DaimlerChrysler bringen würde. Hoven war sozusagen perfekt, bis auf einen einzigen Schwachpunkt, der ihn erträglich und oft zum Spott des Kollegiums machte – er war mit einer Frau verheiratet, die ein heterosexueller Mann nur nach langer sexueller Abstinenz und starkem Alkoholkonsum als attraktiv empfinden konnte. Er hatte wohl aus irgendeinem unerklärlichen Standesdünkel heraus den Drang verspürt, seine Oberschichtherkunft noch zu vergolden, indem er in eine blaublütige Dynastie einheiratete, und dort schien die Auswahl nicht sehr groß gewesen zu sein. Hoven tupfte sich mit der Serviette die Lippen ab.

»Wer vom Schottener Weg ist denn zuständig?«

»Staatsanwältin Simone Behrens.«

»Habe ich noch nicht kennengelernt. Stimmt da die Chemie oder nimmt die Dame gern mal selbst die Ruderpinne in die Hand?«

»Bis jetzt haben wir ausgezeichnet zusammengearbeitet. Sie will kontinuierlich und ausführlich informiert werden, ansonsten vertraut sie unseren Fähigkeiten.«

»Sehr gut. Sagen Sie Bescheid. Wenn es Probleme mit ihr gibt, werde ich mit dem Leitenden mal Abendessen gehen.«

Rünz spürte eine neue Übelkeitswelle, diesmal psychisch induziert.

»Würden Sie mir bis heute Abend ihre *roadmap* und Ihren *actionplan* für den Fall vorlegen? Und halten Sie mich konstant auf dem Laufenden, am besten per mail, Sie kennen meinen *schedule*«, sagte Hoven.

Rünz zuckte zusammen. Er hätte nicht weniger verstanden, wenn sein Vorgesetzter Altgriechisch gesprochen hätte. Vielleicht wäre ein Besuch eines der Schulungsprogramme, die Hoven in den letzten Monaten initiiert hatte, doch sinnvoll gewesen. Aber Wedel würde ihm sicher weiterhelfen.

»Kein Problem, Herr Hoven.«

Sein Vorgesetzter musterte ihn einige Sekunden.

»Herr Rünz, ich glaube an Sie, Sie sind eigentlich ein guter Mann.«

Das klang ungefähr wie »Nichts gegen Ausländer, aber ...«

Darüber hinaus gehörte Lob von einem fünf Jahre jüngeren Vorgesetzten ganz sicher zu den perfiden

Formen der Erniedrigung. Hoven schien tatsächlich anzunehmen, dass er mit dieser Einführungsübung aus dem Volkshochschulkurs Personalführung Rünz' Motivation steigern konnte.

»Aber ich glaube Sie müssen Ihre *skills* einfach besser nutzen. Ich zum Beispiel mache vor dem *launch* jeder Arbeitswoche erstmal eine *SWOT-Analyse*.«

Rünz suchte panisch nach einer Ausrede, um das Gespräch abzubrechen. Er konnte Brechreiz vortäuschen, genau genommen hätte er damit nicht einmal gelogen.

Hoven zog einen Montblancfüllfederhalter aus dem Jackett und skizzierte auf der Rückseite eines Briefumschlages eine Tabelle.

»Sehen Sie, hier bei der internen Analyse tragen Sie Ihre *strenghts* und *weaknesses* ein und hier bei der externen Ihre *opportunities* und *threats*.«

»Klingt interessant«, heuchelte Rünz. Vielleicht hatte er Glück und in der Großküche explodierte ein Dampfkessel oder irgendwo in der Kantine brach eine Schießerei los.

»Jetzt haben Sie hier in der Vierfeldermatrix eine wunderbare Situationsanalyse und können ein prima *finetuning* für Ihre *strategies* machen. Versuchen Sie das mal! Sie sollten die *SWOT-Analyse* zum festen Bestandteil Ihres *Behaviour Change Managements* machen, Sie werden sehen, das lohnt sich. Das können Sie behalten.«

Hoven schob ihm den Briefumschlag über den Tisch. Rünz vermisste seine Ruger. Kein Staatsanwalt der Welt würde ihm in dieser Situation Affekt absprechen.

3

Von seinem Büro aus organisierte er für den nächsten Morgen ein Treffen seiner Ermittlungsgruppe, reservierte einen Besprechungsraum, schaute im Gruppenkalender nach, wer durch Termine gebunden war, versandte Einladungen mit der Bitte um pünktliches Erscheinen. Dann machte er sich auf den Weg zurück zum Woog, ohne auf Wedels Anruf zu warten. Auf dem Westdamm des Sees stehend sah er, dass die Techniker und Spurensicherer ihr Basislager auf der Insel gegenüber aufgeschlagen hatten. Er stieg wieder ins Auto, fuhr eine halbe Runde um das Gewässer und parkte vor dem Sportgelände des TSG 1846. Am Eingang des Freibades standen Dutzende enttäuschter Badegäste, immer neue kamen dazu, andere machten sich kopfschüttelnd wieder auf den Heimweg. Rünz drückte sich durch die Menschentraube, zwei Polizisten, die den Eingang sicherten, öffneten ihm das Tor. Er ging am leeren Kassenhäuschen vorbei über die Betonbrücke, die den modrigen Darmbach überquerte, kaum ein Rinnsal zu dieser Jahreszeit. Ein blauer Mercedes Sprinter des LKA Wiesbaden mit Hochdach und langem Radstand parkte direkt vor der massiven Bogenbrücke, der einzigen Verbindung zur Badeinsel. Die Heckklappen des Transporters waren geöffnet, ein Generator brummte im Innern, einige Strippen hingen aus dem Laderaum heraus. Dem Kabelstrang folgend ging der Ermittler über die Brücke zu der Gruppe auf der Nordspitze der Insel.

»Ich wollte gerade anrufen, Chef. Sie kommen genau richtig, die Pumpe ist eben angelaufen.« Wedel stand mit Sybille Habich und Olaf Deiters neben einer Maschine, die ohne Unterlass und mit einigem Lärm graubraunen dünnflüssigen Matsch über eine Kaskade von Filterkästen spuckte. Habich starrte konzentriert auf die Metallsiebe, wischte immer wieder wie eine Goldsucherin mit der Hand über die gefilterten Partikel und steckte Metall, Glas- und Kunststoffteile verschiedenster Größen in Klarsichttüten.

»Den Betonblock haben wir runter«, erklärte Deiters. Er wies im ufernahen Wasser auf einen annähernd quadratischen Block mit einem halben Meter Kantenlänge und rund fünfundzwanzig Zentimetern Dicke, aus dessen Bruchkanten korrodierte Armierungsstäbe herausragten.

»Meine Jungs saugen jetzt erstmal den Schlick von der Leiche und dann noch die oberen zehn Zentimeter in einem Umkreis von fünf Metern ab. Kein leichter Job bei null Sicht...«

Deiters wollte gelobt werden, das war zu spüren.

»Sie machen gute Arbeit, ich wüsste nicht, wie wir das hier ohne Ihre Leute schaffen würden!«

»Ist unser Job«, murmelte Deiters stolz.

Rund eine halbe Stunde arbeiteten die Taucher am Seegrund, dann stiegen sie auf und Habich stellte die Pumpe ab. Deiters funkte wieder mit einem der Sicherungsmänner im Schlauchboot.

»Die Leiche ist soweit frei, die Männer könnten jetzt eine Trage drunter durchziehen und sie heben«, erklärte er, an Rünz und Wedel gewandt.

»Wo bleibt Bartmann«, fragte Rünz und sah ihn im gleichen Moment schwitzend seinen schweren Einsatzkoffer über die Brücke wuchtend. Wedel ging ihm entgegen und nahm ihm seine Ausrüstung ab.

»Entschuldigen Sie meine Verspätung, ich habe die Zufahrt für das Gelände hier nicht gefunden und musste draußen parken. Wie weit sind wir.«

»Bereit zur Bergung. Haben Sie noch Sonderwünsche, bevor wir ihn rausziehen?«

»Allerdings, ziehen Sie den Korpus bitte nicht an die Oberfläche und ins Boot, am besten schleppen sie ihn unter dem Wasserspiegel langsam bis in Ufernähe, dann ist die Gefahr geringer, dass sich Teile lösen.«

Deiters nickte und instruierte seine Männer. Die Taucher verschwanden wieder für einige Minuten, dann zogen die Männer in den Booten vorsichtig an den Gurten und setzten den Ponton langsam Richtung Insel in Bewegung. Der Leichnam erschien so langsam im Blickfeld der Beteiligten, dass alle, die sich nicht wie Bartmann täglich mit toten Menschen befassten, einige Momente Zeit hatten, sich an den Anblick zu gewöhnen. Einer von Habichs Mitarbeitern hielt alles mit einer Digitalkamera fest.

Rünz hatte fast zwei Dutzend Tote in seiner beruflichen Laufbahn gesehen, darunter einige Wasserleichen, aber keine hatte Ähnlichkeit mit dieser. Der Transport unter Wasser hatte den Schlick von dem Körper gespült. Die Leiche war völlig unbekleidet,

Kopf, ein Unterarm, Hände und Zehen skelettiert, aber die Grobformen von Beinen und Rumpf erstaunlich gut erhalten. Das Gewebe schien relativ intakt, abgesehen von seiner unnatürlich hellgrauen Färbung und einer kreideartigen Konsistenz. Die Genitalregion war zu stark deformiert, um auf den ersten Blick Rückschlüsse auf das Geschlecht zu ermöglichen. Arme und Beine schienen mehrfach gebrochen, die Gliedmaßen standen in grotesken Winkeln ab, auch die Schädelkalotte war beschädigt. Die gesamte Bauchregion vom Becken bis zu den unteren Rippenbögen bildete eine stark eingeprägte, fast ebene Fläche, offensichtlich das Auflager des Betonblocks. Drei oder vier kleine Perforationen in der Bauchdecke ähnelten Schusswunden, konnten aber genauso gut vom Bewehrungsstahl des Betons herrühren. Rünz vermutete nach dem bloßen Augenschein einen Todeszeitpunkt, der einige Monate zurücklag.

Der Mediziner stand in Gummistiefeln im Wasser, beugte sich über die Leiche und ließ sich von Wedel Untersuchungsinstrumente aus dem Koffer herüberreichen. Er maß Temperaturen an verschiedenen Stellen in unterschiedlichen Gewebetiefen, indem er eine Art Thermometerlanze in den Körper stach, sicherte Proben der kreideartigen Substanz und ließ Wedel die verschlossenen Behälter in einer Kühlbox deponieren. Ruhig und konzentriert machte er mit seiner Kamera eine Serie von Ganzkörperaufnahmen aus verschiedenen Perspektiven. Dann wechselte er das Objektiv und fertigte aus rund dreißig Zentimetern Entfernung ein lückenloses digitales Puzzle der sichtbaren Körperoberfläche an. Als er den Hals des toten Körpers anpeilte, schien er etwas zu entdecken, er gab Wedel die Kamera und ließ sich einen kleinen Seitenschneider und eine Kombizange reichen. Er werkelte einen Moment herum und zog dann mit der Zange einen verkrusteten Anhänger vom Hals des Toten, den er Habich zur Asservierung reichte.

»Sollen wir ihn drehen?«, fragte Wedel.

»Wenn Sie jetzt schon wissen, dass das ein Mann war, nehme ich ein paar Nachhilfestunden bei Ihnen, Herr Wedel.«

»Klugscheißer«, murmelte Wedel.

»Das habe ich gehört!«

Bartmann kam aus dem Wasser, setzte sich ins Gras und zog die Stiefel aus. Der Rest der Gruppe schaute ihn erwartungsvoll an.

»Massive Gewalteinwirkung, die zu mehreren Frakturen geführt hat. Todeszeitpunkt liegt mit hoher Wahrscheinlichkeit einige Jahre zurück.«

»Geht es etwas genauer«, fragte Wedel. »Geschlecht, Alter, mögliche Umlagerung, Todesursache?«

»Das Alter? Zwischen fünfzehn und vierzig Jahren ist alles möglich, vor der Sektion kann ich ihnen da unmöglich Genaueres sagen. Wahrscheinlich ein Mann – *wahrscheinlich*. Ich will mir später nicht vorhalten lassen, ich hätte ihre Ermittlungen in eine falsche Richtung gelenkt. Was die Liegezeit angeht, ist zwischen fünf Jahren und mehreren Jahrzehnten alles drin nach erstem Augenschein. Umlagerung halte ich allerdings für unwahrscheinlich. Geben Sie mir zehn Tage und ich schicke Ihnen einen vorläufigen Bericht. Dann fehlen zwar noch einige Laborbefunde und die Toxikologie, aber sie haben schon mal eine solide Arbeitsgrundlage. Sie wissen, ich brauche für die Obduktion eine gerichtliche Anordnung, aber das sollte nach dem Stand der Dinge kein Problem sein.«

Bartmann organisierte den Transport der Leiche nach Frankfurt. Habich ließ Deiters Männer noch eine gute Stunde lang Schlamm absaugen, baute dann mit ihren Leuten die Geräte ab und verstaute sie im Sprinter. Deiters setzte mit seiner Truppe im Schlauchboot über zum DLRG-Basislager. Rünz instruierte Wedel, für die Besprechung am nächsten Morgen Fotos der Leiche, des Fundortes sowie einige Pläne und Luftbilder des Areals bereitzuhalten. Es war nach zwanzig Uhr, bis die Bergungsstelle geräumt und der Letzte das Gelände wieder verlassen hatte. Rünz wies die beiden Polizisten am Eingang an, das Tor zu versiegeln und machte sich auf den Weg.

4

Gegen 21.30 Uhr erreichte er sein Haus im Paulusviertel. Seine Frau küsste ihn zur Begrüßung etwas länger als üblich – er fürchtete, sie könnte mit ihm schlafen wollen und überschlug in Gedanken die Zahl der Tage seit ihrem letzten Eisprung.

»Möchtest du noch etwas essen?«, fragte sie ihn.

Er hatte seit dem Mittagessen in der Kantine nichts mehr zu sich genommen, zum Hunger hatten sich längst Mattigkeit und Konzentrationsschwäche gesellt, aber er hatte nicht die Absicht, die Nacht mit Panikattacken zu verbringen.

»Nein danke«, sagte er, »geh schon ins Bett, ich komme gleich nach.«

Allein im Wohnzimmer goss er sich einen Viertelliter Rotwein in ein Glas und leerte es in einem Zug. Die Wirkung dieser Zeremonie war stets zuverlässig und überwältigend. Sein Verdauungsapparat absorbierte den Alkohol ungebremst von jeder Nahrung und verschaffte ihm einen kurzen euphorischen Schub, der von einer tiefen Entspannungsphase abgelöst wurde. Er legte sich auf die Couch und wartete zwanzig Minuten, bis er hörte, wie seine Frau ihre Leselampe ausknipste. Dann schaltete er das Fernsehgerät an und drehte den Ton so leise, dass er gerade noch etwas verstehen konnte. Durch die Kabelprogramme schaltend blieb er bei einem Privatsender hängen, der einen US-amerikanischen Softporno aus den achtziger Jahren zeigte. Er hatte Glück, einer der unendlich langen Werbeblöcke für die einschlägigen 0190-Angebote war eben durchgelaufen. Leider nahmen die unsäglich penetrante elektronische Musik, die ballonartigen Silikonbrüste der Aktrice und die an ein Aerobicvideo erinnernde Inszenierung der Darstellung jeden Reiz. Ihm blieb nichts übrig, als seiner Frau ins Schlafzimmer zu folgen.

Am nächsten Morgen wachte er auf, alleine im Bett liegend. Er versuchte sich die Vorgänge und Todesfälle im Umfeld des Woogs in Erinnerung zu rufen, von denen er seit seinem Dienstantritt im Präsidium gehört hatte. Seit Beginn der systematischen Aufzeichnungen über Vermisste und ungeklärte Todesfälle Ende der Vierziger Jahre hatte es fast zwei Dutzend dokumentierte Fälle von Tod durch Ertrinken in dem See gegeben, alle ohne Fremdeinwirkung. Im Durchschnitt ertrank also fast alle drei Jahre jemand im Badesee. Die Vorgänge ähnelten sich; ein Angehöriger oder Freund meldete einen Vermissten, manchmal an einem sommerlichen Badetag direkt beim Bademeister, manchmal am nächsten Morgen bei der Polizei. Wenn die Rekonstruktion des Verschwindens ergab, dass der letzte Aufenthaltsort des Vermissten mit hoher Wahrscheinlichkeit der See war, begann die Suche. Jeweils zwei Männer in einem Boot kämmten alles ab, der eine am Außenborder, der andere mit einer langen, hakenbewehrten Stange über den Seegrund streifend, der abgesehen von einer künstlichen Vertiefung am Sprungturm an keiner Stelle mehr als vier Meter Tiefe hatte. Wurden die Leblosen nicht gleich gefunden, trieben sie meist nach wenigen Tagen aufgedunsen an der Wasseroberfläche. Die ärztlichen Diagnosen zu den Todesursachen lauteten meist auf Ertrinken durch Herzversagen oder Kreislaufschwäche. Einige Male trieben Leichen von Menschen auf, nach denen niemand gesucht hatte, meist alkoholisierte Obdachlose, die das Gewässer in lauen Sommernächten illegal als Badewanne benutzten. Rünz' Mann hätte gut und gerne einer dieser namenlosen Habenichtse sein können, aber welcher Ertrunkene bricht sich alle Knochen und lädt sich dann einen Betonblock auf den Bauch, bevor er sanft in das weiche Sediment eines ruhigen Binnensees hinabsinkt? Zwei Menschen, die nach der Rekonstruktion der letzten Stunden vor ihrer Absenz höchstwahrscheinlich im Woog zu Tode kamen, wurden nie gefunden. Beide waren allerdings zum Zeitpunkt ihres Verschwindens über siebzig Jahre alt, insofern für Rünz' Fall nicht relevant. Und dann waren da noch die Verletzungen. Große Boote oder Schiffe, deren Antriebsschrauben die von Bartmann diagnostizierten Frakturen post mortem hätten erzeugen können, existierten auf dem See nicht. Rünz spürte, dass Arbeit auf ihn zukam.

Er stand auf und zog sich einen Bademantel an. Seine Frau saß am Küchentisch, nippte an einem zähflüssigen, giftgrünen Gemüsetrunk und blätterte in einem Buch. Er setzte sich zu ihr, schlug seine Zeitung auf und knabberte an einem Knäckebrot. Die gemeinsamen Mahlzeiten ähnelten einem immer gleichen

Ritual mit nur einer Regel – er las und sie redete. Sie erzählte von ihren Erlebnissen des Vortages oder ihren Plänen für den nächsten, er war wortkarg und knurrte unwillig bestätigend oder verneinend, wenn sie auf dem Mindestmaß an Kommunikation insistierte, das für eine gemeinsame Haushaltsführung notwendig war. Er wünschte sich in diesen Momenten, dass sie schwieg, wenn sie es aber tat, wie an diesem Morgen, beunruhigte es ihn. Dann fehlte ihm das konstante Hintergrundrauschen ihrer Stimme. Neben dem Küchentisch hatte er seiner Frau ein Bücherbord angedübelt, auf dem sie eine kleine Bibliothek mit wechselnden thematischen Schwerpunkten unterhielt. Rünz ging die aktuellen Titel durch, bevor er seine Zeitung aufschlug. ›Feng Shui Praxis‹, ›Feng Shui gegen das Gerümpel des Alltags‹, ›Bewusstheit durch Bewegung‹ und ›Das starke Selbst‹, beide von Moshe Feldenkrais, ›Feng Shui – Leben und Wohnen in Harmonie‹, ›Das Stille Qi Gong nach Meister Zhi-Chang Li‹, ›Tai Chi Quan – Ruhe und Bewegung in Balance‹, ›Tao Yoga der heilenden Liebe‹, ›Feng Shui heute‹, ›Das große Buch der Heilung durch Shiatsu‹ von Shitsuto Masunaga, ›My Feng Shui‹ und diverse andere Titel. Rünz fühlte das Bedürfnis sich aufzuwärmen für den Arbeitstag.

»Wusstest du, dass die Grünen Feng Shui als Staatsreligion im Grundgesetz verankern wollen? Kein Spaß, das soll in die Präambel!«

Sie las unbeeindruckt weiter. Er legte nach.

»Es gibt nur eine zeitgenössische Erscheinung, die es an hirnverbrannter Dämlichkeit mit dieser Hilfsreligion aufnehmen kann, und das ist dieser kreuzblöde Menopausensport Nordic Walking.«

Seine Frau blätterte scheinbar unbeteiligt um. Er registrierte befriedigt ihre zitternde Hand.

»Ich verstehe gar nicht, dass sich die Katholiken hierzulande von diesen asiatischen Höhlenriten die Butter vom Brot nehmen lassen. Die müssten das doch eigentlich adaptieren! Zum Beispiel: ›Abendmahl mal anders – Feng-Shui-Rezepte für den Leib des Herrn‹. Und wenn die Priester mit ihren Messdienern ordentlich üben, könnten die ihren Schäfchen Shiatsu-Massagen anbieten.«

»Du bist wirklich krank«, sagte sie.

»Ach was, ich bin nur ein wenig gereizt. Liegt sicher an den Sternen. Irgendein Planet meines verdammten Sternzeichens steht im Aszendent von irgendeinem anderen verdammten Planeten – du weißt, was das ausrichten kann.«

Sie schwieg, er beobachtete sie. Ihre Beziehung hatte in den fünfundzwanzig Jahren seit ihrer ersten Begegnung in der Goldenen Krone einige Metamorphosen durchgemacht. In der erträglichsten Phase hatte er sie als eine von Vernunft und einem gesunden Skeptizismus geprägte Frau empfunden, sie hatten eine gemeinsame, unvoreingenommene Neugier auf die Welt, auf Politik, Wissenschaft und Kultur geteilt. Diese gemeinsame Basis war abgebröckelt, je näher sie kinderlos den Wechseljahren kam. Er konzedierte ab und an, dass er sich auch selbst verändert haben könnte, hielt aber weitere Reflexion in dieser Richtung nicht für zielführend. Die früher stabile seelische Konstitution seiner Frau war allmählich einem

Zyklus von Auf- und Abschwungs-Phasen gewichen, in Abständen mehrerer Wochen wechselten Rückzug und Depression mit euphorischen Zuständen. In den Hochphasen identifizierte sie sich vorbehaltlos mit einem der zeitgenössischen Religionssurrogate, die der akademisch gebildeten Mittelschicht in säkularen, postindustriellen Gesellschaften zur Sinnstiftung dienten. Es begann mit Psychoanalyse, danach folgten Astrologie, Ayurveda und Mondkalender, später Akupunktur, Homöopathie, Entschlackung und Entgiftung durch Heilfasten, schließlich Wellness, Pilates und Yoga, zwischendurch immer wieder exotische Lehren wie Bailey, Seth, Aivanhov, Ramtha und White Eagle, von denen Rünz nie zuvor gehört hatte. Das aktuelle Antidepressivum seiner Frau hieß Feng Shui und hatte für einige Unruhe in ihrer Inneneinrichtung gesorgt. Es deprimierte ihn, dass erwachsene Mitteleuropäer dreihundert Jahre nach Beginn der Aufklärung solchem Aberglauben anhingen. Es gab keinen Fortschritt.

Karin Rünz legte das Buch zur Seite, trank ihren grünen Gemüsesaft und blickte an ihm vorbei aus dem Fenster. Seine Kränkungen hatten gewirkt. Er fühlte sich etwas besser.

»Ich lasse mir das von dir nicht nehmen«, sagte sie.

»Du meinst, so wie ich dir die Astrologie, die Bachblütentherapie, die Psychoanalyse und den ganzen Mumpitz genommen habe? So ein Unsinn. Deine Ersatzreligionen halten genau bis zum Beginn der nächsten Depression, da habe ich überhaupt keinen

Einfluss drauf. So gesehen sind deine Tiefs die einzigen Momente, in denen du klar siehst.«

»Diesmal ist es doch völlig anders. Feng Shui ist so«, sie suchte nach einer Erklärung, »so umfassend. Es zeigt, das alles mit allem zusammenhängt und alles zusammen einen Sinn ergibt.«

»Na klar, und dass unsere Ehe nicht funktioniert, weil da hinten in der Wohnzimmerecke ein Haufen Altpapier gelegen hat, oder sag ich was Falsches?«

»Du meinst die Energiefelder im Bagua-Raster. Aber das verstehst du sowieso nicht. Du willst es nicht verstehen. Du hast Angst davor, es könnte deine Welt durcheinander bringen.«

Rünz roch an der Fleischwurst, die er sich zwei Tage zuvor gekauft hatte. Er entschloss sich, kein Risiko einzugehen, und legte sie zur Seite, öffnete eine frische Packung Knäckebrot, zog eine noch keimfreie Scheibe heraus und knabberte daran.

»Ist dir eigentlich schon aufgefallen«, fragte sie, »dass du nur noch gereizt und zynisch bist, seit wir hier wohnen?«

»Ich bin gereizt und zynisch, seit wir uns kennen! Das ist ein Unterschied.«

Sie ignorierte seine Bemerkung.

»Das muss mit dieser Wohnung zu tun haben. Die Chinesen sagen, dass sich Häuser und Wohnungen mit den positiven und negativen Energien der Menschen aufladen, die darin gelebt haben.«

Rünz verschluckte sich an ein paar Krümeln, hustete sich frei und machte eine Jack Nicholson Grimasse.

»Wendy, mach auf, hier kommt der Weihnachtsmann!!«

»Ich habe mit dem älteren Ehepaar von gegenüber gesprochen, die haben erzählt, in unserer Wohnung hätte vor zehn Jahren ein Mann gewohnt, der angeblich mit Kinderpornograie zu tun hatte.«

»Jesus – deswegen habe ich dieses unstillbare Verlangen nach Pippi Langstrumpf Videos! Jetzt mal im Ernst: Hatte der angeblich oder tatsächlich mit Kinderpornografie zu tun? Juristen machen da einen feinen Unterschied. Aber im Feng Shui gibts wohl keine Unschuldsvermutung?«

»Worauf ich hinaus will: Wir können das prüfen lassen. Es gibt spezielle Berater, die die negativen Energien aufspüren und wissen, wie man ...«

»... für, lass mich raten, siebzig Euro pro Stunde. Egal ob du zum Analytiker oder zur Wahrsagerin gehst, einen Architekten engagierst oder dir vom örtlichen Feng Shui Consultant die Wohnung positiv aufladen lässt – es kostet immer siebzig Euro pro Stunde. Muss eine Naturkonstante sein, direkt hinter der Lichtgeschwindigkeit und dem Planckschen Wirkungsquantum.«

Sie resignierte.

»Ach, vergiss es. Tu mir einen Gefallen, vergiss bitte nicht das Essen heute Abend. Außerdem hast du diese Woche deine Therapiestunde.«

Rünz vergaß vieles, den Geburtstag seiner Frau, den Hochzeitstag, den Valentinstag, aber seine *Therapiestunde* ganz sicher nicht. Das Abendessen dagegen war ihm so wichtig wie eine Beule am Kopf.

5

Schon auf dem Flur hörte Rünz das Gelächter und die Unterhaltungen aus dem Besprechungsraum. Die Mitglieder seiner Ermittlungsgruppe erzählten sich ihre Wochenenderlebnisse. Der Geräuschpegel nahm nicht nennenswert ab, als er den Raum betrat, niemand schien Notiz von ihm zu nehmen. Seine Anwesenheit hatte auf seine Mitarbeiter ungefähr die gleiche Wirkung wie die eines unerfahrenen Referendars auf eine Berufsschulklasse der Peter-Behrens-Schule, mit dem einzigen Unterschied, dass Rünz sich keine Sorgen um seine Sicherheit machen musste. Erst allmählich verschwanden Füße von der Tischplatte, Unterlagen, Notizblöcke und Schreibutensilien wurden zu ordentlichen Stapeln zusammengeschoben und parallel zur Tischkante ausgerichtet.

Rünz setzte sich und musterte kurz die Runde, bevor er die Besprechung eröffnete. Neben ihm saß Manfred Meyer, ein Bürokratentyp bar jeder Inspiration und Kreativität bei der Ermittlungsarbeit, aber Gold wert, wenn es darauf ankam, zwanzig Meter Archivakten oder einige Megabyte Datensätze in möglichst kurzer Zeit zu durchforsten. Er hatte den Gesichtsausdruck eines Babys, dazu den traurigdümmlichen Blick von Rauhaardackeln, der bei manchen Frauen Mutterinstinkte weckte. Meyer führte akribisch Buch über seine Überstunden und konnte die Brückentage des übernächsten Kalenderjahres auswendig herbeten. Er schaute mürrisch drein, offensichtlich befürchtete er Wochenendeinsätze. Neben ihm saß Charlotte de Tailly, Ende zwanzig, Mitarbeiterin des ›Commissariat de Police Nationale‹ in Troyes, der französischen Partnerstadt Darmstadts. Sie arbeitete im Rahmen eines Austauschprogrammes der Polizeidirektionen beider Städte für einige Monate in Darmstadt. Charli litt unter starker Neurodermitis, die ihre Gesichtshaut ruiniert hatte. Weil sie auf dem völlig deregulierten Markt der Attraktivität damit noch nicht ausreichend benachteiligt war, hatte ihr der Herrgott noch einen starken Vorbiss mit auf den Weg gegeben. Es gab zwei Möglichkeiten des Umgangs mit dieser genetischen Disposition, und sie hatte sich nicht für das stille Mauerblümchen sondern für die Betriebsnudel entschieden. Das hatte ihr in kürzester Zeit eine wichtige Funktion im gruppendynamischen Getriebe des Präsidiums beschert. Die Kollegen konnten ihre verkümmerten Flirtfähigkeiten ungehemmt an ihr erproben und die Kolleginnen hatten sie ganz oben auf ihrer Lästerliste. Rünz hatte sie ins Team geholt, weil sie bei informatorischen Befragungen und Verhören Wunder vollbringen konnte. Ihr fehlte als französischer Staatsbürgerin natürlich jede rechtliche Legitimation für Vernehmungen nach Strafprozessordnung, aber in der Praxis war die Grenze zwischen informatorischer Befragung und Verhör meist fließend und der Widerspruch eines aufmerksamen Rechtsbeistandes nicht immer zu fürchten. Obwohl sie perfekt Deutsch sprach nahm sie den Gesprächssituationen mit ihrem hinreißenden Akzent und ihrer Lebendigkeit unbewusst ihre formale Strenge. Ihre Gesprächspartner tauten regelmäßig innerhalb von Minuten auf, kamen aus der Reserve, plauderten ungefiltert und ohne Rücksicht auf Verluste drauflos. Rünz hatte von ihr geleitete Verhöre beobachtet, bei denen Verdächtige faktisch Geständnisse abgeliefert hatten, ohne sich dessen bewusst zu sein.

Ihm gegenüber kraulte sich Albert Bunter seinen Vollbart, ein schmächtiger Typ wie Rünz, allerdings mit einem gemütlichen kleinen Bierbauch. Bunter hatte wie Rünz drei silberne Sterne auf seiner Uniformjacke und hätte ihm von seinen Fähigkeiten her die Leitung der Ermittlungsgruppe ohne Weiteres streitig machen können, hatte aber keinerlei Aufstiegsambitionen. Er war ein knochentrockener westfälischer Stoiker, der zum Lachen in den Keller ging, dabei brillanter Kriminalist und Analytiker, der auch in komplexen Fällen die Fäden zusammenhalten konnte. Wedel hängte Karten, Pläne und Fotos an die Pinnwand.

Rünz räusperte sich.

»Meine Damen und Herren, ich danke für Ihr Erscheinen. Zur Sache.« Er stand auf, ging zur Pinnwand und steckte eine Nadel in ein Luftbild des Woogsareals.

»Gestern Morgen hat ein DLRG-Taucher im Großen Woog eine Leiche gefunden. Der Fundort liegt hier, dreißig Meter nördlich der Seemitte, in der Mitte einer gedachten Linie zwischen Familienbad und der Nordspitze der Badeinsel. Äußere Gewalteinwirkung als Todesursache ist wahrscheinlich, der Tote hat mehrfache Frakturen und eine Schädelverletzung, wie sie hier sehen. Wir müssen von Fremdeinwirkung ausgehen, die Leiche lag in vier Metern Tiefe beschwert mit diesem Betonblock, wahrscheinlich als Auftriebssicherung. Robert Bartmann vom IFM in Frankfurt hat die Leichenschau durchgeführt, er wird auch die Obduktion machen. Der Todeszeitpunkt liegt nach erstem Anschein mindestens einige Jahre zurück, aber auf eine Höchstgrenze wollte Bartmann sich noch nicht festlegen. Wir werden erst in zehn Tagen einen vorläufigen Bericht von ihm erhalten. Ein Abgleich mit den Vermisstendatenbanken macht erst Sinn, wenn wir genauere Informationen über Alter, Geschlecht, Todesumstände und -zeitpunkt haben. Deswegen konzentrieren wir uns vorerst auf Spurensicherung und Befragungen. Der Woog ist heute noch den ganzen Tag für den Badebetrieb gesperrt, wir haben also ausreichend Zeit für eine ordentliche Spurensuche in den Uferbereichen, den Anlagen und Gebäuden auf dem Gelände. Herr Wedel und Herr Meyer, ich bitte Sie in Absprache mit Frau Habich die gesamten Uferbereiche absuchen zu lassen. Kleidungsstücke, potenzielle Schlagwerkzeuge, alles ist wichtig. Machen Sie eine ausführliche Fotodokumentation der Anlagen rund um den See. Nehmen Sie sich zehn Kollegen von der Bereitschaft zur Unterstützung. Markieren Sie auf einer Katasterkarte die schlecht einsehbaren Stellen, an denen eine Gewalttat unbemerkt ausgeführt oder ein Toter unauffällig aus einem Auto ausgeladen und zum Wasser transportiert werden kann. Widmen Sie sich genau den Stellen und Slipanlagen, an denen man ein Boot zu Wasser bringen kann. Soweit ich weiß, ist der Umgrenzungszaun um das Woogsgelände nicht überall gleich hoch und in gleich gutem Zustand. Tragen Sie diese Informationen in die Karte ein, markieren und fotografieren Sie auch Beschädigungen am Zaun. Machen Sie eine Liste aller Boote und schwimmfähigen Einrichtungen rund um den See, fragen Sie die Leute von der Badeaufsicht, ob es irgendwann in der Vergangenheit Hinweise auf illegale Benutzung ihrer Boote gab. Suchen Sie den Schilfgürtel im Norden und Nordosten genau ab, vielleicht bitten wir Deiters Leute von der DLRG nochmal um Unterstützung.«

»Wir sollten irgendwie prüfen, von welchen Stellen aus die Fundstelle einsehbar ist«, schlug Bunter vor.

»Gute Idee – Herr Wedel, setzen Sie einen unserer Fotografen mit einem Camcorder in eins der Boote der Badeaufsicht und lassen Sie ihn an der Fundstelle einen 360-Grad-Schwenk drehen. Charlotte, Herr Bunter, ich bitte Sie beide die informatorischen Befragungen vorzubereiten. Wir sprechen hier von einem Ereignis das vielleicht fünf oder mehr Jahre zurückliegt, möglicherweise nicht mehr genau datiert werden kann. Das vergrößert die Anzahl potenzieller Informanten erheblich. Wir müssen das systematisch angehen. Fangen wir mit der Badeaufsicht an. Beschaffen Sie die Personaldaten aller Mitarbeiter der letzten zehn Jahre, einschließlich studentischer Hilfskräfte, den Frauen im Kassenhäuschen und sonstiger Aushilfen. Es muss da eine Bürgerinitiative zur Erhaltung des Sees geben.«

»Der Woogsfreunde«, ergänzte Bunter.

»Genau, setzen Sie alle aktuellen und ehemaligen Mitglieder dieser Gruppe auf die Liste. Kontaktieren Sie das Grünflächen- und Umweltamt. Welche städtischen Angestellten haben in den letzten zehn Jahren die Grünanlagen gepflegt, welche externen Firmen wurden mit der Pflege beauftragt. Filtern Sie aus dem Melderegister die Einwohner heraus, die in den letzten zehn Jahren hier an der Heinrich-Fuhr-Straße zwischen Beckstraße und Trainingsbad und hier an der Landgraf-Georg-Straße zwischen Elisabethenstift und Ostbahnhof gemeldet waren. Kontaktieren Sie den Gastwirt des Woogsstübchens und fragen Sie ihn nach seinen Stammgästen. Versuchen Sie eine vollständige Liste seiner Vorgänger zu bekommen, soweit ich weiß, hat der Pächter der Kneipe in den letzten zehn Jahren mehrmals gewechselt. Sprechen Sie mit dem Leiter der Jugendherberge. Fragen Sie ihn nach seinen Vorgängern. Lassen Sie sich von ihm die Adressen der Gruppenleiter und Privatleute geben, die in den letzten zehn Jahren die Herberge genutzt haben; das meiste wird er in seiner EDV haben, aber es wird sicher eine Menge Papierarbeit. Setzen Sie die Trainer des TSG 1846 und die Betreiber der Tennisanlage im Osten des Sees auf die Liste. In zwei bis drei Tagen sollten Sie die Aufstellung komplett haben, dann legen wir los mit den Befragungen. Stellen Sie standardisierte Fragenkataloge zusammen für die einzelnen Zeugengruppen damit wir nichts vergessen. Versuchen Sie darüber hinaus die Leute zum Reden zu bringen, Sie wissen schon, alte Geschichten, die man sich weitererzählt.

Wir werden anfangen mit der Badeaufsicht und der Jugendherberge, die sitzen schließlich auf den Logenplätzen.«

Rünz machte eine kurze Pause. Man hatte ihm aufmerksam zugehört, seine Leute notierten sich eifrig seine Anweisungen.

»Gibt es Fragen oder Anregungen?«

Meyer meldete sich. »Da gibts noch einen Anglerverein, den werde ich mir vornehmen. Außerdem existiert da doch so ein Seniorenclub, die springen doch im Frühjahr beim alljährlichen Anschwimmen immer als Erste ins Wasser.«

»Sie meinen die Schlammbeisser, hätte ich fast vergessen. Sprechen Sie mit jedem Einzelnen, wenn jemand alte Geschichten kennt, dann die.«

»Holen wir uns Unterstützung vom BKA?«, fragte Bunter.

»Wenn wir merken, dass wir auf der Stelle treten, werden wir ein OFA-Team anfordern. Aber das hat jetzt noch keinen Sinn, wir müssen erst mal die Grundlagenarbeit machen.«

»Wie sieht es mit ViCLAS aus«, fragte Wedel.

»Geben Sie sukzessive alle Informationen ein, die wir in den nächsten Wochen erarbeiten. Vielleicht haben wir Glück. Was fällt Ihnen sonst noch ein?«

Schweigen. Rünz hatte sich offensichtlich gut vorbereitet, nicht einmal Bunter fiel eine sinnvolle Ergänzung zu seinem Aktionsprogramm ein. Es sah so aus, als hätte er sich bei seinem Team wieder etwas Respekt verschafft.

»Dann an die Arbeit. Wir werden uns bis auf Weiteres jeden Montag und jeden Freitag um 9.00 Uhr hier treffen. Nutzen Sie ansonsten die üblichen Wege der Informationsverteilung, ich bin ständig mobil erreichbar.«

Rünz schloss die Sitzung. Beim Verlassen des Zimmers fing er Wedel ab.

»Hören Sie, Hoven möchte eine *roadmap* und einen *action plan* für den Fall. Wissen Sie, was er damit meint?«

»Klar Chef«, lachte Wedel, »das ist alter Wein in neuen Schläuchen – früher hieß das Ermittlungs- und Untersuchungsplan. Aber das klingt ihm irgendwie zu altbacken.«

»Das beruhigt mich. Hören Sie, ich werde wie üblich jede Woche für ihn ein paar Punkte zu Papier bringen, die ich Ihnen dann schicke. Bauen Sie doch bitte ein paar von seinen Lieblingsanglizismen ein, Sie wissen schon, dieses ›Business-Denglisch‹, und leiten Sie es dann in meinem Namen an ihn weiter. Er soll sich richtig wohlfühlen beim Lesen.«

6

Der Ermittler überquerte die Nieder-Ramstädter-Straße, fuhr noch einige Meter auf dem Böllenfalltor-Weg Richtung Uni-Campus und bog hinter dem Bessunger Forsthaus rechts in den Waldweg ein. Auf dem Waldparkplatz vor dem Vereinshaus stand eine Horde *Nordic Walker*, die in Zweiergruppen mit ihren Stöcken ein lächerliches Aufwärmballett vorführten. Dass Darmstadts *Nordic Walking Instructors* ausgerechnet den Parkplatz vor seinem Vereinshaus als *Meeting Point* auserkoren hatten, empfand Rünz als persönlichen Affront. Sie versperrten ihm die Zufahrt zu seinem Stammplatz. Er stellte seinen Wagen vor der Pizzeria ab, die den Ostflügel des schmucklosen einstöckigen Gebäudes nutzte, wuchtete seine Waffenkiste aus dem Kofferraum und ging zum Schießstand, die Freizeitsportler keines Blickes würdigend. In der kleinen Halle stand Brecker mit ein paar Vereinskameraden um eine schwarze Metallkiste herum.

»Ah, da schau her«, begrüßte ihn Brecker, »da kommt der Richtige. Schau dir das Baby mal an Karl, da schlagen Männerherzen höher!«

Rünz warf einen Blick in die Kiste und hatte spontan alle physiologischen Reaktionen, die die meisten seiner Geschlechtsgenossen bei einem überraschenden Auswärtssieg ihrer Fußballmannschaft oder beim Klang eines doppelt aufgeladenen Zehnzylindermotors hatten – Gänsehaut, feuchte Hände, erhöhter Puls und Blutdruck, gerötete Gesichtshaut. In einem sauber ausgestanzten Hartschaumblock, der die Kiste komplett ausfüllte, lagen die Einzelteile einer Scharfschützenwaffe der neuesten Generation. Ein Repetierer mit elegantem, dunkelgrün eloxiertem Aluminiumchassis und einem über sechzig Zentimeter langen Matchlauf, raumsparendem Klappschaft und justierbarer Hinterschaftplatte, Zielfernrohr und diversem Zubehör. Brecker nahm die Waffe aus dem Koffer, löste die Verriegelung, klappte den Schaft auf und legte an.

»Die Jungs von der Insel machen unseren deutschen Waffenschmieden ganz schön Feuer unterm Arsch. Artic Warfare von Accuracy International in 300er Winchester Magnum.«

Brecker fischte den Verschluss am Kammerstängel aus dem Kasten und hielt ihn wie eine Monstranz in Augenhöhe.

»Sechs Verriegelungswarzen, die sich direkt im Lauf festkrallen!«

Er führte den Metallzylinder sanft von hinten in die Waffe ein. Brecker konnte mit seinen Wurstfingern eine überraschend sensible Feinmotorik entwickeln, wenn er mit Waffen umging. Wirkliche Liebe konnten Männer nur für Maschinen empfinden. Er grinste.

»KSK-Konfiguration. Zeiss-Hensold-Zielfernrohr 3-12/56 SSG-P, optional gibts einen Bildverstärker, wenns mal etwas später wird. Kannelierter 26-Zoll

Matchlauf mit 280er-Drall – da kommt richtig Freude auf. Und vorne am Ausgang haben wir noch eine hübsche kleine Mündungsbremse, schließlich wollen wir ja keine blauen Flecken bekommen! Konnte mir für unser kleines Baby auch noch einen Brügger & Thomet-Schalldämpfer organisieren. Habe eine leckere Laborierung für eine kleine Testreihe geköchelt, 190 grains RWS Match-Geschosse mit 43 grains Treibladung, das sollte für eine Präzision von unter 10 Millimetern auf 100 Meter gut sein.«

»Ich dachte Accuracy International wäre pleite«, fachsimpelte Rünz.

»Korrekt Karl. Aber seit Mai 2005 auferstanden wie Phönix aus der Asche – mit neuem Management und neuen Modellen. Demnächst wollen die Jungs eine handliche kleine Artillerie im Kaliber 50 BMG auf den Markt bringen. Kanns kaum erwarten.«

Rünz beneidete Brecker um seine Beziehungen zur Waffenindustrie. Er verließ die Gruppe, stellte seinen Koffer an einer freien Übungsbahn ab und widmete sich seiner Leidenschaft, der Arbeit mit großkalibrigen, kurzläufigen Revolvern, der perfekten Kombination von Durchschlagskraft und einfacher, solider Technik. Das einzige Zugeständnis an den technischen Fortschritt war die Double-Action-Mechanik seiner Ruger Super Redhawk Alaskan, die das Spannen und Auslösen der Waffe in einer Bewegung des Abzuges ermöglichte. Mit über 1.600 Joule Geschossenergie war sein Revolver gut für respektable Wanddurchbrüche, die Lauflänge von 2,5 Zoll erlaubte allerdings keine präzisen Schüsse auf größere Entfernungen. Er testete verschiedene Laborierungen, Kombinationen von Geschossen und Treibladungen, um sich nach und nach dem optimalen Kompromiss aus maximaler Schussleistung bei noch akzeptablem Rückstoß zu nähern. Nach wenigen Minuten war er völlig versunken in das heilige Ritual aus Konzentration, Schuss, Entspannung und nachladen. Er verlor jedes Zeitgefühl.

Rünz' Frau hatte sich vor Jahren mit der ganzen Euphorie einer Junganalysandin, die glaubte, mit Freuds Lehre die Welt erklären zu können, auf die Deutung seines Hobbys gestürzt. Sie hatte das psychoanalytische Interpretationsuniversum auf ihr Telekollegniveau heruntergebrochen, auf dem Schusswaffen natürlich als phallisch besetzte Objekte auftraten, die die Omnipotenzfantasien ihrer Nutzer bedienten – sie waren *lang*, aus *hartem* Metall, *ejakulierten* auf Befehl und unter Kontrolle des Besitzers Geschosse, mit denen andere Objekte und Personen *penetriert* werden konnten. Für Rünz waren derlei analytische Deutungen so universal wie beliebig. In Wahrheit resultierte der Lustgewinn bei der Beschäftigung mit Waffen aus der bedingungslosen Hingabe an Funktion, Präzision und Qualität.

Gegen 21.30 Uhr öffnete er seine Wohnungstür und hörte gedämpfte Unterhaltung aus dem Wohnbereich. Das Essen mit ihren Freunden aus der Pilates-Gruppe! Er fluchte leise. Sie hatte ihn morgens noch daran erinnert, aber er hatte es verdrängt wie einen Termin beim Zahnarzt. Er war über eine Stunde zu spät, aber er konnte sich jetzt unmöglich zu ihren Gästen an den Tisch setzen, ohne seinem Baby die Liebe und Zuwendung zuteil werden zu lassen, die es nach dem harten Einsatz auf dem Schießstand verdient hatte. Für diese sakrale Zeremonie zu Ehren der Herren Smith & Wesson gab es nur einen Altar – den Couchtisch. Er betrat das Wohnzimmer, den Waffenkoffer in der Hand. Seine Frau saß mit zwei Männern und ihrer besten Freundin beim Essen. Die Teller waren fast leer, anderthalb Flaschen Chablis geleert. Alle schwiegen und schauten ihn an.

Rünz versuchte, mit einem lockeren und jovialen Auftritt die Stimmung positiv zu beeinflussen.

»Hallo allerseits, bin ein bischen spät dran. Ich hoffe Sie haben mit dem Essen nicht allzu lange gewartet.«

Er stand mit seinem Waffenkoffer in der Hand am Tisch, hielt es aber nicht für zwingend erforderlich, den Gästen die Hand zu geben. Seine Frau stellte ihn den beiden Männern vor, aber er hatte ihre Namen gleich darauf wieder vergessen. Die beste Freundin seiner Frau kannte er bereits, eine Kontrollfanatikerin, die sich ein Jahr zuvor von einem Brasilianer hatte scheiden lassen. Sie hatte diesen Mann ursprünglich geheiratet, weil er ihr auf eine liebenswerte Weise südländisch spontan und ungezwungen erschien. Die Scheidung wollte sie dann, weil er so planlos und unkoordiniert in den Tag hineinlebte. Wie viele geschiedene Frauen litt sie als Trennungsfolge unter einer zerebralen Dysfunktion. Fielen in ihrer Gegenwart Schlüsselworte wie ›Ehe‹, ›Trennung‹ oder ›Scheidung‹, fing sie an, in einer Art verbaler Diarrhöe ihre gesamte Beziehungs- und Ehegeschichte auszuscheiden. Sie hatte in dieser Hinsicht einen durch nichts zu bremsenden Mitteilungsdrang, sodass inzwischen sogar Rünz' Frau einschlägige Gesprächsthemen vermied.

Die beiden Männer am Tisch waren kaum zu unterscheiden, sie trugen beide halblange, etwas verwuschelte Haare, Brillen mit filigranen Titangestellen, Breitcordhosen und hochwertige, anatomisch geformte Bequemschuhe von Ecco oder Clarks. Sie vermittelten alles in allem den Eindruck aktiver und aufgeklärter Zeitgenossenschaft, akademische Mittelschicht, die sich in der Zivilgesellschaft engagierte. Rünz' Synapsen feuerten spontan Assoziationsketten, die von Elternbeiratssitzungen über Anwohnerversammlungen, Manufactum, Krieg-ist-keine-Lösung, Deeskalation und Vaterschaftsurlaub bis zu Arte-Themenabenden und Toskanaurlauben reichten.

Er setzte sich in Sichtweite der Runde mit seinem Koffer auf die Couch und legte eine Korkmatte auf die Glasplatte des Tisches. Vorsichtig nahm er die Ruger aus dem Koffer, demontierte sie und sprühte die Einzelteile sorgfältig mit Hoppes Elite Foaming Gun Cleaner ein, einem exzellenten Schaumreiniger für Handfeuerwaffen mit bis zu dreißig Prozent reduzierter Einwirkungszeit. Das Reinigungsmittel verbreitete einen leicht ätzenden Geruch im Raum, ein Duft, der auf Rünz die gleiche wohlig sedierende Wirkung hatte wie eine Flasche Bier.

Die Gäste starrten ihn schweigend an, seine Frau

spießte mit ihrer Gabel Tofuwürfel von ihrem Teller auf; sie stach regelrecht auf die unschuldigen Sojaprodukte ein. Schließlich versuchte sie, den Gesprächsfaden wieder aufzunehmen, ihre Tischnachbarn nahmen die Vorlage dankbar an. Im Kern drehte sich das Gespräch um bewusste Ernährung und die Frage, ob Veganer Vegetariern ethisch noch überlegen seien, somit also die höchste Stufe moralisch integrer Ernährungsformen für sich in Anspruch nehmen konnten.

Rünz befreite den Lauf seiner Ruger mit einer Bronzebürste von Bleiablagerungen. Er hatte ein schlechtes Gewissen. Seine Frau war gekränkt, weil er über eine Stunde zu spät nach Hause kam, er konnte sie jetzt unmöglich noch dadurch kompromittieren, dass er sich nicht am Gespräch beteiligte. Er wartete den richtigen Moment ab um in die Diskussion einzusteigen.

»Wussten Sie eigentlich, dass Hitler Vegetarier war? Und ein großer Tierfreund noch dazu!«

Schweigen. Die Gabel seiner Frau blieb regungslos auf halbem Weg zwischen Teller und Mund stehen, ein Tofuwürfel kam auf den Zinken ins Rutschen und landete knapp neben dem Rand ihres Tellers. Rünz spürte die Möglichkeit eines Missverständnisses und fühlte sich genötigt, eine Erklärung nachzureichen.

»Ich meine, das ist doch faszinierend, diese Dualität. Ein Mensch hat keine Skrupel, Millionen in den Tod zu schicken, kümmert sich aber gleichzeitig mit viel Liebe und Zuwendung um Tiere. Ich habe ohnehin manchmal den Eindruck, dass große Tierliebe meist mit ebenso großer Menschenverachtung einhergeht. Was meinen Sie?«

Seine Frau kippte sich den restlichen Chablis in ihr Glas und leerte es in einem Zug. Einer der Bequemschuhe fühlte sich herausgefordert. In diesem zivilisierten Citoyen mussten Reste urzeitlicher Triebe schlummern, die ihm befahlen, mit Rünz um die Dominanz im Rudel und die Gunst der Weibchen zu rivalisieren.

»Sie wollen doch nicht ernsthaft Hitler als Maßstab nehmen für die moralische Bewertung von Menschen, die versuchen sich bewusst zu ernähren!«

»Natürlich nicht, da haben Sie mich missverstanden.«

Rünz klappte die Trommel aus seiner 454er Casull, richtete die Waffe auf die Leuchte über dem Esstisch, drehte den Metallzylinder und peilte mit einem Auge durch die Patronenlager auf der Suche nach Verbrennungsrückständen.

»Ich wollte die Thematik nur um einen interessanten Aspekt erweitern. Dinge sind oft komplexer, als sie auf den ersten Blick zu sein scheinen. Wie hat Freud doch so schön gesagt: Es sind die Heiligen, die die breitesten Blutspuren hinterlassen.«

Seine Frau knallte die Gabel auf den Teller, ihre Freundin legte ihr die Hand auf den Unterarm. Der zweite Citoyen versuchte sich als Fahnenträger seines Tischnachbarn zu positionieren und die Gruppe geschlossen gegen Rünz in Stellung zu bringen.

»Könnten Sie Ihre Waffe vielleicht in eine andere Richtung halten? Wir empfinden das als Bedrohung.«

»Wen meinen Sie mit ›wir‹, haben Sie ein Verhältnis mit meiner Frau?«

Rünz versuchte es mit Humor, aber es half nicht wirklich. Der Mann starrte erst ihn und dann seine Frau an. Er sah aus wie ein Schuljunge der beim Diebstahl eines Radiergummis erwischt wurde. Der Ermittler verriegelte die Trommel der Waffe und legte sie sanft auf die Korkmatte. Er war sich bewusst, dass dieser Abend einen ungünstigen Kurs zu nehmen drohte, aber er war fest entschlossen, das Ruder herumzureißen. Wer weiß, vielleicht war dieser unglückliche Start der Beginn einer langen und intensiven Männerfreundschaft? Er wandte sich den beiden Zivilisten zu und ging in die Offensive. Er war bereit, sein Allerheiligstes mit ihnen zu teilen.

»Sagen Sie, haben Sie nicht Lust mich nächste Woche auf den Schießstand zu begleiten? Ich verspreche Ihnen ein einmaliges Erlebnis. Sie werden sich fühlen wie« – Rünz suchte sekundenlang nach dem richtigen Wort – »wie Männer.«

Der Ermittler war sich nicht sicher, ob er die passende Formulierung gefunden hatte. Die beiden reagierten reserviert auf seine Einladung und verabschiedeten sich bald, die Exfrau des Brasilianers im Schlepptau. Als sie alleine waren, brach seine Frau einen furchtbaren Streit vom Zaun, warf ihm vor er hätte sich total danebenbenommen. Rünz war perplex über die Intensität der Stimmungsschwankungen, die der weibliche Zyklus verursachen konnte.

7

Die Luft im Raum war zum Schneiden. Leere Thermoskannen standen auf dem Tisch. Bunter hatte eine halbvolle Tasse Kaffee umgekippt, den er mit drei Zuckerwürfeln angerührt hatte. Die Pfütze vertrocknete auf der Tischplatte zu einem klebrigen braunen Sirup.

Rünz stand auf, ging zum Fenster und öffnete einen Flügel.

»Herr Bunter, was ist mit der Jugendherberge?«

Bunter seufzte.

»Bis jetzt ohne Ergebnis. Und ohne genauere Eingrenzung des Todeszeitpunktes sollten wir uns auch keine größeren Hoffnungen machen. Wir haben einen unüberschaubaren Kreis möglicher Zeugen. Es gibt drei relevante Zeugengruppen – Gäste, Mitarbeiter und Handwerker, die bei Umbau, Modernisierung und Instandhaltung tätig waren. Nehmen wir die Übernachtungsgäste – das Haus wurde Anfang der Fünfziger Jahre vom DJV gebaut, zuletzt von Oktober 2003 bis Mai 2004 komplett umgebaut und modernisiert. Die Sonnenterrasse zum Woog ist jetzt überdacht und bildet den Essbereich. Die haben fast zwanzigtausend Übernachtungen im Jahr, die Hälfte davon Jugendgruppen mit Leitern, die andere Hälfte Individualreisende, Familien oder Kleingruppen. Selbst wenn wir uns nur auf die Gruppenleiter konzentrieren, sind das mehrere hundert Leute – pro Jahr!«

»Was ist mit dem Pächter und den Angestellten, nehmen Sie sich die zuerst vor.«

»Wir sind dran, bis jetzt ohne Erfolg. Im Schnitt arbeiten fünfundzwanzig festangestellte Voll- und Teilzeitkräfte im Haus. Die Fluktuation ist relativ gering, sodass wir rund sechzig Personen in den letzten fünfundzwanzig Jahren haben. Dazu kommen im Schnitt neun Zivildienstleistende, die sind natürlich immer nur für 9 Monate zur Verfügung, da kommt über die Jahre auch eine stattliche Gruppe zusammen. Die Zivis wohnen in der Herberge, in den Räumen unter der Kantine nach Süden zum See raus – zumindest die, die nicht aus der Region kommen. Die haben morgens bereits zweimal die Leichen aufgetriebener Ertrunkener vom Vortag entdeckt.«

»Wohnt der Pächter im Haus?«

»Hat er, bis zum Umbau 2003/2004. Aus seiner früheren Wohnung sind jetzt drei zusätzliche Schlafräume entstanden, alle mit Blick auf den See.«

»Gut, machen Sie weiter mit den Angestellten und den Zivis, wir werden später sehen, wen wir uns von den Übernachtungsgästen vornehmen. Was ist mit diesen Woogsfreunden, Herr Meyer?«

»Negativ. Hatte die Ehre, mit dem Vorsitzenden persönlich zu sprechen. Viele Anekdoten, nichts Verwertbares für uns. Bis auf eine interessante Geschichte ...«

»Schießen Sie los!«

»Naja, nehmen wir mal an, die Leiche liegt nicht

erst seit zehn sondern schon seit vierzig oder fünfzig Jahren dort, wir wissen ja noch nichts Genaues. Dann ist es möglicherweise diesen Woogsfreunden zu verdanken, dass sie nicht schon viel früher gefunden wurde.«

Rünz und Wedel schauten ihn verständnislos an.

»Ich sehe schon, ich muss da etwas ausholen. Anfang der Sechziger Jahre trainierten im Woog deutsche Leistungsschwimmer für die Olympiade, da gehörte ein Darmstädter dazu, Hans-Joachim Klein ...«

»Little-Klein«, rief Wedel, »der hat doch 1964 in Tokio dreimal Silber geholt! Und der hat hier im offenen See trainiert?«

Wedel war ein wandelndes Sportlexikon.

»Richtig, mit der deutschen Staffel. Genau genommen einmal Silber auf vier mal hundert Meter Freistil, einmal ...«

»Gut gut«, unterbrach Rünz. »Kommen Sie zur Sache.«

»War übrigens das letzte Mal, dass eine gesamtdeutsche Mannschaft bei olympischen Spielen angetreten ist, wenn Sie mir die Bemerkung noch erlauben. Nach diesem Erfolg hatte der DSW hier natürlich richtig Oberwasser, die haben dann irgendwann gemerkt, dass man in einem offenen Gewässer nicht ordentlich trainieren kann. Die haben dann mit Schützenhilfe der SPD den Bau eines Hochleistungszentrums gefordert.«

»Aber das wurde doch im Bürgerpark am Nordbad gebaut«, stellte Wedel fest.

»Richtig, aber zuerst wollten sie es in den Woog setzen!«

Rünz schüttelte den Kopf.

»Ein Hallenbad in einem See? Wie kamen die denn auf diese Schnapsidee?«

»Zuerst sollte das eine offene Wanne werden. Hat sich natürlich sofort Widerstand gebildet, war ja auch eine Schildbürgernummer. Die Jungdemokraten haben sich damals besonders engagiert, unterstützt von den Schlammbeissern und vielen Badegästen. Das war die Geburtsstunde der Woogsfreunde. Jedenfalls war 1973 die Diskussion abgeschlossen, der DSW hat sein Leistungszentrum bekommen, aber nicht im Woog sondern im Bürgerpark, und die Heiner haben ihren Badesee behalten.«

Rünz wurde ungeduldig.

»Und was hat das jetzt mit unserem Toten zu tun?«

»Sie können keine Betonwanne in den See setzen ohne das Wasser komplett abzulassen! Jedenfalls ging das mit den damaligen technischen Mittel nicht so einfach. Heute gibts da Spundwände und so weiter. Stellen Sie sich den freiliegenden Seegrund vor, da wäre doch eine halb aus dem Schlick ragende Leiche sofort aufgefallen!«

»Wenn ich Sie richtig verstehe, dann könnten die Jungdemokraten damals gegen die Woogswanne opponiert haben, damit der Juso-Vorsitzende nicht gefunden wird, den sie vorher im See versenkt haben. Wir sollten die Liberalen in der Stadtverordnetenversammlung in Beugehaft nehmen!«

Bunter lachte.

»Bei der Größe der Partei wird denen das auf Bundesebene einen schweren Schlag versetzen!«

Meyer ließ sich von den Frotzeleien nicht beeindrucken.

»Unsinn, die hatten damals alle gute Gründe gegen das Projekt zu sein. Das hätte den See doch völlig verschandelt. Aber als ich mit dem Vorsitzenden der Woogsfreunde über das Thema sprach, fiel ihm einer ein, der bei den zahlreichen öffentlichen Diskussionen damals völlig aus dem Rahmen fiel. Ein Anwohner, richtig unangenehmer Choleriker, hat die DSW-Leute und Kommunalpolitiker die das Projekt unterstützten Verbrecher genannt und mehrfach mit Sabotage gedroht, falls die Wanne gebaut würde. Der Vorsitzende konnte sich an keinen Namen erinnern, der Mann soll aber einige ziemlich verletzende Leserbriefe verfasst haben.«

Der Rest der Gruppe lachte, Rünz schüttelte den Kopf.

»Da haben Sie sich ja eine hübsche Räuberpistole zusammenfantasiert, Herr Meyer. Das ist definitiv die heißeste Spur, von der ich je gehört habe. Solche Protestrentner tauchen doch auf, sobald irgendwo ein Schlagloch ausgebessert wird. Aber was solls, Sie haben mich auf eine Idee gebracht. Charli, könnten Sie morgen im Verlagshaus der ›Allgemeinen‹ in der Holzhofallee im Archiv stöbern? Nehmen Sie sich die Kriegsjahrgänge vor und die Ausgaben bis 1950, vielleicht finden Sie etwas Verwertbares. Und wenn Sie schon mal da sind, werfen Sie doch mal einen Blick auf die Leserbriefseiten des Jahrgangs 1973, vielleicht findet sich ein Pamphlet dieses Cholerikers. Leserbriefe werden doch immer unter dem entsprechenden Namen veröffentlicht. Was ist mit der

Spurensuche an den Uferbereichen, was wissen die Leute von der Badeaufsicht?«

Die Mitglieder des Teams referierten ihre Ermittlungsergebnisse, aber Rünz hörte nur noch mit einem Ohr zu. Die *smoking gun* fehlte, es war die erwartete Mischung aus verschiedensten Ondits und Gerüchten, von denen jedes einzelne völlig belanglos sein oder aber eine Schlüsselrolle spielen konnte, je nachdem, in welchen Kontext man es stellte. Und den Kontext lieferte Bartmann. Rünz hasste es zu warten.

8

Autofahren hat etwas Meditatives, solange man nicht unter Termindruck steht. Rünz zuckelte mit hundert Stundenkilometern auf der A5 Richtung Frankfurt. Er musste aufpassen, dass er in Gedanken versunken das Tempo nicht noch weiter drosselte und zum Verkehrsrisiko wurde. Auf der linken Spur lieferte sich ein M3-Cabrio mit einem Sechser-Coupé ein Rennen. Die beiden rasten mit einem so irrwitzigen Tempo vorbei, dass er das Gefühl hatte zu parken. Rünz fragte sich, ob BMW-Fahrer ihren neurologischen Defekt bereits in die Autohäuser mitbrachten oder ob sie ihn erst bei der Nutzung ihrer Fahrzeuge erwarben.

Er versuchte noch einmal die Ergebnisse der letzten Tage zu rekapitulieren. Wedel hatte auf eigene Faust INPOL durchforstet, obwohl das Team noch keine näheren Informationen über den Toten hatte. Über 5.900 verschwundene Menschen waren zur Suchfahndung im Programm ausgeschrieben. Der Datenpool enthielt auch Suchanfragen aus dem Ausland, die über Interpol dem BKA Wiesbaden zugetragen wurden und die im Schengener Informationssystem SIS gespeicherten Vermisstenmeldungen. Täglich wurden hundertfünfzig bis zweihundert Datensätze neu angelegt oder gelöscht, wenn, wie in der überwiegenden Mehrzahl der Fälle, die gesuchten Menschen innerhalb weniger Wochen unversehrt wieder auftauchten. Wedel hatte die Personen ausgewählt, die seit über einem Jahr vermisst wurden. Übrig blieben 177 Fälle, 108 davon männlichen Geschlechts. Sortierte man die aus, die zum Zeitpunkt ihres Verschwindens Kinder und Greise waren, blieben zweiundfünfzig erwachsene Männer, deren Identität für die Leiche in Frage kam. Ging man von der ziemlich spekulativen Hypothese aus, dass der Tote aus dem Rhein-Main-Gebiet stammte, verringerte sich die Zahl sogar auf acht. Von fünf dieser acht Männer lag der Polizei organisches Material in Form von Haaren etc. vor, das von Angehörigen zur Verfügung gestellt worden war, um beim Fund einer Leiche einen Abgleich mit dem genetischen Fingerabdruck zu ermöglichen. Mit viel Glück und Bartmanns Geschick würden sie diesen Fall also in wenigen Tagen oder Wochen lösen können. Rünz war in diesem Punkt allerdings weniger optimistisch als Wedel, denn INPOL erfasste nur solche vermissten Menschen, für die die Angehörigen oder Suchenden glaubwürdig darstellen konnten, dass ihnen Gefahr durch eine Straftat, einen Unfall oder einen Suizidversuch drohte. Ansonsten hatte jeder Volljährige das Recht, seinen Aufenthaltsort frei zu wählen, und niemand konnte ihn zwingen, seiner Familie zu verraten wo er sich aufhielt. Die Zahl der tatsächlich Vermissten mochte also um ein Vielfaches höher liegen, und keiner wusste, wie viele von diesen Verschwundenen noch lebten. Darüber hinaus wurden die Daten maximal dreißig Jahre gespeichert.

War die Woogsleiche älter, würde ihnen kein Computer der Welt das Rätsel lösen.

Über zwanzig Minuten wartete Rünz in Bartmanns Arbeitszimmer. Er musste sich zusammenreißen, schließlich hatte er sich kurzfristig morgens angemeldet und konnte nicht erwarten, dass der Mediziner sofort Zeit für ihn hatte. So hatte sein Unterbewusstsein ausreichend Gelegenheit, jenen Angstcocktail anzumischen, den alle medizinischen Laien trinken, die sich als Patienten oder Besucher in einschlägigen Einrichtungen bewegen. Der drohende Schrecken einer vernichtenden Diagnose, die bestürzende Erkenntnis, dass Gesundheit nur *eine* Form menschlicher Existenz ist, die Delegation der Kontrolle über den eigenen Köper an *Experten*, die kränkende Erfahrung der unüberschaubaren Komplexität des Organismus und die Entfremdung von der eigenen Physis, die eine ernsthafte Erkrankung unweigerlich mit sich brachte.

Medizinische Einrichtungen zerstörten das Gefühl der Selbstverständlichkeit eines funktionsfähigen und gesunden Organismus. In solchen Momenten konnte Rünz seine Frau verstehen. Die Renaissance der Naturheilverfahren war letztendlich der hilflose und zum Scheitern verurteilte Versuch, den eigenen Körper wieder überschaubar zu machen, ihn von den Schulmedizinern zurückzuerobern, die ihn einfach zu ihrem Autonomiegebiet erklärt hatten. Naturwissenschaften waren eine endlose Aneinanderreihung von Kränkungen, auf die viele Menschen mit Regression reagierten.

Bartmann betrat das Arbeitszimmer ohne zu grüßen.

»Warum schicke ich Ihnen Berichte, wenn Sie die nicht lesen? Was wollen Sie hier? Ich habe heute Vormittag noch zwei Sektionen und ein Kolloquium, meine Zeit ist knapp. Was erwarten sie, soll ich Ihnen jetzt alles nochmal vorlesen?«

»Sie wissen so gut wie ich, dass in einem Bericht ungefähr die Hälfte der Informationen drinsteht, die für einen Fall relevant sind. Ich möchte, dass Sie mir alles erläutern, einschließlich der Details, die Sie beim Diktat aus Zeitdruck weggelassen haben.«

Bartmann schob knurrend einige Stapel auf seinem Schreibtisch zur Seite. Die Akten und Unterlagen bildeten eine sanft modellierte Hügellandschaft, der Morphologie des Odenwaldes nicht unähnlich. Zu den Rändern der Arbeitsplatte hin erreichten einige Steillagen bedenkliche Böschungswinkel. Rünz achtete darauf, die Tischbeine nicht mit den Füßen zu berühren, um die Masse aus Gutachten, Stellungnahmen, Anfragen, Vorlesungsskripten, Fotodokumentationen und Laborberichten nicht zu einer talwärts rauschenden Mure zu mobilisieren.

»Soso, Sie wollen es also genau wissen. Na gut. Zur Geschlechtsbestimmung: Relativ grober, kompakter Skelettbau, stark ausgebildete Muskelansätze, kräftige Augenbrauenwülste, großes Mastoid, Incisura ischiadica spitzwinklig, Foramen obturatum oval, schmales Becken, schmales Kreuzbein – kurz: ein Mann, ca. 1,85 m groß, athletische Statur, wahrscheinlich Rechtshänder. Zur Altersbestimmung zum Todeszeitpunkt: Die Epiphysenfuge am Darmbeinkamm ist noch nicht vollständig verknöchert, an den Wirbelkörperdeckplatten sind noch Rudimente der radiären Streifung erkennbar. Kehlkopfgerüst und Rippenknorpel sind noch frei von Verkalkungen, die Wirbelkörper zeigen keine Randzackenbildung und der Abnutzungsgrad der Gelenkflächen ist gering. Alle Molaren sind durchgebrochen. Das Permanentgebiss zeigt lediglich leichten Schmelzabschliff an den Kaukanten, Dentin schimmert an keiner Stelle durch. Parodontosestatus, Sekundärdentin, Wurzeltransparenz, Zementapposition – das alles deutet zusammen mit dem Skelettbefund auf ein Sterbealter von vierundzwanzig Jahren plus/minus zwei Jahren hin, vorausgesetzt, wir gehen von durchschnittlichen Lebensbedingungen aus, was Ernährung, körperliche Belastung und Zahnpflege angeht. Mein Assistent arbeitet noch an der Auszählung der Zahnzementringe, aber ich gehe nicht von einer starken Abweichung aus.«

Bartmann wirkte übermüdet, er hatte eine schlecht durchblutete, ledrige Haut die offensichtlich selten mit frischer Luft in Kontakt kam. Er mochte Anfang sechzig sein, Rünz kannte sein genaues Alter nicht, registrierte aber erste Altersflecken an seinen Händen. Der Mediziner hatte die einzig wirksame Therapie gewählt, die Menschen mit ausgeprägten kognitiven Fähigkeiten bei der Bewältigung der unausweichlichen Altersdepression zumindest vorübergehend Erleichterung verschaffte – die Hingabe an eine anspruchsvolle Aufgabe. Eine interessante Arbeit, die den Intellekt voll und ganz in Anspruch nimmt, kann zumindest für einige Stunden am Tag die Aufmerksamkeit von der unerbittlich tickenden

Lebensuhr ablenken und den faden Glückersatz erzeugen, den man *Zufriedenheit* nennt.

»Und der Todeszeitpunkt?«

»Das ist der Knackpunkt. Ich habe Ihnen schon bei der Leichenschau angedeutet, dass die Liegezeit über fünf Jahre beträgt. Das hat sich bestätigt. Das Problem ist, wir kennen nicht die maximale Liegedauer. Wissen Sie, Wasserleichen machen normalerweise alle einen ähnlichen Verfallsprozess durch, der eine ziemlich genaue Bestimmung des Todeszeitpunktes erlaubt, wenn man die Randbedingungen kennt, also Wassertemperatur, pH-Wert, Strömungsverhältnisse, Sauerstoffsättigung, Fauna, Flora und so weiter. Zuerst bildet sich Waschhaut, Sie kennen selbst die Vorstufen, wenn Sie mal zu lange in der Badewanne waren. Dann löst sich die Epidermis, nach ein paar Tagen auch Haare und Fingernägel, dann wird das Venennetz sichtbar – immer die gleiche Abfolge. Aber unser Freund hier hat alle diese Stadien weit hinter sich gelassen. Wir haben hier eine echte Adipocire, eine Fettwachsleiche. Das gilt zumindest für den Rumpf und den Teil der Extremitäten, der im Sediment unter Luftabschluss stand, der Rest ist, wie sie gesehen haben, skelettiert. Aus dem Eiweiß des Muskelgewebes und dem Körperfett entsteht unter anaeroben Bedingungen so eine Art Leichenwachs, das die äußeren Körperformen konserviert und jede weitere Zersetzung verhindert. In diesem Stadium ist eine Leiche praktisch inert bei konstanten äußeren Rahmenbedingungen. Es gibt übrigens eine Menge Friedhöfe mit feuchten schweren Böden, für die das Phänomen ein echtes Problem ist.«

Rünz wollte die Thematik nicht weiter vertiefen.

»Wenn ich Sie richtig verstehe, können Sie mir sagen, wie alt die Leiche mindestens ist, aber nicht, wie alt sie höchstens ist.«

»Das ist zumindest aus dem Verwesungszustand nicht abzuleiten. Haben Sie von ›Brienzi‹ gehört, der Schweizer Wasserleiche aus dem Brienzersee? Wurde nicht ganz so bekannt wie ›Ötzi‹, obwohl der Fall äußerst spannend war. 1996 fanden zwei Bauern im Oberried den Torso. Der Tote hatte vermutlich wie unserer im Seesediment festgesteckt, wurde dort durch eine Unterwasser-Hangrutschung freigesetzt. Haut, Knochen und die äußere Rumpfform waren erstaunlich gut erhalten, das gesamte Muskelgewebe aber in Fettwachs umgewandelt. Die Kollegen von der ETH Zürich haben letztendlich versucht, Brienzi mit einer Kohlenstoff-14-Analyse zu Leibe zu rücken. Die ist für Proben aus der jüngeren Vergangenheit viel zu ungenau. Jedenfalls konnten sie am Ende mit einer Wahrscheinlichkeit von sechzig Prozent sagen, das Brienzi im achtzehnten Jahrhundert gestorben ist. Aber was hilft denn schon eine Wahrscheinlichkeit von sechzig Prozent?«

»Also bringt bei unserem Toten so eine Kohlenstoffdatierung nichts?«

»Zumindest nicht die klassische Form. Es gibt allerdings ein neues Radiokarbonverfahren, mit dem der C^{14}-Überschuss gemessen wird, der durch die überirdischen Atombombenversuche in den Fünfziger Jahren eingelagert wurde. Dieser Überschuss sinkt seit dem internationalen Teststoppabkommen von 1962 kontinuierlich ab. Wenn Sie das Sterbealter kennen, können Sie so den Todeszeitpunkt innerhalb der letzten vierzig Jahre auf ca. zweieinhalb Jahre genau bestimmen, das ist ein Dreivariablensystem. Darüber hinaus untersuchen wir den Degradationsgrad der DNA im Knochenmark. Die Menge der extrahierbaren DNA korreliert zwar nicht besonders gut mit der Liegezeit, aber die Fragmentlänge der Sequenzen ergibt einen gewissen Zusammenhang. Lange Fragmente mit über siebenhundert Basenpaaren sind bei einer Liegezeit von mehr als zehn Jahren sehr selten.«

»Reicht das genetische Material für eine Identifizierung?«

»Haben Sie denn Vergleichsmaterial?«

»Schon möglich, wir müssen Ihre Ergebnisse noch mit den Vermisstendatenbanken abgleichen.«

»Die PCR läuft gerade. Sollte das Material zu stark fragmentiert sein für eine Sequenzierung, dann können wir es immer noch mit der mitochondrialen DNA versuchen, die ist weitaus beständiger gegen Verfallsprozesse. Lassen Sie es mich also wissen, sobald Sie genetisches Material potenzieller Angehöriger haben.«

»Was ist mit dem Verletzungsbild?«

»Polytrauma aufgrund massiver stumpfer Gewalteinwirkung, verteilt über den ganzen Körper. Die Frakturen an Rumpfskelett, oberen Gliedmaßen und Schädel unterscheiden sich allerdings von denen an den Beinen. Beide Unterschenkel und der rechte Oberschenkel weisen Stauchungsfrakturen auf, so als hätte bei ausgestreckten Beinen ein massiver Impuls auf die Fußsohlen getroffen. Diese Krafteinwirkung hat weiter oben ein komplexes Beckentrauma erzeugt, das wahrscheinlich starke innere Blutungen verursacht hat, möglicherweise mit letaler Wirkung. Arme und Rippen zeigen mehrfache Keil- und Biegungsbrüche, die eher auf orthogonale Schlageinwirkung mit schweren Werkzeugen hindeuten. Er hat keine dieser Frakturen länger überlebt, keine ist in irgendeiner Weise medizinisch behandelt worden. Sie müssen in unmittelbarem zeitlichen Zusammenhang mit seinem Tod entstanden sein.«

»Also auch post mortem, eine Leichenschändung?«

»Sicher, auch das ist möglich. Was mich wundert ist, dass die Leiche so tief im Seesediment gesteckt hat. Ich bin da kein Fachmann, aber ich kann mir nicht vorstellen, dass sich in so einem Gewässer innerhalb von zehn Jahren oder so ein halber Meter Sediment bildet! Also entweder der Mann wurde im Seegrund eingebuddelt, dafür muss das Seewasser allerdings abgelassen worden sein, vielleicht bei irgendeiner Baumaßnahme oder Reinigung, oder er liegt wirklich schon ziemlich lange dort unten.«

»Todesursache?«

»Suchen Sie sich ein Szenario aus: Massive innere Blutungen durch Polytrauma, Exitus durch schwere Hirnschädigung, vielleicht ein durch Schlagwirkung geplatztes Aneurisma an der Aorta oder im Gehirn, vielleicht eine Fettembolie als Sekundärfolge der zahlreichen Frakturen. Möglich auch ein beidseitiger Pneumothorax durch perforiertes Rippenfell als Folge der Rippenbrüche. Vielleicht hat er die schweren Verletzungen überlebt und ist ertrunken. Ich kann all diese Varianten weder falsifizieren noch verifizieren, da Organe und Weichteile nicht mehr vorhanden sind, sondern nur noch ...«

»... Adipocire, so viel habe ich verstanden. Aber Sie haben doch einige Methoden, um einen Tod durch Ertrinken nachzuweisen.«

»Hören Sie auf zu scherzen. Kieselalgen sind bei einer mehrere Jahre alten Wasserleiche kein Nachweis mehr für Tod durch Ertrinken.«

»Wie sieht es aus mit besonderen Merkmalen, Tätowierungen, Muttermale ...«

»Wie schon gesagt ...«

»Adipocire, ich weiß ...«

»Anzeichen für chronische, degenerative Krankheiten, die das Knochengerüst tangieren, sehe ich nicht. Übrigens auch keine für ältere, verheilte Frakturen oder medizinische Behandlungen am Skelett.«

»Sehen Sie Chancen für eine geografische Zuordnung der Herkunft?«

»Naja, da existieren einige genetische und morphologische Methoden, aber da bräuchte es ein eigenes anthropologisch-forensisches Gutachten. Das kostet natürlich extra, ich nehme an, das werden Sie erst mit Ihrer Staatsanwältin besprechen wollen. Wenn Sie ein Foto eines Vermissten haben, der in Frage kommt, könnten wir anhand des Schädels mit einer Superprojektion auf Übereinstimmung testen. Wenn Sie an die Öffentlichkeit gehen wollen, hilft vielleicht eine Weichteilrekonstruktion des Gesichtes, es gibt da inzwischen einige Experten in Deutschland. Versprechen Sie sich davon allerdings nicht zuviel, zwei Rekonstrukteure werden zu zwei ziemlich unterschiedlichen Ergebnissen kommen.«

»Sonst noch was Wichtiges?«

Rünz stützte die Hände auf die Armlehnen um aufzustehen.

»Allerdings. Warten Sie mal.«

Bartmann verließ den Raum, kam nach einer Minute wieder und legte Rünz ein kaum erbsengroßes, silbrigmetallisch glänzendes Klümpchen auf den Tisch.

»Unser junger Patient hat sich intensiv um seine Zahnpflege gekümmert, er hatte ein hervorragendes Gebiss, abgesehen von zwei Backenzähnen, die mit Inlays repariert wurden. Und diese kleine Füllung hier erzählt eine interessante Geschichte. Es handelt sich um Amalgam, Sie kennen das, eine Legierung aus Quecksilber, Kupfer, Silber und Zinn. Aber schauen Sie sich die Füllung genau an.«

Rünz zog ein Taschentuch aus der Hose und nahm den Metallpartikel auf. Er ähnelte einem metallischen Mikrometeoriten, dessen Oberfläche beim Eintauchen in die Erdatmosphäre durchgeglüht und löchrig wurde.

»Die frühere Kaufläche ist porös. Mikroskopisch kleine Öffnungen. Amalgam ist eigentlich resistent gegen Korrosion, da verändert sich in Jahrzehnten überhaupt nichts. Ich habe die Probe mit dem Massenspektrometer untersucht, und die Anteile der einzelnen Elemente haben mich stutzig gemacht. Fünfundsechzig Prozent Quecksilber, das geht in Ordnung, aber fünfunddreißig Prozent Kupfer, das musste definitiv etwas anderes sein als das Silberamalgam, mit dem Zahnärzte heute arbeiten. Ich habe ein wenig in den Büchern recherchiert und bin zu dem Schluss gekommen, dass es Kupferamalgam sein muss, ein Material, das seit siebzig Jahren nicht mehr verwendet wird. Die Zahnärzte haben das Zeug damals in Tabletten- oder Pulverform vorgemischt geliefert bekommen und mussten es in der Praxis unmittelbar vor der Verwendung auf 128 Grad Celsius erhitzen, damit es weich genug wurde. Eine ziemlich ungesunde Angelegenheit – dabei sind Quecksilberdämpfe entstanden, die zu chronischen Vergiftungen bei den Ärzten und ihrem Personal führten. Außerdem waren die Füllungen im Mund nicht beständig. Der Kupferanteil oxidierte durch Luft und Speichel, daher die Löcher in der kleinen Füllung hier. Deswegen wird seit den Vierziger Jahren international Silberamalgam verwendet, zumindest im entwickelten Teil der Welt. Der höhere Silberanteil macht die Füllungen dauerhafter, außerdem ist das sauberer zu verarbeiten.«

»Das bedeutet, unser Mann hatte spätestens in den Dreißigern oder noch früher einen Termin beim Zahnarzt?«

»Nicht nur das, bedenken Sie, solche Füllungen hielten damals nicht viel länger als ein paar Jahre. Nehmen wir mal an, die Behandlung erfolgte nicht mehr als fünf Jahre vor seinem Tod, was ich für durchaus wahrscheinlich halte. Daraus folgt, dass er mindestens seit Ende des Zweiten Weltkrieges im Woog liegt.«

»Und das erzählen Sie mir erst jetzt? Sie bombardieren mich eine halbe Stunde lang mit Ihrem Fachchinesisch und rücken am Schluss mit so einer wichtigen Information heraus?«

»Wie war das noch am Anfang?! Erzählen Sie mir alles! Sie meinen, Sie überfallen mich hier einfach so und ich präsentiere Ihnen die Trüffel direkt auf dem Silbertablett? Beschweren Sie sich nicht, Sie hätten ja auch den Bericht lesen können. Steht alles drin.«

Rünz resignierte.

»Was ist mit dem zweiten Backenzahn, Sie sagten, da gab es noch eine Füllung.«

»Richtig, eine Metalllegierung, sieht aus wie Gold oder Messing, ist aber keins von beiden. Mir ist sowas als Füllungsmaterial für Zähne noch nie untergekommen. Ich habe das Inlay entnommen und nach Wiesbaden an Frau Habich geschickt, mir fehlen hier die technischen Voraussetzungen für eine genaue metallurgische Bestimmung. Rufen Sie dort mal an, vielleicht weiß die Kollegin schon Genaueres.«

Der Mediziner wurde wortkarg und schaute demonstrativ auf die Uhr.

9

Rünz fuhr die Kennedyallee stadtauswärts, dann auf der A3 nach Westen Richtung Frankfurter Kreuz. Die großen Verkehrsflugzeuge schienen direkt über seinem Kopf Richtung Flughafen einzuschweben, aufgereiht wie Perlen auf einer Kette, je ein Start und eine Landung in weniger als sechzig Sekunden. Der Ermittler staunte immer wieder über die logistische Meisterleistung und technische Präzision, die seit Jahrzehnten schwere Unfälle oder Katastrophen an diesem Drehkreuz verhinderten. Seine Frau hatte ihn vor Jahren mehrfach zu Fernreisen zu bewegen versucht, aber er konnte sich angenehmere Formen der Fortbewegung vorstellen. Über mehrere Stunden in einer fliegenden Metallröhre mit einer Toilette für hundert Passagiere eingesperrt zu sein, das war seine Sache nicht. Schließlich hatte sie ihm Seminarunterlagen einer Münchner Agentur gezeigt, die mit der Lufthansa kooperiert um Menschen mit Flugangst psychologisch zu betreuen. Rünz hatte sie lauthals ausgelacht. Nach seiner Überzeugung gehörten nicht Menschen *mit* sondern solche *ohne* Flugangst in therapeutische Behandlung. Schließlich war Todesangst die adäquate Reaktion auf diese haarsträubende Form menschlicher Mobilität. Er jedenfalls hatte noch nie von einem Piloten gehört, der bei einem technischen Defekt kurz rechts rangeflogen war und unter der Triebwerksabdeckung nach dem Rechten gesehen hatte. Darüber hinaus waren ihm Fernreisen zuwider. Die wenigen Auslandsreisen, die er seiner Frau zuliebe unternommen hatte, waren durchweg mit schlechten Erfahrungen verbunden gewesen. Nur wenige Menschen dort sprachen Deutsch, Sitten, Gebräuche und Speisen waren oft eine Zumutung. Als Wiedergutmachung für seine Reiseverweigerung hatte er einst unter großer innerer Überwindung seiner Frau zum Hochzeitstag den Besuch einer Dia-Panoramashow in der Bessunger Orangerie geschenkt. Irgendein hessischer Globetrotter hatte die Reservate indianischer Ureinwohner in Nordamerika besucht, die Menschen dort fotografiert um sie jetzt hessischen Ureinwohnern zu präsentieren. Das alles hatte die nostalgische Anmutung mittelalterlicher Nachrichtenerzähler, die vor Jahrhunderten von Siedlung zu Siedlung reisten um die nicht mehr ganz frischen Neuigkeiten aus dem Königreich zu kommunizieren. Aber technisch war dieser Bembel-Ethnologe natürlich auf dem neuesten Stand – Überblendtechnik mit Sechsfachprojektion und eine Audio-Surroundanlage. Gesponsert wurde die Veranstaltung von Ausrüstungsfirmen die sich ›Jack Wolfskin‹, ›The North Face‹ und ›Patagonia‹ nannten und Produkte vertrieben, die ein Überleben in abgeschiedenen Weltregionen wie den USA wohl erst möglich machten. Die Geister-, Kriegs- und Sonnentänze der Indianer mussten es dem Gastgeber besonders angetan haben. Immer wieder drehte er den schwer erträglichen, vor Ort aufgenommenen Singsang herunter, mit der er den visuellen Teil akustisch untermalte, und erzählte über den Pow-Wow der Narraganset und den Sonnentanz der Wampanoag. Bei der anschließenden Diskussion konnte sich Rünz nicht beherrschen. Er fragte den Globetrotter, ob er sich nicht mit der gleichen Verve und ähnlicher Emphase den Volkstänzen schlesischer Heimatvertriebener widmen wolle, schließlich seien die Analogien doch augenfällig: Unterdrückung und Vertreibung, mühsame Bewahrung des kulturellen Erbes in der Diaspora, dazu noch die entscheidenden Vorteile der räumlichen Nähe und der fehlenden Sprachbarriere, beides wesentliche Erleichterungen der Recherchearbeit. Sein Vorschlag traf weder beim Globetrotter noch bei den anwesenden Gästen auf konstruktive Resonanz. Der Rest des Hochzeitstages mit seiner Frau verlief in einer eigenartig distanzierten und kühlen Atmosphäre, deren Ursprung er sich nicht erklären konnte.

Natürlich hatte Rünz am Tag darauf in der Kantine des Präsidiums ein äußerst kurzweiliges Gespräch mit Brecker, dem er ausführlich von der Vorstellung berichtete. Beide skizzierten spontan ein eigenes Diashow-Konzept, mit dem sie noch im gleichen Jahr auf Deutschlandtournee gehen wollten. ›Durchs wilde Langeoog‹ – der Expeditionsbericht eines zweiwöchigen Fußmarsches quer durch das unerschlossene Innere der Nordseeinsel, einschließlich aufregender Begegnungen mit Ureinwohnern. Voranstellen wollten sie eine Art *making-of*, das sich im Kern um den Umbau eines einfachen Bollerwagens zu einem *special-high-performance-extreme-outback-utility-ve-*

hicle drehte. Über diese Schiene hofften sie Sponsoren wie Landrover, Camel und RedBull zu gewinnen. Beide verloren die Idee nach der Mittagspause aber aus den Augen.

Am Frankfurter Kreuz entschied Rünz spontan auf der A3 nach Westen weiterzufahren. Habichs Nummer war nicht im Telefonbuch seines Handys gespeichert, also ließ er sich von der Zentrale verbinden. Rünz behagten die beruflichen Ausflüge in die Wiesbadener Äppelallee nicht. Wiesbaden war einfach nicht seine Welt. Der bodenständige und handfeste genius loci, der Mainz und – trotz Business, Banken und Weltstadtsimulation – auch Frankfurt auszeichnete, ging dieser Stadt völlig ab. Wurde er in einer Weinstube in der Mainzer Altstadt schon mal freiweg von Unbekannten angesprochen und geduzt, so konnte es ihm passieren, dass er in Wiesbaden nicht einmal bedient wurde, ganz einfach weil er finanzielle und intellektuelle Mittelmäßigkeit ausstrahlte. Kurzum – es war die Stadt in der Hoven gern ausging.
In Habichs Institut auf dem BKA-Gelände in der Äppelallee war ungewöhnlich viel Betrieb auf den Fluren. Zweierteams, ausgestattet mit Schreibblöcken, Handheld-PCs, Maßbändern und elektronischen Distanzmessern arbeiteten sich von Raum zu Raum vor, machten Aufmaß, katalogisierten das Inventar und befragten Mitarbeiter zu den Arbeitsabläufen. Rünz traf Habich im Labor an, sie stand am offenen Fenster und rauchte. Ihr unnatürlich gleichmäßig gefärbtes kastanienbraunes Haar zeigte am Ansatz schon mehr als einen Zentimeter ihres

hellgrauen Naturtones, ein grotesker Kontrast. Sie machte sich nicht allzu viel Gedanken um ihr Äußeres – eine Seelenverwandte.

»Ganz schön was los hier bei Ihnen«, sagte Rünz zur Begrüßung. »Haben Sie Feng-Shui-Berater für ihr Institut konsultiert? Sie hätten mich vorher fragen sollen, ich habe da ein paar interessante Verbindungen.«

»Hören Sie mir bloß auf, das geht schon seit einer Woche so. Die drehen hier jedes Blatt Papier um.«

»Was soll das, innere Revision oder was?«

»Werfen Sie mal einen Blick hier aus dem Fenster, da drüben entsteht unser neues Zuhause.«

Rünz trat zum Fenster. Keine dreißig Meter entfernt stand ein Stahlbetonskelett, eine gewagte Konstruktion, die mit ihren stützenfrei weit auskragenden Geschosselementen der Schwerkraft zu trotzen schien. Der Ermittler versuchte sich das Gerippe umhüllt vorzustellen mit einer der üblichen Stahl- und Glasfassaden, die zu den Standards zeitgenössischer Profanarchitektur gehörten.

»Na Ihnen kann mans aber nicht recht machen, das wird doch richtig schick!«

»Zwölftausend Quadratmeter für über fünfzig Millionen Euro. Und das nur für unser KTI! Ich brauchs nicht.«

»Wow, hat der Präsident den Jackpot geknackt?«

»Sie wissen doch, wenns um die Innere Sicherheit geht, sitzen die Taler immer noch locker. Die Leute, die hier rumlaufen sind von einem Frankfurter Projektsteuerer und machen Feintuning für das Raumprogramm im neuen Haus und die ganze Umzugsplanung, »Tschuldigung, *relocation management* heißt das ja heute.«

»Hören Sie mir bloß auf, Neudeutsch habe ich genug, wenn ich mit meinem Chef spreche.«

Sie schnippte ihren Zigarettenstummel aus dem Fenster und schloss den Flügel.

»Sie meinen diesen Hoven? Klingt ja nicht, als ob Sie mit ihm schon richtig warm geworden wären.«

»Um mit dem Mann warm zu werden, müsste ich nach dem Frühstück erstmal auf dem *Fairway* am Dippelshof einen *Birdie* einlochen und mich danach am Jagdschloss Kranichstein mit dem Polizeipräsidenten zum *Business Lunch* treffen.«

»Ah, ich verstehe, andere Liga. Naja, auch auf dem höchsten Thron sitzt man mit seinem Arsch.«

Habich wirkte entspannter und selbstbewusster als bei der Besprechung mit Bartmann in der Jugendherberge. Rünz spekulierte, dass sie Probleme mit fachlichen Autoritäten hatte, obwohl ihr auf ihrem Gebiet nur wenige das Wasser reichen konnten.

»Schauen Sie mal.«

Sie führte ihn zu einer großen Tischfläche in der Mitte des Raumes, auf der an die hundert Asservate verschiedenster Größe in Klarsichtfolien lagen, alle mit computerlesbaren Strichcode-Etiketten beklebt.

»Ich sollte öfter mal Seeböden absaugen lassen. So eine bunte Mischung hatte ich selten. Die größeren Teile haben die Taucher von Hand aufgelesen. Einige Sachen sind trotzdem in den Rüssel gesaugt worden und dabei zerbrochen. Unglaublich, was in so einem Badesee die Jahrzehnte über verschwindet. Da hinten das Zeug haben Ihre Leute an den Uferböschungen gefunden.«

Sie hob nacheinander einige der Beweisstücke hoch.

»Das hier ist Zahnersatz, eine Teilprothese, passt nicht zu Ihrem Toten, habe ich mit Bartmann schon abgeklärt.«

»Das hier«, sie zeigte auf ein verfilztes Haarknäuel, »war mal ein künstliches Haarteil. Dann haben wir eine Kreditkarte aus den Siebzigern, ein paar Angelhaken verschiedener Größen, ein altes Fischernetz. Raten Sie mal, was das hier ist!«

Sie gab ihm einen dreißig Zentimeter langen korrodierten Metallstreifen, der an einem Ende weit nach oben gezogen war, als hätte jemand mit einer Laubsäge die Silhouette eines Wikingerschiffes ausgesägt. An der oberen Längsseite hafteten Überreste eines alten Holzbrettes, das ursprünglich an dem Metall befestigt war.

»Hm, vielleicht irgendein Werkzeug?«

»Habe auch erst gerätselt, unser Praktikant ist dann drauf gekommen. Ein Schlittschuh, Baujahr Anfang neunzehntes Jahrhundert. Damals hat man sich diese Dinger an den Fußsohlen seiner Straßenschuhe festgeschraubt. Da muss wohl ein Übermütiger im Winter ins Eis eingebrochen sein. Vielleicht Ihr Mann?«

»Die Verletzungen, von denen Bartmann mir eben erzählt hat, klingen nicht danach, aber wir werden sehen.«

»Das hier ist was ganz Feines, ging nicht in den

Staubsauger, also haben die Taucher es so eingesammelt. Wenn die gewusst hätten, was sie da bergen, hätten sie schön die Finger davon gelassen.«

Sie reichte ihm den halbmeterlangen achteckigen Metallstab, aber Rünz zögerte.

»Keine Angst, ich habe vom Kampfmittelräumdienst die beiden Aufschlagzünder entfernen lassen, ist jetzt ungefährlich.«

Rünz nahm die Stange in die Hand und war perplex über das geringe Gewicht.

»Ziemlich klein und leicht für eine Bombe ...«

»Ein Elektron-Thermitstab, habe ich mir von den Kollegen sagen lassen. Der Volksmund nennt das Ding Stabbrandbombe. Besteht im Wesentlichen aus einer Zink-Magnesium-Legierung, die mit Thermit, einem Brandbeschleuniger, gezündet wurde und dann acht Minuten lang ordentlich Feuer gemacht hat. War mit Wasser nicht zu löschen. Haben die Engländer in den Dreißiger Jahren entwickelt. Über 100 Millionen wurden davon im Zweiten Weltkrieg gebaut, davon sind 80 Millionen über Deutschland abgeworfen worden. Wahrscheinlich ist das Ding bei einer Bombardierung im See gelandet und der weiche Schlick am Grund hat verhindert, dass der Zünder auslöste.«

»Die Brandnacht«, murmelte Rünz.

»Was sagen Sie?«

»Die Brandnacht. Das Ding könnte von der Brandnacht stammen, August oder September 1944 war das, wenn ich mich recht erinnere. Der große Nachtangriff der Briten auf Darmstadt. Vielleicht liegt noch viel mehr davon im See rum ...«

»Schon möglich. Aber das hier ist für Sie sicher interessanter.«

Sie öffnete einen der Beutel – eine silbergraue Münze kullerte auf die Tischplatte, annähernd kreisförmig und ungefähr so groß wie ein altes Fünfmarkstück.

»Darf ich?«

Sie nickte. Rünz nahm die Münze und hielt sie auf Augenhöhe. Er konnte Rudimente einer Prägung erkennen, einige Zeichen, auf der Rückseite vielleicht ein Wappen. Am Rand hatte die Scheibe eine kleine Bohrung, durch die gerade mal ein Zahnstocher passte.

»Ist das dieser Anhänger, den Bartmann bei der Bergung gefunden hat?«

»Richtig, der Tote hat das Ding mit einer Goldkette um den Hals getragen. Die Münze hatte eine dicke schwarze Kruste, als wir sie gefunden haben. Ich habe die Legierung einer Laserplasmaanalyse mit unserem brandneuen LIBS unterzogen. Fünfzig Prozent Silber, dreißig Prozent Kupfer, zwanzig Prozent Zink. Der hohe Silberanteil erklärt die schwarze Färbung. Im Seesediment entstehen unter anaeroben Abbaubedingungen schon mal Schwefelverbindungen, da ist so eine Münze im Nu mit einer dicken Schicht Silbersulfid überzogen. Eine typische Münzlegierung übrigens, für die erste Hälfte des zwanzigsten Jahrhunderts. Heute hat das Kleingeld einen höheren Kupferanteil, wegen der antibakteriellen Wirkung.«

Rünz zuckte zusammen, legte die Münze auf den Tisch und rieb sich die Hände an den Hosenbeinen.

»Alles in Ordnung, Herr Rünz?«

»Jaja. Was ist mit dieser Aufprägung, konnten Sie da etwas entziffern?«

»Sie sehen, die Korrosion hat die Oberfläche ziemlich angegriffen. Ich habe mir das unter dem REM mal angesehen, hier sind die Aufnahmen.« Sie nahm eine Mappe vom Tisch und zog einige Schwarzweiß-Aufnahmen heraus, in ihrer Präzision, Auflösung und Tiefenschärfe unwirklich anmutende Nahaufnahmen des Metallstücks. Die Überreste der Gravur bildeten zusammen mit den Kratzern und Gebrauchsspuren den Eindruck einer von Canyons und Hügelketten durchzogenen Hochebene.

»Das hier auf der Vorderseite sind drei Textzeilen, naja, besser gesagt Zeichenketten, denn einen Text kann man das wohl nicht nennen. Von der ersten Zeile sind nur die letzten Buchstaben zu entziffern, bei der zweiten sieht es besser aus. Wenn ich das richtig interpretiere, könnte das hier die Lösung sein.«

Sie legte eine mit drei Buchstabenzeilen bedruckte Präsentationsfolie auf das Foto und richtete sie aus.

. ...ight
DHM MK N AZ
ROSE

»Hmm«, murmelte Rünz. »Und die Rückseite?«

»Hier, schauen Sie. Könnte ein kreisförmiges Wappen sein, mit einem Banner unten dran. Auf die paar Striche in der Mitte kann ich mir keinen Reim machen.«

»Nach einer Geldmünze sieht mir das aber nicht aus.«

»Eben, das habe ich mir auch gedacht. Sehen Sie sich die Prägung des Wappens mal genau an. Die ist exzentrisch, sitzt nicht exakt in der Mitte der Scheibe. Außerdem ist die Prägetiefe hier auf der rechten Seite viel tiefer als auf der linken. Und wenn sie sich die Buchstaben näher betrachten, da stimmt die Spationierung nicht, die Abstände sind unterschiedlich. Und eine gemeinsame Grundlinie fehlt auch.«

»Vielleicht ist das Ding richtig alt?«

»Solche Legierungen werden erst verwendet seit es Prägemaschinen für Münzen gibt, und mit maschineller Fertigung passieren solche Ungenauigkeiten nicht. Wenn sie mich fragen, da hat einer selbst Hand angelegt. Ein einfacher Prägestempel, auf eine Blankoplakette gesetzt und bums, mit dem Hammer drauf. Und die Buchstaben schön nacheinander mit Einzelstempeln.«

»Und was hat er als Rohling verwendet, hat er sich selbst einen gegossen?«

»Genau das habe ich mich auch gefragt. Also habe ich mir mal den Spaß gemacht und in unsere chemische Trickkiste gegriffen. Habe das Zeug verwendet, mit dem ausgefeilte Fahrgestellnummern von Autos und Seriennummern von Handfeuerwaffen wieder sichtbar gemacht werden. Jede Prägung hinterlässt Spuren im Metallgefüge. Und jetzt wird es spannend, schauen Sie sich das an.«

Sie zog zwei weitere Aufnahmen aus dem Umschlag.

»Ich konnte die Heimwerkerprägung digital einigermaßen rausfiltern.«

»Das sieht mir schon eher nach Hartgeld aus. Das

hier könnte das Profil eines Kopfes sein, und was steht hier, Georg UKing …«

»George V King – Emperor.«

»Also britische Währung?«

»Habe ich auch erst gedacht, aber was ist mit dem Revers – »Tschuldigung, ich rede schon wie ein Numismatiker – ich meine die Rückseite.«

Rünz studierte die zweite Aufnahme. Auf dieser Seite war die Randaufschrift nicht mehr zu entziffern. In der Mitte konnte er einen Umriss erkennen. Im Rahmen eines Rorschachtestes hätte er ein alkoholisiertes Hühnerküken assoziiert.

»Ich habe gleich mal die Deutsche Numismatische Gesellschaft kontaktiert. Die haben hier einen Regionalverein Mainz-Wiesbaden und der Vorsitzende wohnt in Mainz oben auf dem Lerchenberg. Der hat nicht schlecht gestaunt als ich ihm diese Bilder gemailt habe und hat sich erstmal zwei Stunden zur Recherche erbeten. Na, jedenfalls hat er mir dann einen telefonischen Schnellkurs in Sachen Münzkunde des Commonwealth verpasst. Das hier ist eine Florin.

Die Briten hatten, bevor sie '71 ihre Währung dezimalisiert haben, ein horrendes Währungssystem, da gab es Farthings, Pennies, Pounds, Crowns und eben auch die Florin, alle mit komplett idiotischen Umrechnungsfaktoren gekoppelt. Florins mit dem Konterfei von George V wurden von 1910 bis 1936 geprägt, in genau dieser Legierung allerdings erst ab 1920.«

»Aber was ist das hier auf der Rückseite?«

»Ein Kiwi.«

Rünz schaute sie an, als hätte sie den Verstand verloren. Habich lachte. »Keine Kiwi-Frucht – ein Kiwi, ein Vogel! Das National- und Wappentier Neuseelands.«

»Wollen Sie mir sagen, dass die Engländer das neuseeländische Wappentier auf ihre Münzen prägen?«

»Nein, aber die Neuseeländer. Lassen Sie es mich erklären. Die Neuseeländer hatten vor den Dreißiger Jahren keine eigene Münzwährung, da war Hartgeld aus allen möglichen Ländern im Umlauf. 1933 haben sie dann mit dem ›Coinage Act‹ die erste Nationalwährung ins Leben gerufen. Obwohl einige ihrer Experten gleich zu einem Dezimalsystem rieten, haben sie sich erstmal eng an das verrückte englische System angelehnt. Sie haben die Münzvorderseiten übernommen und hinten einfach nationale Motive draufgepresst. Das hier ist eine neuseeländische Florin, geprägt irgendwann zwischen Erstem und Zweitem Weltkrieg. Dann hat irgendwann einer die Originalprägung abgeschliffen, dazu reicht ein ebener Sandstein oder ein Stück Schleifpapier und etwas Zeit, und dieses seltsame Zeug aufgeprägt.«

»Hm, ein Münzsammler würde sowas wohl kaum machen.«

»Ich gebe Ihnen die Aufnahmen schon mal mit, vielleicht können Ihre Textexperten damit etwas anfangen. Ach, bevor ichs vergesse, Bartmann hat mir noch was aus Frankfurt zugeschickt zur Untersuchung.«

Sie wühlte einige Sekunden auf dem Tisch herum und nahm dann eine kleine Tüte mit einem erbsengroßen goldenen Klümpchen in die Hand. »Bartmann sagt, der Tote hätte das als Füllung in einem Backenzahn gehabt. Sieht nach einer Goldfüllung aus, zumindest auf den ersten Blick.«

»Er hat mir erzählt, es müsste was anderes sein.«

Am Rohbau gegenüber lief eine Kreissäge mit einem metergroßen Sägeblatt an und schnitt einen Schlitz in eine Stahlbetondecke. Beide konnten trotz der geschlossenen Fenster kaum ihr eigenes Wort verstehen. Nach zwei Minuten kehrte wieder Ruhe ein.

»Bartmann hat recht. Das ist eine Aluminiumlegierung, sehen Sie?«

Sie zog einige Diagramme mit Spektrallinien aus ihrer Mappe.

»Hier, der Peak hier zeigt den hohen Aluminiumanteil und der hier steht für Silizium, Verhältnis neun zu eins ungefähr. Alu und Silizium bilden ein leichtes Kristallgemenge, eine Gusslegierung mit hervorragenden Fließeigenschaften, geringem Schwund und hoher Festigkeit. Diese Legierungen werden normalerweise für Motoren- und Getriebegehäuse benutzt, da wo es auf das Gewicht ankommt, zum

Beispiel im Flugzeugbau. Das Material ist heute als ›Silumin‹ im Handel. Dass das auch mal für Inlays verwendet wurde, war mir völlig neu. Von den Materialeigenschaften her eigentlich ideal geeignet, aber Aluminium ist auf die Dauer schädlich für den Organismus. Wird mit multipler Sklerose in Verbindung gebracht.«

»Haben Sie mit diesem Betonblock etwas anfangen können?«

»Das war keine harte Nuss für unseren Baustoffexperten. Ist eine klassische Mischung. Zement, Gesteinskörnung und Sand. Interessant ist eher, was nicht drin ist. Keine der organischen oder mineralischen Zusatzstoffe, die heute den Mischungen zugesetzt werden, um die Eigenschaften zu optimieren und die Fließfähigkeit für den Transport zu verbessern. Die Carbonatisierung ist weit fortgeschritten, der Bewehrungsstahl stark korrodiert. Für diese Exposition, ich meine unter Wasser, war der nicht gebaut. Wenn Sie mich fragen: ein ganz normaler Ortbeton, mit dem irgendwann in der ersten Hälfte des letzten Jahrhunderts eine ganz normale Geschossdecke eines ganz normalen Hauses gegossen wurde.«

Die Ecken des Blattes, das sie noch in der Hand hielt, zitterten. Das Papier verstärkte einen unsichtbaren Tremor ihrer Hand.

»Auf Entzug?«, fragte Rünz.

»Scheiße, jetzt stehen wir seit fünfzehn Minuten hier und ich bin schon wieder drauf. Diese verdammten Dinger werden mich umbringen.«

»*Sie* werden sich mit diesen verdammten Dingern umbringen!«

10

Der Camcorder hatte erfreulich wenige Tasten und ein Techniker hatte ihn bereits mit dem Fernsehgerät verbunden. Rünz fand die Startknöpfe beider Geräte, schaltete sie ein und sah nur einen schwarzen Bildschirm. Die Kamera hatte einen kleinen, drehbaren LCD-Bildschirm, den er zum Leuchten brachte, indem er alle Tasten einmal drückte. Am Bildschirmrand erschienen die Hauptmenüpunkte, aber die japanischen Programmierer hatten dem Abspielmodus über ein externes Gerät keine hohe Priorität eingeräumt. Rünz klickte sich durch eine komplex verzweigte und verschachtelte Menüstruktur, zehn Minuten vergingen, bis er den Film erfolgreich zurückgespult und gestartet hatte. Die erste Aufnahme zeigte eine Weitwinkeleinstellung nach Südwesten mit dem Sprungturm im Zentrum. Es summte, der Turm sprang formatfüllend an die Kamera heran und im Telebereich begann ein langsamer Schwenk im Uhrzeigersinn nach rechts über den Damm und die Betonstege Richtung Jugendherberge. Der Kameramann saß offensichtlich auf dem Randwulst eines Schlauchbootes, ein zweiter Mann außerhalb des Blickfeldes schien das Boot mit einem Paddel langsam zu drehen, sodass eine einigermaßen ruhige Rotation zustande kam. Der Mann am Camcorder hatte vergessen, die Tonaufnahme zu deaktivieren;

der Schwerlastverkehr auf der Landgraf-Georg-Straße und das Plätschern beim Eintauchen des Paddels waren deutlich zu hören. Die beiden Männer begannen sich zu unterhalten, der Paddler mit unverzerrter Stimme, die des Kameramannes durch die Nähe zum Mikro krächzend übersteuert.

»War das euer Chef, der so stinkt?«, fragte der Paddler.

Rünz bekam einen roten Kopf und Schweißausbrüche vor Scham, obwohl er alleine war. Er dankte Gott, an den er in solchen Momenten kurz glaubte, dass sie sich diesen Film nicht schon vor versammelter Mannschaft angeschaut hatten.

»Worauf du einen lassen kannst«, antwortete der Kameramann, die Elektronik hatte den Schallpegel automatisch heruntergeregelt, sodass Rünz Wedels Stimme erkannte.

»Müffelt manchmal wie ein toter Fuchs bei Starkregen, unser Meister. Diese Mischung aus Restalkohol und leistungsschwachem Deo ist sein Markenzeichen, wenn du mich fragst. Macht ganz schön einsam, schätze ich.«

Der Paddler kicherte.

Rünz musste sich eingestehen, dass er die naive Vorstellung gepflegt hatte, er sei der Einzige, über den im Präsidium nie gelästert wurde. Er versuchte, sich auf das Bild zu konzentrieren. Im Westen war der Blick von der Bebauung an der Darmstraße durch den Woogsdamm versperrt, das Elisabethenstift von der Jugendherberge abgeschirmt. Im Norden und Nordosten verhinderte in der Vegetationsperiode der dichte Grünstreifen entlang des

Ufers den Blick von den Mietshäusern jenseits der Landgraf-Georg-Straße aus auf den Fundort. Aber im Spätherbst, wenn das Laubgehölz seine Blätter verloren hatte, konnte das schon ganz anders aussehen. Der geschützte Schilfbereich im Nordosten, der jetzt ins Blickfeld kam, war wie geschaffen, um eine Leiche unbemerkt ans Wasser zu bringen, aber warum hatte man sie nicht gleich dort versenkt, sondern in die Mitte des Sees verbracht? Das Risiko, bei einer nächtlichen Kahnfahrt entdeckt zu werden, war eigentlich viel zu hoch, zumindest im Sommer, wenn immer wieder übermütige Jugendliche über den Zaun stiegen, um sich abzukühlen. Von Osten her konnten weder Sportler der TSG 1846 noch Nutzer der Tennisanlagen die Seefläche überblicken. Etwas vielversprechender sah die Situation im Süden entlang der Heinrich-Fuhr-Straße aus, eine lückenlose Front zwei- und dreigeschossiger Wohngebäude mit ausgebauten Dachgeschossen, aus deren Satteldächern zum Woog hin Schlepp- und Giebelgauben ragten. Die Bäume auf dem Grünstreifen, der den Woog von der Straße trennte, standen so licht, dass von einigen Dachgeschossen aus die Fundstelle auch jetzt im Sommer gut einsehbar war. Ein oder zwei Dutzend Fenster waren geöffnet, Bewohner lehnten auf den Fensterbänken und beobachteten das Treiben der Spurensicherer auf dem See.

Der Steuermann gab sich alle Mühe, die Kamera schwenkte die Zeile ruhig im Uhrzeigersinn ab. Ein schmuckloser, niedriger Bau kam von rechts in das Blickfeld. In einer der beiden Gauben im Dachgeschoss stand ein Gaffer im Unterhemd, der die

Aktivitäten der Männer im Boot mit einem Fernglas verfolgte. Als sich der Mann ungefähr in der Bildmitte befand, zuckte die Kamera plötzlich hoch Richtung Himmel, Wedel stieß einen Schrei aus und sein Steuermann begann lauthals zu lachen. Er hatte dem Boot offensichtlich einen leichten Schubs gegeben, um Rünz' Assistenten aus dem Gleichgewicht zu bringen.

»Du Arschloch, weißt du, was so eine Kamera kostet? Ich tret dir gleich in die Eier! Jetzt fangen wir nochmal von vorne an!«

»Wieso das denn?«, fragte der Steuermann lachend, »du musst doch nur über das letzte Stück nochmal drüberschwenken.«

»Vergiss es, der Chef will Qualität, also nochmal von vorne.«

Der zweite Schwenk begann wieder am Sprungturm. Rünz hatte Lust vorzuspulen, traute aber der Menüführung des Camcorders nicht. Es dauerte fast zwei Minuten, bis das Haus des Gaffers wieder ins Bild kam. Der Mann im Unterhemd war jetzt einige Schritte zurück in den Raum getreten, in der Gaube drei oder vier Meter links von ihm, die zum gleichen Raum gehören musste, stand eine zweite, kleinere Gestalt, Rünz kam sie vor wie eine Hausfrau mit Dauerwelle und blauer Kittelschürze. Die beiden redeten offensichtlich miteinander, ihren raumgreifenden, heftigen Armbewegungen und ihren vorgebeugten Köpfen nach zu urteilen hatten sie einen massiven Streit. Der Große wies während der Auseinandersetzung mehrfach mit ausgestrecktem Arm auf den Woog, ja er schien geradezu in die Kamera zu zeigen, soweit man das auf die Entfernung einschätzen konnte. Die beiden waren kaum zehn Sekunden im Blickfeld, dann verschwanden sie links aus dem Bildrand, da Wedel sie entweder nicht bemerkt oder nicht für relevant erachtet hatte. Rünz fasste Mut, nahm den Camcorder zur Hand und brachte es fertig, die Szene einige Male zurückzuspulen und wieder zu betrachten. Bei jeder Wiederholung war er etwas sicherer, dass der Zwist zwischen den beiden etwas mit den Aktivitäten der Polizei auf dem Woog zu tun hatte. Er fand eine Katasterkarte des Areals, spulte wieder zurück und zählte die Gebäude vom Ende der Straßenzeile an durch, bis er auf der Karte die Hausnummer identifizieren konnte.

Rünz schaute auf die Uhr, er durfte auf keinen Fall den Theaterabend vergessen. Mit dem Versuch, die beschämende Tonspur zu löschen, gab er sich gar nicht erst ab. Er nahm das Band aus dem Gerät und steckte es in seine Aktentasche. Auf seinem Schreibtisch lag einiges an historischem Hintergrundmaterial rund um den Woog, das er mit Wedels Hilfe die Woche über beim Bauamt, dem Stadtplanungsamt, der Denkmalpflege und den Archiven der Stadt und des Landes Hessen zusammengetragen hatte. Er packte alles in eine Box, klemmte sie sich unter den Arm, verließ das Präsidium und fuhr los.

11

Ein Theaterabend pro Jahr war sein Tribut an die kulturellen Bedürfnisse seiner Frau. Natürlich hätte sie jederzeit allein oder mit einer Freundin ins Theater gehen können aber sie hatte in irgendeiner Frauenzeitschrift gelesen, dass die Pflege gemeinsamer kultureller Interessen integraler Bestandteil der Beziehungsarbeit von Ehepaaren sein sollte. Außerdem hatte Rünz etwas gutzumachen. Jetzt standen sie in der frisch umgebauten Bar des Kleinen Hauses im Staatstheater, hielten sich an ihren Sektgläsern fest und hatten sich nichts zu sagen. Die zur Premiere des ›Turandot‹ angefahrene lokale Elite amüsierte sich prächtig, C4-Professoren der Technischen Universität, Magistratsmitglieder, einige Vertreter der mittleren Managementebenen von Merck, Röhm und T-Systems, ein paar Geschäftsführer lokaler Architekturbüros, von denen es in Darmstadt mehr gab als Bäckereien, ein Kolumnist der ›Darmstädter Allgemeinen‹, der die Leser täglich mit einem unsäglichen Aphorismen- und Metaphernsalat über Darmstädter Bürger traktierte, die irgendwo in China eine platzende Bratwurst entdeckt hatten, einige italienische und französische Mitarbeiter des ›European Space Operations Center‹, die der Veranstaltung ein internationales Flair gaben.

Rünz konnte einem aufgeblasenen Parvenu lauschen, der neben ihm seiner jungen Freundin den kunsthistorischen Hintergrund des ›Turandot‹ referierte. Männer erklärten Frauen die Welt, ein alle soziale Schichten und Splittergruppen durchziehendes Phänomen. Der Schnösel hatte die sorgfältig verwuschelten Haare eines Grafik- oder Architekturstudenten und die für die Kreativszene in dieser Saison vorgeschriebene Brille mit schmalen, rechteckigen Gläsern und schwarzem Kunststoffgestell. Der Ermittler lauschte aufmerksam und konnte sich so einigermaßen über den Plot informieren; die beste Voraussetzung, sich nicht allzu sehr zu langweilen. Das Original des Stückes schien von einem Venezianer namens Guzzi oder Gozzi zu stammen und handelte von einer sehr grausamen und sehr schönen Prinzessin, die ihre Freier über die Klinge springen ließ, wenn sie von ihr gestellte Rätselaufgaben nicht lösen konnten. Eine haarsträubende Story, die Welt war voll von attraktiven Frauen, warum sollte ein Mann sich für eine von ihnen mit einer albernen und zudem gefährlichen Knobelei beschäftigen? Rünz fragte sich, ob er sich allzu viel Mühe beim Rätseln gegeben hätte, wenn seine Frau vor fünfundzwanzig Jahren ähnlich verfahren wäre. Die Darmstädter Inszenierung basierte dem jungen Intellektuellen zufolge auf einer Nachbearbeitung des Stoffes durch Schiller, der jedoch dem Ursprung des Plots angeblich nicht gerecht geworden war, schließlich fühlte sich Gozzi (oder Guzzi) eigentlich der Commedia dell'Arte verpflichtet und so weiter und so fort. Rünz war erleichtert – der junge Snob verschaffte ihm Diskussionsbeiträge, die er vielleicht noch benötigte, sollte seiner

Frau nach der Aufführung nach einem niveauvollen Diskurs über die Inszenierung zumute sein.

Die Darbietung selbst bestätigte dann alle Ressentiments, die der Ermittler der Theaterschauspielerei gegenüber hegte – ein unsäglich eitles, lautes und aufgeblasenes Grimassieren, Krakeelen und Herumfuchteln. Rünz wusste, dass die expressiven Posen bei Bühnenstücken zum Teil der räumlichen Entfernung zwischen Darstellern und Publikum geschuldet waren, hier fehlten die Nähe und Intimität für die subtilen Mittel, mit denen Filmschauspieler arbeiten konnten. Meist aber gaben Regisseur und Mimen dem Affen noch über Gebühr Zucker. Der Kommissar war froh, als er wieder zu Hause war. Er fühlte sich erschöpft aber zu aufgedreht zum Schlafen, wartete bis seine Frau im Bett lag und nahm sich das historische Material über den Woog vor.

»Blatt, Name, Rand«, hatte Rünz' Geschichtslehrer stets gesagt, wenn er mit der Absicht vor die Gymnasialklasse trat, den Wissensstand der Mittelstufenschüler mit einem Testat abzuprüfen. Die Schüler nahmen dann unbeschriebene Blätter aus ihren Taschen, schrieben ihre Namen auf deren obere linke Ecken und knickten auf der rechten Längsseite einen Rand um, der den Korrekturvermerken vorbehalten war. Die leidenschaftslose Routine, mit der der Pädagoge seinen Lehrauftrag abgearbeitet hatte, bezahlte Rünz mit einer lebenslangen Aversion gegen die Geschichtswissenschaften. Gleichwohl ahnte er, dass er in diesem Fall um einige lokalhistorische Rückblicke nicht herumkommen würde. Anfangs erschien ihm die Materie erwartungsgemäß spröde, aber je tiefer er sich in die Chronik des Gewässers einarbeitete, umso mehr faszinierte ihn dessen abwechslungsreiche Geschichte, in der sich die Vergangenheit der Stadt wie in einem Brennglas zu bündeln schien.

Ein Mann nach Hovens Geschmack muss er gewesen sein, der Landgraf Georg der Erste, ein Regent mit ökonomischem Weitblick und politischem Gespür, gerade mal zwanzig Jahre alt bei seinem Machtantritt. Irgendwann in der zweiten Hälfte des sechzehnten Jahrhunderts mussten dem Grafen bei seiner morgendlichen *SWOT-Analyse* bedrohliche *weaknesses* und *threats* aufgefallen sein: Die Kassen waren klamm, der Darmbach setzte die Stadt nach starken Regengüssen regelmäßig unter Wasser, wenn es brannte, war Löschwasser meist knapp und die Mühlen erhielten keinen kontinuierlichen Zustrom. Aber er hatte auch glasklar seine *opportunities* erkannt. Er vollendete den Bau des Woogdammes, der den Darmbach aufstaute, gleich zu Beginn seines Amtsantrittes und schloss damit das Werk seines älteren Bruders ab. Die Anlage des Teiches, gegen die Widerstände einiger Ratsherren durchgesetzt, erwies sich als kongenialer Schachzug. Bei starkem Regen schützte der Damm die Stadt vor Überschwemmungen durch den Darmbach. Brannte es, konnten durch dosierte Öffnung der Schleusen jederzeit große Wassermengen für die Wehren in der Stadt bereitgestellt werden. Das Hauptmotiv für die Anlage war aber die Fischzucht, deren reiche Ernte die Teichmeisterei mit einer eigenen Woogsflotte einholte. Die Verkaufserlöse spülten reichlich Geld in die fürstliche

Kasse. In Hovens Terminologie also eine glasklare *triple-win-situation* mit starken *synergies* und einem frühzeitigen *return on investment*.

Richtig interessant wurde es in den Zwanziger Jahren des neunzehnten Jahrhunderts mit dem Bau der ersten offiziellen Badeeinrichtungen. Da damals noch so etwas wie Schamgefühl existiert hatte, wurden Badegäste – ausschließlich Männer – mit Booten auf eine künstlich angelegte Pfahlinsel in der Seemitte gebracht, um flanierende Spaziergängerinnen vor dem Anblick behaarter Männerwaden zu schützen. Das Kriegsministerium richtete für Pioniere und Infanterie eigens Militärschwimmschulen am Woog ein. Um die Jahrhundertwende entstanden in der Südwestecke des Sees die so genannten ›Weißen Häuschen‹, eine pittoreske Männerbadeanstalt im Jugendstil. Das Stadtarchiv hatte den Ermittlern eine Fotodokumentation zur Verfügung gestellt, die die Geschichte des Sees vom neunzehnten Jahrhundert an ausführlich darstellte. Die Aufnahmen zeigten Offiziere der Militärschwimmanstalt vor einem von Hand nachkolorierten Hintergrund, dick vermummte Schlittschuhläufer und Eissegler, die in den Wintermonaten die Eisfläche bevölkerten, Arbeiter, die mächtige Eisblöcke herausschlugen und für die umliegenden Brauereien auf Pferdekarren verluden und Männer bei der Schilfernte am Ufer, den Woogspächter beim Fischzug mit Fangnetzen, Mannschaftsfotos der Schwimmvereine, die über die Jahrzehnte im See trainierten, Wettkämpfe und Schwimmmeisterschaften, Bademeister mit grotesk großen Strohhüten, Sommernachtsfeste mit Feuerwerken.

Rünz arbeitete sich auf der Couch liegend chronologisch durch den Bilderstapel und wurde langsam schläfrig. Er nickte ein und wachte erst auf, als der Fotostapel von seiner Brust herunter auf den Boden rutschte. Es war weit nach Mitternacht. Er beschloss ins Bett zu gehen und schob die Aufnahmen unsortiert zu einem Stapel zusammen, sodass einige jüngere Aufnahmen obenauf lagen. Rünz betrachtete die erste, dann die vier folgenden. Die Fotos hatten auf ihn die gleiche Wirkung wie ein doppelter Espresso. Er war kurz in Versuchung, gleich Wedel anzurufen, aber er gönnte ihm den Schlaf.

Acht Stunden später stand er mit Wedel im Besprechungsraum. Sein Assistent hatte die Aufnahmen hochauflösend gescannt und auf einem Großformatplotter ausgedruckt. Die Drucke hingen wie Tapetenbahnen an einer Magnetleiste im Besprechungsraum.

»Von wann sind die?«, fragte Wedel.

»Ende der Dreißiger Jahre. Ein Jahr vor Kriegsausbruch wurden am Woog im Rahmen der deutschfranzösischen Länderkämpfe Schwimm-Wettkämpfe ausgetragen, dafür hat die Stadt die Wettkampfanlagen komplett umbauen lassen.«

»... und dafür den Stöpsel aus der Badewanne gezogen«, murmelte Wedel.

Die sepiabraunen Aufnahmen zeigten Arbeiter beim Abbruch der alten Betonfundamente, beim Aufmauern neuer Uferbefestigungen, dem Bau der Verschalungen für die neuen Stützen und Stege, beim Biegen der Bewehrungsstäbe. Die einzige maschinelle Unterstützung erhielten sie von einer antiquierten Betonmischmaschine, die auf dem Woogsdamm ihren Dienst tat. Die frisch zubereitete Mischung füllten die Männer in Loren, die sie über einen primitiven Schienenstrang zu den Schalungen schoben. Die beiden Ermittler wählten alle Aufnahmen aus, die der Fotograf vom westlichen Woogsdamm aus aufgenommen hatte, die also im Hintergrund den trockengelegten Seegrund zeigten. Dann nahmen sie sich ein aktuelles Luftbild des Areals vor und wählten markante Punkte an den Ufern aus, die sie auf den historischen Aufnahmen wiederfinden konnten. Mit einer primitiven geometrischen Triangulation konnten sie auf den alten Fotos den Fundort ungefähr eingrenzen. Wedel nahm sich noch einmal die Originale vor und scannte die ausgewählten Bereiche in der höchstmöglichen Auflösung. Auf den Ausdrucken war mit einer Lupe schon die Körnung des Fotopapiers zu erkennen.

»Die Tiefenschärfe ist etwas schwach«, sagte Wedel.

»Kein Wunder, das hier ist mindestens hundert Meter von dem entfernt, was der Fotograf scharf abbilden wollte. Aber ein Objekt von der Größe eines erwachsenen Mannes mit einem Betonklotz auf dem Bauch wäre hier zumindest als leichte Inhomogenität im Hintergrund zu erkennen.«

Wedel nahm sich noch einmal die Lupe.

»Glatt wie ein Babypopo der Seegrund, Chef. Wenn Sie mich fragen, im See war unser Mann zu diesem Zeitpunkt noch nicht.«

Die beiden Ermittler rollten die Plots zusammen und Wedel steckte sie in eine Papprolle.

»Ich dachte wir sehen uns heute mal das Video an, das ich auf dem See gedreht habe, haben Sie die Kassette gesehen Chef? Konnte sie heute Morgen nicht finden ...«, sagte Wedel.

»Können Sie sich sparen«, beeilte sich Rünz, »habe ich mir schon angeschaut. Abgesehen von der Jugendherberge sitzen die Anwohner an der Heinrich-Fuhr-Straße auf den besten Plätzen, besonders die Bewohner der oberen Geschosse. Setzen Sie die mal auf der Prioritätenliste nach oben, was die Befragungen angeht. Übrigens, in der Hausnummer 136, drittes OG wohnt einer, der sich besonders für unsere Arbeit am Woog interessiert hat. Hat uns mit dem Feldstecher beobachtet. Nehmen Sie sich den doch mal persönlich vor.«

12

Hoven war in seinem Element. Es war sein erstes Zusammentreffen mit der Staatsanwältin und er wollte die Begegnung zu einem Heimspiel machen, sich sofort als kompetenter, führungsstarker *Leader* positionieren. Er hatte Simone Behrens von seinem Fahrer im Schottener Weg abholen lassen, jetzt saßen sie zu dritt mit Rünz in seinem Arbeitszimmer. Der Raum war nicht wiederzuerkennen seit Hoven ihn von seinem Vorgänger übernommen hatte. An den Wänden hingen einige Ölbilder, moderne, realistische und gegenständliche Motive junger Vertreter der Neuen Leipziger Schule, die frei von der Abstraktionsdoktrin westdeutscher Nachkriegskünstler waren. Rünz war sich sicher, dass sein Vorgesetzter nicht die mindeste Ahnung von bildenden Künsten hatte, aber er verfügte über ein untrügliches Gespür für Modeströmungen. Vielleicht wurde er in dieser Hinsicht auch von seiner Gräfin beraten.

Das Mobiliar erweckte den Eindruck, dass Hoven nicht wie Normalsterbliche samstags zu Ikea nach Wallau fuhr, sondern mit einem großen Einkaufswagen die Gänge des Vitra-Museums in Weil am Rhein durchstreifte. Er hatte auf die klassische Aufteilung in Arbeitsplatz und Besucherecke verzichtet; sie saßen auf Stühlen aus Charles Eames ›Soft Pad Group‹ an einer raumfüllenden milchweißen Arbeitsplatte, die auf zwei filigranen Tischböcken ruhte. Simone Behrens musste den Eindruck haben, dass hier tagtäglich junge, international besetzte Kreativteams an spektakulären Fällen arbeiteten.

Unter dem Tisch stand an einem der Böcke Hovens Aktentasche. Der Titel einer Illustrierten schaute halb heraus, Hoven hatte das Heft wohl hastig verstaut, als seine beiden Gäste ein paar Minuten vor der Zeit sein Zimmer betreten hatten. Rünz musste den Kopf leicht drehen, um das Cover zu erkennen. Es war die aktuelle Ausgabe der Narzisstenpostille Men's Health, auf dem Titel ein muskulöser Mutant, der den Großteil seines sinnlosen jungen Lebens mit der Gestaltung seines Körpers beschäftigt sein musste.

Die Arbeitsplatte war völlig leer, abgesehen von einem dezenten Anschlusspanel für elektronische Hilfsmittel, einer Schale Bio-Orangen, Hovens Powerbook, seinem Montblanc und einem leeren A-4-Blatt. Hoven war begeisterter Anhänger der *clean-desktop-strategy*, die im Wesentlichen darauf hinauslief, unerledigte Unterlagen in einem Rollcontainer unter dem Arbeitsplatz verschwinden zu lassen.

Rünz konnte nachvollziehen, warum sein Vorgesetzter bei Dienstantritt zum Entsetzen der IT-Spezialisten auf die Integration seines Apple-Rechners in das lokale Netzwerk bestanden hatte. Der Laptop harmonierte in Form und Farbe perfekt mit dem avantgardistischen Arbeitsplatzsystem. Einer der Netzwerkadministratoren hatte Rünz bei einem gemeinsamen Mittagessen in der Kantine anvertraut, dass das IT-Team eine Halbtagskraft nur für die Pflege dieser Insellösung beschäftigte.

Hoven begrüßte die Anwesenden und eröffnete formell die kleine Runde.

»Herr Rünz, würden Sie mir und Frau Behrens einen kurzen *roundup* des *status quo* liefern?«

Er achtete darauf, dass der Ärmel seines Jacketts ausreichend hoch rutschte, um seiner Luminor angemessene Geltung zu verschaffen. Rünz referierte missmutig die Fakten, die jeder der drei Anwesenden ohnehin aus seinen Berichten kannte. Er schloss direkt seine Bewertung an.

»Wir bewegen uns also was den Tatzeitpunkt angeht in einem Zeitfenster von fünf bis zehn Jahren. Der frühestmögliche Zeitpunkt ist determiniert durch den Umbau der Wettkampfanlagen, also Sommer 1938. Den letztmöglichen Zeitpunkt können wir nicht so genau festlegen, die Zahnfüllung aus Kupferamalgam deutet spätestens auf das Ende der Vierziger Jahre hin.«

Die Staatsanwältin ignorierte zu Hovens Missfallen die Befehlskette und wendete sich direkt an Rünz.

»Gibt es aus der Zeit noch irgendwelche Aufzeichnungen und Unterlagen?«

»Die ältesten Fälle in den Datenbanken sind dreißig Jahre alt. Sämtliche Polizeiakten der Stadt wurden 1945 vernichtet, übrigens nicht durch die Bombardierungen der Alliierten oder durch amerikanische Besatzungstruppen, sondern durch den nationalsozialistischen Polizeiapparat, kurz vor Einmarsch der

GI's im März 1945. Aber auch für die Zeit nach der Kapitulation können wir nur spekulieren. Vielleicht haben wir einen Darmstädter Bürger gefunden, der schwer verletzt die verheerende Septemberbombardierung von 1944 überlebt hat, im Woogswasser Schutz vor dem Feuersturm suchte und dann ertrunken ist. Damals sind in einer Nacht mehr als 10.000 Menschen gestorben. Vielleicht haben wir einen Sklavenarbeiter aus Russland, Holland oder Frankreich gefunden, der in den letzten Kriegsmonaten von Anhängern des Volkssturms ermordet wurde. Es gab damals Tausende dieser Menschen in Darmstadt. Oder ein Racheopfer ebendieser Sklavenarbeiter; viele von denen sind nach ihrer Befreiung als ›Displaced Persons‹ plündernd und marodierend durch die Region gezogen, die haben ihre früheren Peiniger nicht immer mit Samthandschuhen angefasst. Wie auch immer, wenn es in den vergangenen hundert Jahren einen Zeitraum gab, in dem man einen Menschen möglichst unbemerkt verschwinden lassen konnte, dann waren das die Kriegsjahre und der Zusammenbruch danach. Ein Menschenleben hat damals nicht viel gezählt.«

Hoven erschien diese Bewertung zu pessimistisch.

»Gut, aber wir haben ja noch ein umfangreiches *survey* unter den Anwohnern und Woogsnutzern laufen ...«

»Versprechen Sie sich davon nicht zuviel«, nahm ihm Rünz den Wind aus den Segeln. Er wurde mutig. »Bei den Befragungen kommt Anekdotisches und Kolportagen. Der eine hatte eine Großmutter, die ihm von einer Gruppe DP's erzählt hat, die Ende '45 einen ihrer Peiniger im Woog versenkt haben – diese Geschichte haben wir übrigens schon in den verschiedensten Varianten. Andere erzählen über lokale Nazigrößen, die nach Kriegsende im Woog einen Verräter in ihren Reihen loswurden. Dann gibt es die Theorie vom abgeschossenen amerikanischen Bomberpiloten, der von einem Anwohner erschlagen wurde. Alles ist Hörensagen, nichts Handfestes, nie werden Namen genannt. Die einzige belegbare Geschichte ist die vom Woogspächter. Der hat bis Anfang der Fünfziger Jahre den Woog befischt und ist nach Auslaufen seines Pachtvertrages und Übergabe an die Woogsangler einfach verschwunden. Er hat nur eine Schwester hier in Darmstadt hinterlassen, aber die hatte keine Ahnung, wo er sein könnte. Da gab es dann die wildesten Gerüchte, dass der in Buchenwald KZ-Arzt war, ausgewandert ins Amazonasdelta mithilfe der Odessa-Geheimriege zum Beispiel. Alles Humbug. Jedenfalls war er um die fünfzig, als er verschwand, kann also unser Mann nicht sein.«

»Was ist mit diesem Anhänger«, fragte Behrens.

»Ursprünglich eine Münze einer neuseeländischen Währung, die dort in den Dreißiger Jahren in Umlauf war. Hat sich jemand zu einem individuellen Schmuckstück umgeprägt mit Symbolen und Buchstabenfolgen, an denen wir uns die Zähne ausbeißen.«

»Existieren Zeitungsarchive aus den Vierzigern und Fünfzigern?«

Rünz begann Sympathien zu entwickeln für die

Staatsanwältin. Sie war erfreulich unprätentiös und sachorientiert.

»Wir haben seit Tagen eine Mitarbeiterin im Archiv der ›Darmstädter Allgemeinen Zeitung‹, die die Vorkriegsjahrgänge des ›Darmstädter Tagblatts‹ und der ›Darmstädter Zeitung‹ durchforstet. Bislang ohne Ergebnis.«

Behrens machte sich einige Notizen und legte dann ihren Stift zur Seite. Hoven fummelte am Saphirglas seiner Luminor herum.

»Haben Sie einen dringenden Termin, Herr Hoven? Möchten Sie unser Gespräch verschieben?«

Hoven verneinte eilfertig und ließ den Deckel zuschnappen.

»Gut. Meine Herren, ich danke Ihnen für den Sachstand und Ihre Bewertungen. Wie sehen Ihre Vorschläge für die weitere Strategie aus? Vielleicht fangen Sie an, Herr Hoven?«

Hoven lehnte sich betont entspannt zurück.

»Ich denke wir haben unser *portfolio* noch nicht ausgereizt. Wenn wir von der *performance* her noch zulegen schaffen wir den *turnaround* in dem Fall. Wir sollten die *public awareness* erhöhen. Eine groß angelegte Öffentlichkeitsbeteiligung mit den gesamten Informationen, die uns zur Verfügung stehen. Wir sollten die ganze regionale *print & broadcasting media* einbeziehen. Ich bin zuversichtlich, dass aus der Bevölkerung noch interessanter *information output* zu erwarten ist. Die Rechtsmedizin könnte uns *support* mit einer Gesichtsrekonstruktion liefern. Ich setze auch Hoffnungen auf diese Metallplakette. Irgendjemand weiß sicher, was die Buchstaben bedeuten. Vielleicht sind es Initialen oder die Bezeichnung irgendeines Vereins.«

Er konnte es offensichtlich nicht abwarten, seinen Kopf vor eine Kamera zu halten.

»Sind Sie der gleichen Ansicht, Herr Rünz?«

Der Ermittler zögerte. Vor der Staatsanwältin in Opposition zu seinem Vorgesetzten zu gehen war wenig opportun. Aber was hatte er andererseits zu verlieren?

»Ich halte den Zeitpunkt für eine solche Aktion für verfrüht. Eine Öffentlichkeitsbeteiligung bindet unsere personellen Ressourcen bei wahrscheinlich geringem Nutzen. Ich schlage vor, dass wir uns personelle und fachliche Unterstützung vom BKA holen. Ein OFA-Team. Wir haben gute Erfahrungen gemacht mit dieser Art der Zusammenarbeit.«

Hoven hatte alle Mühe, seine mühsam in Seminaren über Körpersprache und nonverbale Kommunikation erworbenen Fertigkeiten umzusetzen. Er würde eher in die Ledersohlen seiner britischen Markenschuhe beißen als beim BKA um Hilfe zu ersuchen. Beide schauten die Staatsanwältin erwartungsvoll an, wie Boxer, die auf das Ergebnis der Punktrichter warteten.

»Nun, das eine schließt das andere nicht aus. Wir gehen zuerst an die Öffentlichkeit. Sofern dann noch nötig, suchen wir die Kooperation mit dem BKA und werden die Informationen aus der Bevölkerung in die Arbeit des OFA-Teams mit einfließen lassen.«

»Fantastisch!« Hoven konnte seine Euphorie kaum verbergen.

»Ich werde gleich für nächste Woche eine Pressekonferenz terminieren. Sie werden doch sicher dabei sein, Frau Behrens?«

»Ich denke das wird nicht notwendig sein. Es sei denn, Sie stehen derzeit unter Termindruck, dann kann ich Sie gerne vertre...«

»Nein, nein, ich werde mir das irgendwie einrichten.«

»Gut, meine Herren ...«

Sie hatte ihr Schlusswort gesprochen. Hoven grinste seinen Untergebenen unverschämt an. Rünz schickte sich an aufzustehen und stieß dabei wie unbeabsichtigt mit der Fußspitze Hovens Aktentasche um. Die Men's Health Ausgabe rutschte aus dem Außenfach über den glatten kurzflorigen Teppichboden Behrens direkt vor die Füße. Die Staatsanwältin war schneller als Hoven. Sie hob das Magazin auf und studierte in aller Ruhe den durchtrainierten, ganzkörperrasierten Debilen, der auf dem Cover mit seinen polierten Porzellanzähnen in die Kamera lächelte. Hoven rutschte auf seinem *Eames* nervös hin und her. Dann gab sie ihm das Heft.

»Es ist gut sich Ziele zu setzen, Herr Hoven.«

Rünz schmunzelte. Ein guter Tag.

13

Das war ihm noch nie passiert. Er saß in der Kantine und hatte eine beruhigend heiß dampfende Terrine mit Minestrone vor sich, aber sein antiseptisch eingeschweißtes Plastikbesteck enthielt nur eine Gabel und ein Messer. Irgendeine Maschine, er hoffte, dass eine Maschine die Bestecke einschweißte in dieser Fabrik für Grill- und Partyzubehör, hatte vergessen, einen großen Löffel beizufügen. Er konnte natürlich an den Tresen gehen und sich aus dem Besteckkasten einen Suppenlöffel holen, aber dort hatten heute sicher schon über einhundert Menschen ihre Finger hineingesteckt. Also breitete er die ›Darmstädter Allgemeine‹ auf dem Tisch aus, nahm seine Plastikgabel und fischte das Gemüse aus seiner Suppe, um nachmittags nicht vollends auf den Hungerast zu kommen. Besser als gar nichts.

Er fühlte sich ausgelaugt. Alle Mitarbeiter des Teams hatten seit Erscheinen der Samstagsausgabe der ›Allgemeinen‹ und ihrer Regionalausgaben die Telefonhörer nicht aus der Hand gelegt. Die Informationsflut aus der Bevölkerung war überwältigend. Es war, als hätte der Fall das traumatische Geschehen der Brandnacht mit einem Schlag ins kollektive Bewusstsein der Stadt gehoben. Leider hatte die Geschichte die Aufmerksamkeit überregionaler Medien geweckt, eine Reaktion, die das Team in dieser Breite unvorbereitet traf. Im Nachhinein musste sich Rünz eine gewisse Naivität in dieser Hinsicht eingestehen, denn ein unbekannter Toter aus den Kriegsjahren fiel wie ein Samenkorn auf den fruchtbaren Boden, den öffentlichrechtliche und private Rundfunkanstalten seit über zehn Jahren erfolgreich beackert hatten. In unzähligen fiktionalen und dokumentarischen Beiträgen hatten die Sender mit leichter Hand und fiskalischem Erfolg das erreicht, was der Stahlhelmfraktion der Union bis in die Achtziger Jahre auch mit erheblichem politischen Einsatz nicht gelungen war – das Dritte Reich zu einem abgeschlossenen Kapitel der deutschen Geschichte zu machen. Soweit sich Rünz erinnern konnte, war die deutsche Wiedervereinigung der Startschuss für diese Entsorgungsaktivitäten. Dutzende von Produktionen wie ›Die Luftbrücke‹, ›Dresden, der Film‹, ›Stauffenberg‹, ›Speer und Er‹, ›Nicht alle waren Mörder‹, hatten den Zweiten Weltkrieg zum Hintergrundkolorit für Eventkino und semidokumentarische Schmonzetten degradiert, und zwischendurch schnüffelte immer wieder Guido Knopp im ZDF an Hitlers Unterhosen. Die Geschichtsklitterung durch Fiktionalisierung und Banalisierung lief wie eine gut geölte Maschine, ein Prozess, den das rechte gesellschaftliche Spektrum wahrscheinlich mit Wohlwollen verfolgte.

Der private hessische Radiosender HRF hatte die Steilvorlage der ›Darmstädter Allgemeinen‹ angenommen und den Ball sonntags in der deprimierend gutgelaunten Sendung ›Morgenmuffel – Service und Spaß am Vormittag‹ weitergespielt. Montagmorgens jedenfalls standen Fernsehteams am Woog und vor dem Präsidium, selbständig arbeitende ›Wir-AG's‹, die von Einsatzort zu Einsatzort fuhren und spätnachmittags versuchten, ihr Rohmaterial für die Abendnachrichten an einen der großen Fernsehsender zu verkaufen. Hoven war völlig aus dem Häuschen gewesen und hatte gedampft vor Eitelkeit. Er hatte den Pressesprecher des Präsidiums übergangen und sich früh am Morgen bei Rünz mit einigen Informationen für ein paar knackige Statements gebrieft. Den halben Vormittag stand er nun vor dem Präsidium und beantwortete Fragen, den Blick wie ein Showprofi nicht den fragenden Journalisten sondern direkt der Kamera zugewandt. Seine Comtesse war eigens angereist und richtete ihm zwischen den Interviews die Frisur, einer Mutter gleich, die ihren halbwüchsigen Sohn zu einem Bewerbungsgespräch schickt. Die gesamte Mitarbeiterschaft des Präsidiums hing an den Fenstern auf der Nordseite und amüsierte sich. Die Teams, die zuerst den Woog angesteuert hatten, kamen nach und nach zum Präsidium, während die Mannschaften, die Hoven im Kasten hatten, sich zum See aufmachten. Der Graureiher hatte seine Chance auf Hollywood. Mitte der Woche hatte Bartmann Rünz angerufen und ihn gefragt, was die Fernsehteams vor seinem Institut suchten.

Der Tenor der in den folgenden Tagen von den privaten Rundfunkanstalten ausgestrahlten Berichte war durchweg gleich und erschreckend – eine hochspekulative und abenteuerliche Konstruktion eines Mordfalles an einem US-amerikanischen GI, der die seit dem Irakkrieg ohnehin belasteten deutsch-amerikanischen Beziehungen auf eine harte Probe stellte. Hovens Erklärungen waren zum Teil so sinnentstellend zusammengeschnitten, dass sie nichts mehr mit seinen eigentlichen Aussagen zu tun hatten. Er war den Medienprofis ins offene Messer gelaufen und bekam nun die Quittung.

Das öffentliche Interesse behinderte zwar die Arbeit des Teams, beunruhigte Rünz aber nicht allzu sehr. Wenn Massenmedien eine sympathische Eigenschaft hatten, dann war das ihre Unfähigkeit, ein Thema länger als vier Wochen zu fokussieren. Ob BSE, Klimakatastrophe, Vogelgrippe oder die Feinstaubbelastung in der Innenstadt, nach spätestens einem Monat erschlaffte der sensorische Apparat der Medienschaffenden und -konsumenten.

Die Lokalredaktion der ›Darmstädter Allgemeinen‹ hatte dem Thema die ersten beiden Seiten des Lokalteils gewidmet und berichtete inhaltlich mit der gewohnten journalistischen Sorgfalt. Der Bericht gab im Großen und Ganzen die Fakten und Erkenntnisse korrekt wieder, die Rünz und Wedel dem Redakteur an die Hand gegeben hatten. Bartmann hatte den Schädel mit einem Laserscanner abtasten lassen und eine digitale Gesichtsrekonstruktion für die Zeitung beigesteuert, deren Veröffentlichung er mit Rünz intensiv diskutiert hatte. Nach Bartmanns Auffassung entstanden diese Visualisierungen mit so großen Freiheitsgraden, dass sie die Ermittlungsarbeit ebenso gut behindern wie fördern konnten. Ein von Habich zur Verfügung gestelltes Foto der Silbermünze und ein Luftbildausschnitt, der den Woog und die

Fundstelle zeigten, illustrierten den Text. Das Team hatte Informationen über die neuseeländische Herkunft der Münze zurückgehalten, um keine unnötige Verwirrung zu stiften.

Auf Seite zwei hatte die ›Allgemeine‹ ein breit angelegtes Feature eines ihrer leitenden Redakteure veröffentlicht, in dem er die chaotischen Darmstädter Jahre nach dem Einmarsch der Amerikaner im März 1945 skizzierte; eine kommentierte Collage unterschiedlichster Erfahrungsberichte, Tagebuchnotizen, öffentlicher Bekanntmachungen und Zeitungsartikel. Rünz war darüber nicht glücklich, da die Aufmerksamkeit potenzieller Informanten damit auf die Nachkriegsjahre konzentriert wurde, er las den spannenden Beitrag trotzdem mit großem Interesse.

Er hatte den Bericht halb durch, als sich Brecker zu ihm setzte. Der Polizist schaute sich geheimniskrämerisch um, bevor er loslegte.

»Hör zu, Karl, ich habe eine Idee.«

Rünz seufzte.

»Ich arbeite an einem Stoff für eine Fernsehserie, wenn du einsteigst können wir damit ganz groß rauskommen!«

»So wie ich dich kenne wirst du da hemmungslos pilchern. ›Der Himmel über der Rosenhöhe‹, oder sowas, stimmts?«

»Unsinn. Schuster bleib bei deinen Leisten. Womit kennen wir uns aus? Mit professioneller Ermittlungsarbeit. Was wollen die Leute im TV sehen? Professionelle Ermittlungsarbeit. Wir machens wie die

Amerikaner, nur ist der Schauplatz nicht Miami oder New York, sondern Darmstadt! Außerdem mischen wir ein bischen Mystery und Akte X dazu. Das Ergebnis: C.S.I. Datterich! «

Rünz prustete eine Ladung Bohnen, Lauch, Sellerie und Zucchini quer über den Tisch. Brecker blieb ernst. Das Sympathische an ihm war, dass er sich nie gekränkt fühlte, auch wenn man sich vor Lachen kaum noch auf dem Stuhl halten konnte.

»Ich habe die Skizzen für die Plots der ersten Staffel in der Schublade. Folge eins: ›Russische Erde‹ – die Überreste eines kommunistischen Aliens werden bei Tiefbauarbeiten an der russischen Kapelle auf der Mathildenhöhe gefunden. Folge zwei: ›Tot in der Waldspirale – die mysteriöse Bauhaus-Bruderschaft meuchelt Bewohner des Hundertwasserhauses‹. Was hältst du davon?«

»Brillant. Wenn du Florian Silbereisen als leitenden Forensiker und Yvonne Catterfeld als Assistentin verpflichten kannst, hat die Serie sicher auch Chancen im Ausland.«

»Mach dich nur lustig, glaub mir, ich bring das durch. Ich habe gute Kontakte zum Fernsehen, Kontakte sind alles!«

»Soso, erzähl doch mal genauer.«

»Ein Cousin von mir hat in den Achtzigern mal ein Volontariat beim WDR gemacht, der kennt da noch ein paar Leute.«

»Für welche Redaktion hat dein Cousin denn da gearbeitet?«

Brecker druckste herum.

»Weiß nicht mehr, ist ja auch nicht so wichtig,

die Medienfuzzis die kennen sich doch alle untereinander ...«

»Auf Klaus, raus mit der Sprache, für welche Sendung.«

Brecker nuschelte etwas Unverständliches.

»Was? Wie bitte? Du musst schon etwas lauter sprechen!«

»Die Sendung mit der Maus.«

Rünz brauchte einige Minuten, um sich wieder zu fangen. Als er wieder ansprechbar war und seinen Schwager ansah, spürte er, dass Brecker es diesmal wirklich ernst meinte. In diesem knochenharten Riesen steckte ein unbeholfenes kleines Kind, das einmal etwas Besonderes machen wollte.

14

Prostitution im engeren Sinne war die Vornahme sexueller Handlungen gegen Entgelt. Nach dieser Definition war es unerheblich, ob der oder die Geldempfänger/in aus der sexuellen Dienstleistung selbst Lustgewinn bezog. Zog man außerdem in Betracht, dass die Entlohnung ja nicht in unmittelbarem zeitlichen Zusammenhang mit der Dienstleistung stehen und von Art (Geld, Verpflegung, Auto, Wohnung, Urlaub, Kleidung) und Höhe her nicht explizit vereinbart sein musste, verschwammen die Grenzen zwischen dem horizontalen Gewerbe und vielen heterosexuellen Paarbeziehungen. Wer mochte bestreiten, dass es Frauen wesentlich leichter fiel, sich in einen solventen und erfolgreichen Mann zu verlieben (auch das blieb dem sich Prostituierenden per definitionem unbenommen) als in einen armen Schlucker! Insofern war die gesellschaftliche Geringschätzung der Prostitutionsformen, in denen erbrachte Leistung und Entgelt zeitlich gekoppelt und fest vereinbart waren, völlig unangebracht. Übertrug man die in der postmodernen Dienstleistungsgesellschaft üblichen Forderungen nach Klarheit, Transparenz und Nachvollziehbarkeit von Transaktionen auf dieses Thema, waren die Zweierteams Freier/Hure den konventionellen Beziehungen mit ihren unübersichtlichen emotionalen Gemengelagen sogar weit überlegen.

Rünz liebte derlei Gedankenspiele, wenn er ins Martinsviertel zu seiner Therapeutin fuhr. Sie befreiten ihn von gelegentlichen Anflügen von Schuldgefühlen, mit denen sein Über-Ich ihn attackierte. Die Geschichte mit Yvonne hatte sich wie selbstverständlich ergeben. Er hatte sich standhaft gegen die Aufforderung seiner Frau gestemmt, einen systemischen Paartherapeuten mit ihr zu besuchen, aber sie gab keine Ruhe und insistierte auf professionell betreuter Beziehungsarbeit. Letztendlich hatte sie ihm das Zugeständnis abgerungen, wenigstens eine individuelle psychologische Behandlung in Anspruch zu nehmen. Fast zeitgleich hatte Brecker ihm in einer Mittagspause von einer handwerklich überaus begabten Dame berichtet, die im Martinsviertel als Verhaltens- und Körpertherapeutin praktizierte. Rünz war gleich beim ersten Besuch begeistert von der perfekten Organisation dieser Form der Heimprostitution. Yvonne hatte mit ihrem Praxisschild nicht nur die denkbar beste Tarnung, sie betrieb genau genommen noch nicht einmal Etikettenschwindel mit ihrem Titel, denn Rünz fuhr selten so entspannt nach Hause wie nach einem Besuch bei ihr. Natürlich war es in gewissem Sinne unschön, dass seine Frau ihn im Glauben, die Beziehungsqualität ihrer Ehe zu verbessern, noch jedes Mal an diese Termine erinnerte, aber wo kein Wissen war, da war keine Kränkung.

Der vernichtende rechte Haken seiner Frau traf ihn ohne Deckung morgens, als er zähneputzend im Badezimmer am Waschbecken stand.

»Da hat eine Yvonne angerufen, habs gestern

Abend vergessen dir zu sagen«, rief sie aus der Küche.

›Weiterputzen‹, sagte er sich. Nicht sofort reagieren. Sofort reagieren verriet Unsicherheit. Solange er seine Zähne putzte war er beschäftigt und noch nicht gezwungen seine Mimik, seine Motorik, seine Gesten und alle die verbalen und nonverbalen Lebensäußerungen, die in Friedenszeiten unbewusst und intuitiv abliefen, bewusst so zu steuern, dass sie keine Unsicherheit und keine Schuldgefühle verrieten. Er nutzte die Sekunden, um ihre Stimme einer Kurzdiagnose zu unterziehen. Verrieten Klangfärbung und Timbre einen provokanten, gereizten Unterton, der auf Verdachtsmomente ihrerseits schließen ließ? Er war sich nicht sicher. Warum zum Teufel ruft die hier an? Woher hat die überhaupt meine Festnetznummer?

»Hat sie irgendwas gesagt?«, nuschelte er, den Schaum noch im Mund, die Bürste unter dem fließenden Wasser säubernd.

»Du sollst zurückrufen, sonst nichts.«

Rünz spülte sich den Mund, betrachtete sein Spiegelbild und spielte mit hoher Geschwindigkeit, einem Schachcomputer gleich, verschiedene Szenarien für die folgenden Minuten mit seiner Frau durch. Alle Varianten hatten den gleichen Eröffnungszug – Weiß stellte die Frage »Wer ist diese Yvonne?« Schwarz konnte darauf nur mit seiner stärksten, aber auch verletzlichsten Figur reagieren, der Lüge. Der Zug, den Schwarz mit Lüge ausführte stellte die Weichen für den weiteren Verlauf der Partie, determinierte weitere Lügen, ein sensibles und einsturzgefährdetes System von Halb- und Unwahrheiten, das aus verschiedenen Richtungen überraschend zum Einsturz gebracht werden konnte.

Es war Wedel, der den Gong zum Rundenende schlug, der dem angeschlagenen Kämpfer Zeit zum Verschnaufen brachte. Rünz' Mobiltelefon vibrierte. Er fischte das Gerät aus der Tasche seines Bademantels.

»Moin Chef, hier ist Wedel.«

»Was gibts Neues?«

»Ich hatte hier gerade ein Telefonat mit einer Frau aus Weinheim an der Bergstraße, die sagt, sie könnte was mit den Ziffern und Buchstaben auf der Münze anfangen. Sagt, das könnte was mit Soldaten der Alliierten im Zweiten Weltkrieg zu tun haben. Klang zunächst bisschen abenteuerlich, aber sie sagt, ihr Vater hätte sich viele Jahre lang mit Bombern und ihren Besatzungen beschäftigt, die bei den Luftangriffen der Amis und der Tommies hier in der Gegend abgestürzt sind. Außerdem hat die Dame einen ganz zurechnungsfähigen Eindruck gemacht, klang nach Akademikerin, obwohl das auch nicht immer hilft ...«

»Wie heißt die Frau?«

»Warten Sie mal, Wolter, Barbara Wolter.«

»Rufen Sie die Frau nochmal an und fragen Sie sie, ob sie in einer Stunde etwas Zeit für uns hat. Ich bin gleich im Präsidium, wir fahren dann zusammen hin.«

Rünz zog sich hastig an. Seine Frau stand mit verschränkten Armen an die Türzarge gelehnt und beobachtete ihn.

»Na dann bis heute Abend, und vergiss nicht, Yvonne zurückzurufen.«

Sie schien nicht nur keinen Verdacht zu hegen, sie machte sich sogar über ihn lustig, gerade so als sei es undenkbar, dass ein harmloser Mann wie er einen Seitensprung riskieren würde. Er fühlte sich gleichermaßen gekränkt und erleichtert. Aber er musste seine Therapeutin anrufen und um Klärung bitten.

15

Wedel saß am Steuer auf der A5 Richtung Süden, er wirkte aufgeräumt und gut gelaunt. Der SV 98 schien gute Arbeit geleistet zu haben am Wochenende.

»Chef, wussten Sie, dass im Woog seit über zweihundert Jahren ein Geist sein Unwesen treibt?«

»Ich dachte, Sie beschäftigen sich am Wochenende hauptsächlich mit dem Ball auf der grünen Wiese und denen Ihrer Freundin«, sagte Rünz.

»Ja, aber manchmal auch mit meiner Großmutter, und die hat Stein und Bein geschworen, dass es so ist. Westlich vom Woog stand früher eine große Mühle, die vom Darmbach angetrieben wurde, und der Müller verdiente viele Jahre lang ordentlich Geld damit. Dann hat einer der Landgrafen, den Namen habe ich vergessen, den Woog aufgestaut um die Altstadt unter Wasser setzen zu können, wenns mal brennt. Und für lecker Fischzucht natürlich. Jedenfalls hat er der Mühle damit das Wasser abgegraben und der Müller ging pleite. Der hat sich dann zwecks Selbstmord in den Woog gestürzt und dabei einen Fluch ausgestoßen, fortan solle jedes Jahr ein Darmstädter in dem Tümpel ertrinken.«

»Verdammt, warum haben Sie Ihre Großmutter nicht schon längst ins Team geholt, wir hätten uns einiges an Arbeit sparen können!«

Wedel schwieg, er schien ein wenig beleidigt.

»Was hat denn Ihre Großmutter sonst noch so über den Woog erzählt«, fragte Rünz aufmunternd.

»Na zum Beispiel, dass zu Zeiten der alten Landgrafen regelrechte Seeschlachten auf dem Woog aufgeführt wurden. Wenns richtig was zu feiern gab bei Hofe, wurden schon mal Schlachtschiffe und Burgen nachgebaut, und dann gings mit viel Feuerwerk und Kanonendonner zur Sache auf dem Wasser! Und nach der Schlacht natürlich ordentlich Wein, Weib und Gesang.«

Die Vorstellung faszinierte Rünz.

»Sagen sie, was war eigentlich mit dem Typ in der Heinrich-Fuhr-Straße, Sie wissen schon, der mit dem Feldstecher, haben Sie da was rausbekommen?«

»Erinnern Sie mich bloß nicht daran, Chef. So was Verstocktes habe ich noch nie erlebt. Der klassische Derrick-Plot. Erwachsener Sohn, Mitte dreißig, gelber Pullunder, Hornbrille und Prinz-Eisenherz-Haarschnitt, wohnt noch mit Mutti im Elternhaus – typischer Frauenmörder. Der Typ hat mir richtig leid getan, hat gewirkt, als hätte er sich von Mamas Rockzipfel noch keine zwei Meter entfernt. Aber vielleicht besser so, bei seinem Outfit würde er sich auf der Straße ziemlich lächerlich machen. Der konnte nicht mal grüßen, ohne ängstlich zu Mutti rüberzugucken. Haben beide nichts gehört, nichts gesehen und nichts gesagt. Hätte mich genauso gut mit einem Zander im Woog unterhalten können. Wenn Sie mich fragen – er bringt im Herrngarten nachts Frauen um und sie entsorgt die Leichen.«

Sie nahmen die Abfahrt Weinheim, das Navigationssystem lotste sie mitten in die Altstadt. In der Münzgasse parkten sie und betraten durch das offene Holztor den gepflasterten Innenhof einer Hofreite. Der Hof wurde auf der linken Seite begrenzt von einem stattlichen, liebevoll sanierten Fachwerkhaus, der Fensterdekoration nach als Wohngebäude genutzt. Die hellgrau angelegte sichtbare Holzkonstruktion, die weiß geputzten Gefache und die ortstypische Biberschwanzeindeckung ließen auf einen professionellen und sensiblen Umgang mit der historischen Bausubstanz schließen. Als Kontrapunkt stand auf der gegenüberliegenden Seite das alte Scheunengebäude, das bis auf Sicherungsarbeiten an Dach und Fenstern noch keine Zuwendung erfahren hatte. Beide Objekte wurden im rückwärtigen Teil des Grundstücks verbunden durch einen etwas niedrigeren Neubau, der in Form und Proportionen wohl einem Stallgebäude nachempfunden war, das dort früher einmal gestanden haben musste – eine verglaste Stahlkonstruktion, licht und transparent, die sich zwar auffällig aber harmonisch in das Gesamtanwesen einfügte. Durch die Glasfront waren einige Menschen an Computerbildschirmen, über Entwürfe gebeugt und an Zeichentischen zu sehen. Auf einer minimalistischen Stahlplatte vor dem Büro stand in zeitlos schlichter Helvetica-Typo der Name des Unternehmens: **Barbara Wolter | Grafikdesign**

Eine Frau um die vierzig trat aus einer Schiebetür des Büros auf den Hof und kam auf die beiden Polizisten zu. Sie war schlank, hochgewachsen, trug ein graues Twinset und Pumps, die aus einer der aktuellen Kollektionen von Prada stammen mochten. Alles an dieser Frau atmete das unaufdringliche Stilbewusstsein einer reifen höheren Tochter, und die Art wie sie sich bewegte, war nicht eben geeignet, diesen Eindruck abzuschwächen. Sie setzte ihre Füße entlang einer gedachten geraden Linie auf den Boden – Rünz verstand bei diesem Anblick zum ersten Mal die Bedeutung des Wortes *Catwalk*. Die für Geistesarbeiter typischen feinen, dezenten Altersspuren machten Ihre filigranen Gesichtszüge noch unwiderstehlicher – in der Summe war ihre Erscheinung geeignet, Rünz augenblicklich einen depressiven Schub zu bescheren, verursacht durch nicht stillbares Verlangen. Diese grazile Frau war auf dem Höhepunkt ihrer Anziehungskraft und konnte unmöglich in ihren jüngeren Jahren jemals attraktiver gewesen sein als jetzt, an diesem Ort und zu diesem Zeitpunkt.

»Herr Rünz und Herr Wedel?«, fragte sie, Rünz die Hand entgegenhaltend.

Ihr schwacher Händedruck gab ihm das Gefühl, viel zu fest zuzupacken, aber sie schien es unverletzt zu überstehen.

»Richtig, ich bin Karl Rünz, das ist mein Kollege Ansgar Wedel«, er nickte zu seinem Mitarbeiter, »danke, dass Sie so schnell Zeit für uns haben.«

»Sehr gerne«, erwiderte sie, Wedel begrüßend. »Ich habe einen Kunden im Büro, der mich noch wenige Minuten in Anspruch nehmen wird. Ich hoffe Sie stehen nicht unter Termindruck?«

Sie schickte sich mit einer Geste an, die beiden Ermittler zu der verfallenen Scheune zu führen. Die beiden Männer blieben verdutzt stehen.

»Entschuldigen Sie«, sagte sie lächelnd, »aber ich

nehme an, dass der Inhalt dieser Scheune Ihre Wartezeit wesentlich kurzweiliger gestalten wird als die Besucherecke unseres Büros. Es sei denn, Sie lieben Fachzeitschriften über Grafikdesign und Marketing.«

Sie öffnete ein Hängeschloss und schob das alte Rolltor zur Seite, ihr ganzes Gewicht gegen das große Türblatt stemmend. Rünz widerstand dem Impuls, ihr zu helfen – der Grat zwischen Hilfsbereitschaft und Entmündigung war bei selbstbewussten Frauen schmal.

»Kann ich Ihnen etwas zu trinken anbieten?«

Die Männer lehnten dankend ab und betraten die Scheune, die Grafikerin ging zurück ins Büro.

Die Vormittagssonne flutete in den Schuppen und illuminierte einen mächtigen Motorblock, der in der Mitte des Raumes wie ein Gral auf zwei massiven Eichenblöcken aufgebahrt war. Eine Blechwanne unter dem Triebwerk hatte im Laufe der Zeit einige Liter Öl aufgenommen, die aus defekten Dichtungen liefen. Eine von zwei Zylinderbänken lag demontiert auf einer Holzpalette, der zugehörige Zylinderkopf und die Kolben aufgereiht auf einer Werkbank daneben. Aus den leeren Brennräumen ragten die wuchtigen Pleuel, hinter ihnen in den Tiefen des Kurbelgehäuses war die imposante Kurbelwelle zu erkennen. Wedel war wie paralysiert von diesem Anblick. Er kniete nieder und begann, jedes Detail der Maschine zu studieren.

Rünz begutachtete den Rest der Inneneinrichtung, eine umfangreiche Devotionaliensammlung, bestehend aus Wrackteilen von Flugzeugen, abgebrochenen, mehr als mannshohen Propellerhälften, Metallplaketten mit Typenbezeichnungen und Baujahren, Resten von Instrumententafeln und Uniformteilen. Auf einer alten Hobelbank lagen zerfledderte Aktenordner mit englischsprachigen technischen Dokumentationen, zum Teil aufgeschlagen, als hätte eben noch jemand das richtige Drehmoment für eine Schraube nachgeschlagen. Im rückwärtigen, schlechter beleuchteten Teil der Scheune stand eine mächtige transparente Halbkugel auf einem Podest, darunter das Modell eines viermotorigen Kampfflugzeuges. Die gläserne Kuppel hatte auf einer Seite zwei senkrechte Schlitze, deren Sinn sich dem Kommissar nicht sofort erschloss. Erst beim Betrachten des Modells entdeckte Rünz, dass die Kuppel das Originalteil eines Geschützturms war, mit dem vom rückwärtigen Rumpf eines Bombers aus feindliche Abfangjäger bekämpft wurden.

Die Innenwände der Scheune waren übersät mit in Passepartouts eingefassten offiziellen Dokumenten, handschriftlichen Briefen, Urkunden, unzähligen Fotos. Ganze Serien von Aufnahmen zeigten Männer bei der Freilegung von Flugzeugwracks, die über Äckern oder Feldern abgestürzt waren und fast komplett im Boden steckten.

An der Flurwand zu seiner Rechten hing eine Reihe von Ölgemälden mit Kriegsmotiven. Er trat ein paar Schritte zurück, um die Serie besser überblicken zu können. Auf den ersten Eindruck konnte man sie für Originale halten, bei näherem Hinsehen erwiesen sie sich als hochwertige Kunstdrucke, die sogar die textile Webstruktur der Leinwand wiedergaben. Alle Werke hatten das gleiche Format, Motivwahl, Bildkomposition und technische Ausführung ließen auf einen gemeinsamen Urheber schließen. Rünz trat einige Schritte zurück, um die einzelnen Bilder näher zu betrachten. Auf kleinen Registerkarten, in die inneren Rahmenecken gesteckt, stand ›Robert Bailey‹, der Name des Künstlers über einer Kurzbeschreibung der abgebildeten Szene. Bailey musste ein leidenschaftlicher Bewunderer der Royal Air Force sein. Alle Motive zeigten RAF-Kampfflugzeuge bei Einsätzen über Europa und dem Pazifik im Zweiten Weltkrieg. Die dramatisch arrangierten Szenen erinnerten in ihrer Dynamik, ihrer perspektivischen Verzerrung und ihrem Duktus an Comicbilder, waren aber mit ungleich größerer Liebe zum Detail ausgeführt. Kampfbomber stürzten sich auf japanische Schlachtschiffe, überflogen in Baumwipfelhöhe die nordfranzösische Provinz und griffen im Tiefflug motorisierte Einheiten der Wehrmacht an. Die Arbeiten trugen heroische Titel wie ›Full Throttle‹, ›Victory over Normandy‹, ›Mustang Menace‹ und ›Imperial Sacrifice‹.

Rünz ging die Reihe langsam ab und blieb beim letzten Motiv stehen. Die Nachtszene zeigte einen zweimotorigen Kampfbomber im Tiefflug über dem Bahnhof einer deutschen Großstadt. Zwischen den Gleisen standen einige Wehrmachtssoldaten und schauten erschrocken zu dem Flugzeug auf. Neben ihnen dampfte ein Güterzug mit einer Lokomotive, dem Ausstoß der Aggregate nach eben eingefahren oder abfahrbereit. Rünz war fasziniert von der

Perfektion, mit der Bailey den düsteren Schauplatz ausgeleuchtet hatte. Nebeldunst und Rauchschwaden brachen das Licht der Lampen und Zugscheinwerfer, erzeugten einen diffusen Schein der dem Set eine fast hyperrealistische Atmosphäre verlieh. Rünz wusste, dass der Verzicht auf jegliche Abstraktion in der Kunstszene nicht hoch im Kurs stand, aber ihn begeisterte diese technische Präzision. Er hatte die Abstraktion immer für eine Spielwiese handwerklicher Dilettanten gehalten. Er zog das kleine Kärtchen aus der Rahmenecke und las:

»Unscheduled Arrival«
by Robert Bailey[*]
It was the night of September, 12th*, 1944.*
627 Squadron Mosquito Pilot Bob Fenwick
and his navigator had just marked the marshalling
yards for an incoming raid at ...

Barbara Wolter unterbrach ihn.

»Interessieren Sie sich für Motoren, Herr Wedel?«

Sie stand im offenen Scheunentor. Wedel kniete immer noch vor der gewaltigen Reliquie und wusste nicht, was er sagen sollte.

»Ein Merlin 24 von Rolls Royce, Baujahr 1944«, referierte sie. »Ein Zwölfzylinder V-Motor mit 1280 PS aus fast siebenundzwanzig Litern Hubraum. Vierventiler mit Zweistufenlader und Ladeluftkühlung, und das schon in den Vierziger Jahren! Vier dieser Motoren, jeder fast eine Tonne schwer, konnten eine Avro Lancaster gut viertausend Kilometer weit tra-

[*]siehe Nachwort

gen, die Hälfte der Strecke mit über drei Tonnen Bomben an Bord.« Sie hatte kurzerhand zum Idiom eines Sportwagenfahrers gewechselt. Diese Frau war für Überraschungen gut.

»Ist das Ihr Hobby?«, fragte Rünz, auf die Innenausstattung der Scheune deutend.

»Es war das Hobby meines Vaters – und deswegen für einige Jahre meiner Kindheit und Jugend auch meines, wenn Sie so wollen.«

»Ist Ihr Vater Pilot?«

»Mein Vater ist seit fünf Jahren tot. Nein, er war kein Pilot. Er war Maschinenbauingenieur, hat für die Heidelberger Druckmaschinen AG gearbeitet.«

»Ein Grund für Ihre Berufswahl?«

Sie lächelte.

»Das hat ganz sicher eine Rolle gespielt. Er hat mir als Kind ab und an die großen Druckmaschinen gezeigt, an deren Entwicklung er beteiligt war, und mir später eine Ausbildungsstelle in einer Druckerei vermittelt. Ich war schon früh begeistert von der Größe, Präzision und Geschwindigkeit dieser Maschinen.«

»So wie von dieser hier«, sagte Wedel, auf den Motorblock weisend.

»Richtig, Herr Wedel«, antwortete sie, trat zu dem Triebwerk und legte ihre Hand auf das Kurbelgehäuse. »Ich habe zusammen mit meinem Vater einige hundert Arbeitsstunden investiert, um den Motor in diesen Zustand zu versetzen. Wir waren fest entschlossen, ihn zum Laufen zu bringen, hätten es mit ein oder zwei Jahren mehr Zeit sicher auch geschafft. Aber die Krankheit hat ihm die Kräfte geraubt, und ich war mehr und mehr durch mein Unternehmen gefordert.«

»Stammt das alles hier aus dem Zweiten Weltkrieg?«, fragte Rünz.

»Alles, was Sie hier sehen hat mit alliierten Bombern und ihren Besatzungen zu tun, die im Zweiten Weltkrieg südlich des Rhein-Main-Gebietes und an der Bergstraße im Einsatz waren. Mein Vater hatte schon in den Fünfziger Jahren, nachdem die existenziellen Probleme der Nachkriegszeit gelöst waren, mit der Recherche von Informationen begonnen über die Verluste der Royal Air Force und der US Air Force in der Region. Mit zwei gleichgesinnten Freunden zusammen konnte er fast zwei Dutzend Flugzeugwracks bergen und identifizieren. Er hatte gute Kontakte zu Verantwortlichen bei den Besatzungsarmeen aufgebaut, über die er Verbindungen zu den Angehörigen der Absturzopfer in den USA und Großbritannien aufnahm. Sie können sich gar nicht vorstellen, was es für viele dieser Menschen bedeutete, endlich Klarheit über das Schicksal ihrer Söhne, Brüder und Väter zu haben. Bei den Rückführungen sterblicher Überreste ist mein Vater einige Male mitgereist. Manchmal haben sich daraus Freundschaften entwickelt, die bis zu seinem Tod angedauert haben.«

»Warum war Ihr Vater so interessiert an diesem Thema?«, fragte Wedel.

»Er hat es mir nie explizit erklärt, aber es muss mit einem schockierenden Kriegserlebnis zu tun haben, das ihn geprägt hat. Aus Bruchstücken von Berichten meiner Mutter und einiger Bekannter habe ich es mir so zusammengereimt: Er muss 1943 hier im Ried aus nächster Nähe den Abschuss einer amerikanischen B17 Flying Fortress gesehen haben, bei dem sich ein Besatzungsmitglied mit dem Fallschirm aus dem brennenden Wrack retten konnte. Mit seinem Rad ist er zur Absturzstelle gefahren – einige Bauernsöhne aus der Region waren vor ihm zur Stelle. Unfähig, sich zu rühren, sah er aus einiger Entfernung zu, wie die jungen Männer über den Amerikaner herfielen. Er hätte dem Überlebenden gerne geholfen, aber was hätte er als Vierzehnjähriger gegen eine Meute Halbstarker ausrichten können? Ich glaube er hatte zeitlebens Schuldgefühle deswegen. Die Beschäftigung mit den Wracks und ihren Besatzungen muss seine Art der Wiedergutmachung gewesen sein. Naja, außerdem war er Maschinenbauer, und damit natürlich auch fasziniert von der technischen Seite des ganzen Themas.«

»Und Sie hat er da mit eingebunden«, sagte Rünz, auf eines der Fotos zeigend, das das junge Mädchen turnend auf einer abgebrochenen Tragfläche zeigte.

»Aha, Sie haben mich erkannt. Anscheinend habe ich mich nicht allzu stark verändert, das macht mir Mut. Ich glaube es gab vor dreißig Jahren keine Teenagerin in ganz Deutschland, die sich mit Kampfflugzeugen und ihren technischen Daten so gut auskannte wie ich. Mit meinem Vater habe ich mich so in dieses Thema vergraben, dass meine Mutter allen Grund hatte, eifersüchtig zu sein.«

Rünz hätte ihr stundenlang zuhören können, aber er vergaß nicht den Sinn ihres Besuches.

»Frau Wolter, Sie haben meinem Kollegen Herrn

Wedel am Telefon gesagt, Sie hätten möglicherweise Hinweise darauf, was die Zeichenfolge auf der Münze bedeuten könnte, die wir bei dem Toten im Woog gefunden haben.«

Er zeigte ihr die Aufnahmen, die Habich von der präparierten Münze angefertigt hatte. Er verriet ihr nichts von der neuseeländischen Herkunft der Münze, sie sollte sich ausschließlich auf die manuelle Gravur konzentrieren.

»Ah, ein Foto vom Original, das ist gut«, sagte Frau Wolter, »in der ›Bergsträßer Allgemeinen‹ war ja leider nur eine ziemlich schlechte Reproduktion abgedruckt. Lassen Sie mal sehen.«

Sie trat mit dem Foto ins Sonnenlicht und studierte es einige Sekunden schweigend. Dann ging sie zu einer der Werkbänke, nahm einen Bleistift aus der Lade und legte sich die Rückseite einer alten technischen Zeichnung als Schmierpapier zurecht.

»Sehen Sie, die ersten leserlichen Zeichen der Folge sind ›ight‹, gefolgt von ›DHM‹ und ›MKN‹.« Sie schrieb die Zeichen hintereinander auf.

»Zumindest sieht das auf den ersten Blick so aus wie ›MKN‹. Aber schauen Sie, die beiden Buchstaben stehen eigentlich einen Hauch zu weit auseinander, wenn Sie das als Leerstelle deuten, dann hätten Sie ›MK N‹. Jetzt sehen Sie sich mal das ›N‹ genauer an, die erste der drei Linien, aus denen der Buchstabe besteht, ist senkrecht, die dritte müsste es eigentlich auch sein, sie kippt aber oben nach rechts. Das sieht mir eher nach einer römischen ›IV‹ aus, dann hätten wir also ›MK IV‹.«

Die beiden Beamten betrachteten das Foto noch

einmal genau und versuchten ihre Interpretation nachzuvollziehen. Rünz stand schräg hinter Frau Wolter, er war ihr jetzt so nahe, dass er den Hauch eines Parfumduftes wahrnahm. Sie hatte ihre Haare hochgebunden, sodass in ihrem Nacken ein unwiderstehlicher Flaum zarter feiner Härchen sichtbar war. Er musste sich zwingen, auf ihre Ausführungen zu achten.

»Bleiben am Ende die Ziffern ›AZ‹. Lassen Sie uns mal davon ausgehen, dass dieser Anhänger einem Besatzungsmitglied einer britischen Bombereinheit gehörte. Ich meine nicht die militärischen Erkennungsmarken, die sahen anders aus. Viele Flieger waren stolz auf die Leistungen ihrer Einheiten, sie haben sich Plaketten geprägt, mit den Namen ihrer Flugzeuge und Schwadronen. Fangen wir nochmal bei ›DHM‹ an. Das könnte für ›De Havilland Mosquito‹ stehen. De Havilland war ein britischer Flugzeugkonstrukteur, der im Zweiten Weltkrieg unter anderem den zweimotorigen Schnellkampfbomber Mosquito für die Royal Air Force entwickelt hat. Übrigens das einzige britische Kampfflugzeug, das komplett in Holzbauweise hergestellt wurde – aber das wird Sie weniger interessieren. ›Mk IV‹ ist das Kürzel einer speziellen Baureihe, geteilte Frontscheibe, Einstiegsluke unten, zwei Merlin 21 mit je 1.230 PS, maximal 900 Kilogramm Bombenlast. Die ›Mk IV‹ wurde auch für Markierungszwecke eingesetzt. Mit den Buchstaben ›AZ‹ konnte ich zunächst nichts anfangen, ich dachte, dass die auch etwas mit den Typen- und Baureihenbezeichnungen zu tun haben. Könnten natürlich auch die Initialen des Trägers gewesen sein. Nach

Durchsicht einiger alter Unterlagen meines Vaters scheint mir aber eine andere Deutung plausibler. Die einzelnen Schwadronen der zehn Luftflotten des britischen Bomber Command waren durchnummeriert, aber jede hatte zusätzlich zur Identifizierung einen Code Letter, der statt der offiziellen Nummer der Schwadron für die interne Kommunikation benutzt wurde. ›AZ‹ war der Code Letter der 627. Mosquitoschwadron. Ich habe das nachgeschlagen, die 627. hat im Krieg für die achte Luftflotte und ab 1944 für die fünfte Einsätze geflogen.«

»Was ist mit den Buchstaben ›ight‹ hier am Anfang?«, fragte Wedel. »Passt das auch irgendwie in Ihr Schema?«

»Nun, das könnten natürlich die letzten Typen eines angloamerikanischen Familiennamens sein, ›Wright‹ zum Beispiel. Wahrscheinlicher ist aber eine andere Interpretation. Jede Schwadron hatte damals ihr eigenes Motto. Das der 627. lautete *At first sight* – ich kann Ihnen das alles hier in den Dokumentationen meines Vaters nachweisen. Sehen Sie sich mal die Länge der unleserlichen Ziffern vor *ight* auf Ihrer Münze an, das könnte genau passen!«

»Bleibt noch die gute alte ›Rose‹ hier unten«, sagte Wedel, »kann das auch irgendwas mit diesen Fliegern zu tun haben?«

»Vielleicht haben der Pilot und sein Navigator ihrer Mosquito den als Kosenamen gegeben, vielleicht war Rose aber auch eine junge Engländerin, die einem von beiden am Herzen lag. Was sagen Ihre Experten eigentlich zu den Linien hier auf der Rückseite«, fragte sie.

»Vielleicht Rudimente eines Logos oder eines Emblems, vielleicht einfach nur tiefe Kratzer, wir hatten bis jetzt keine Anhaltspunkte für eine plausible Deutung.«

»Ich glaube, ich kann Ihnen eine bieten, die Ihre letzten Zweifel ausräumen wird.«

Sie nahm einen großformatigen Bildband aus einem der Holzregale und schlug eine mit einem Lesezeichen markierte Doppelseite auf. Die Blätter zeigten rund zwei Dutzend Wappen, alle mit gleicher Grundform – unter einer Königskrone ein blauer, lorbeerbekränzter Ring mit der Nummer einer Schwadron und der Aufschrift ›Royal Air Force‹, unter dem Ring ein geschwungenes goldenes Banner mit dem Leitsatz der Schwadron.

»Das hier ist das Wappen der 627. Mosquitoschwadron.«

Wedel und Rünz beugten sich über den Bildband. Das goldene Banner des Wappens trug den Text *At first sight*. Im Zentrum des blauen Ringes war das Logo der Schwadron, ein stilisierter Falke, die Flügel im Sturzflug eng angelegt, im Schnabel eine brennende Fackel mitführend. Wedel legte das Foto auf den Bildband, direkt neben das Wappen. Wenn man die noch erhaltene Prägung auf der Plakette in Gedanken vervollständigte, konnte man sie durchaus als Kontur des Falken deuten.

»Könnten Sie uns eine vergrößerte Kopie dieser Seite mitgeben, Frau Wolter?«

»Ich kann Ihnen das Wappen auch scannen und mailen, dann haben Sie es farbig und in hoher Auflösung.«

Rünz schaute perplex, aber Wedel sprang ein.

»Prima«, sagte er und fingerte eine speckige Visitenkarte aus seiner Brieftasche, »hier ist meine Mailadresse drauf.«

Einige Minuten später standen die drei wieder auf dem Hof. Rünz bedankte sich für ihre Kooperation. Sie sicherte den Ermittlern ihrerseits weitere Unterstützung zu. Rünz warf einen letzten Blick auf die heruntergekommene Scheune. Sie erinnerte ihn an eine ähnliche Altlast, die verschlossene alte Schreinerwerkstatt seines Vaters im Darmstädter Stadtteil Eberstadt.

»Was werden Sie mit all den Sachen machen, Frau Wolter?«

»Ich weiß es nicht. Ich habe es bis jetzt nicht über mich gebracht, das Gebäude oder das Interieur zu verändern. Irgendwann werde ich eine Entscheidung treffen müssen. Ich hatte schon Gespräche mit Mitgliedern des Magistrats hier in Weinheim. Ich spielte mit dem Gedanken, die ganzen Sachen und Dokumente für eine kleine kommunale Dauer-Ausstellung zur Verfügung zu stellen, aber die Reaktionen waren durchwachsen. Viele Weinheimer hatten ein eher ambivalentes Verhältnis zu den Aktivitäten meines Vaters.«

Wedel hatte bereits Post der Weinheimerin in seiner Mailbox, als die beiden Ermittler wieder an ihren Arbeitsplätzen im Präsidium waren. Er öffnete die angehängte Datei in einem Bildbearbeitungsprogramm. Das Foto der Münze scannte er und fügte das Bild auf einer separaten halbtransparenten Ebene über dem Wappen ein. Einige Skalierungs-, Rotations- und Verschiebungsoperationen waren notwendig, bis die Linienfragmente der Münze korrekt über dem Falken lagen. Rünz verfolgte die Prozedur fasziniert. Das Ergebnis war verblüffend und bestätigte die Vermutung der Dame. Die lückenhafte Kontur passte exakt auf die Umrisse des Falken. Wedel lehnte sich von der Tastatur zurück.

»Scheint so, als hätte Babs ins Schwarze getroffen«, sagte er zufrieden.

»Aber wie passt das mit den Verletzungen zusammen?«

»Chef, nehmen wir an, das Flugzeug dieses Mannes wurde abgeschossen, vielleicht bei einem Bombenangriff auf Darmstadt oder irgendeine andere Stadt im Rhein-Main-Gebiet, er musste aussteigen und sein Fallschirm hat sich nicht richtig geöffnet. Dann ist er irgendwo am Ostufer des Woogs oder sogar auf der Insel aufgeschlagen, das erklärt schon mal die Stauchungsfrakturen an den unteren Extremitäten.«

»Aber nicht die zahlreichen anderen Knochenbrüche, da muss noch Fremdeinwirkung im Spiel gewesen sein. Und dann ist da auch noch dieser Betonblock. Was die Dechiffrierung der Plakette angeht sind wir weiter, ja. Aber was die Identifizierung des Toten angeht, da bin ich mir nicht so sicher ob uns das weiterbringt. Es könnte natürlich ein Besatzungsmitglied eines Bombers sein. Genauso kann es ein Deutscher sein, der damals so einen Anhänger gefunden oder sich besorgt hat.«

»Oder jemand hat dem Toten das Ding umgehängt, um uns auf eine falsche Fährte zu locken.«

»Eben. Im Prinzip sind wir also noch nicht viel weiter. Welche Arbeitshypothese schlagen Sie vor?«

»Bomberbesatzung. Wir haben nichts anderes«, sagte Wedel.

»Ich stimme Ihnen zu. Wir werden eine Anfrage bei Interpol starten und versuchen, die richtigen Leute bei Scotland Yard und der Royal Air Force zu erreichen.«

»Wollen Sie das nicht zuerst mit Hoven und der Behrens besprechen?«

»Wer viel fragt ...«

16

Rünz war müde. Er schaute aus dem Fenster seines Büros. Es war halb zehn und dämmerte, die Tage wurden merklich kürzer. Der Waldstreifen hinter der Klappacher Straße würde erst im Herbst wieder den Blick auf das Marienhospital freigeben. Spätabends, wenn die Berufspendler die Stadt wieder über das Böllenfalltor Richtung Odenwald verlassen hatten und der Verkehrslärm nachlies, konnte er wieder die Schreie der Gebärenden von der Entbindungsstation hören. Er empfand es angesichts dieser übertriebenen Leidensinszenierungen als lächerlich, dass Frauen Männern bisweilen Wehleidigkeit im Umgang mit Krankheiten und Schmerzen unterstellten. Er hatte ohnehin seine eigene Theorie zu diesem Vorwurf. Evolutionsbiologisch bedingt war im weiblichen Stammhirn nach wie vor die Erkenntnis einprogrammiert, das nur ein vitales Männchen sie in einer feindlichen Umgebung beschützen konnte. Ergo löste jede körperliche Beeinträchtigung des Männchens beim Weibchen unbewusste existenzielle Urängste aus. Die psychische Standardreaktion auf solche Ängste war Verdrängung. Das Männchen *konnte* nicht krank sein, weil es nicht krank sein *durfte*. Folglich war jede Leidensäußerung eines Mannes nur vorgetäuscht. Er hatte vor einiger Zeit seiner Frau diese Hypothese in aller Ruhe präsentiert; sie hatte sich danach zurückgezogen und über eine Stunde mit ihrer besten Freundin telefoniert.

Vom Hospital kamen wieder Schreie. Bei jeder Geburt, die er akustisch mitverfolgte, überschlug er, ob das Neugeborene ihm noch vor seiner Pensionierung als Anwärter/in im Polizeidienst auf dem Flur begegnen konnte. Er näherte sich dem deprimierenden Alter, ab dem das unwahrscheinlich wurde.

Wedel betrat sein Zimmer und legte ihm einen dicken Umschlag auf seinen Schreibtisch.

»Hier Chef, das habe ich Ihnen vom Kampfmittelräumdienst organisiert und sind Originale frisch von der Insel. Eine Fotodokumentation der Alliierten von der Darmstädter Brandnacht. Keine Ahnung ob uns das was bringt, ist aber sicher interessant. Ich mache Schluss für heute.«

Rünz sah sich den Umschlag an.

Keele University – Reconnaissance Archive

Er öffnete das Kuvert und entnahm zwei annähernd quadratische Stapel mit Schwarzweißabzügen, zuoberst je ein Ausschnitt aus einer topografischen Karte. Rünz löste die Schnürung eines Stapels und studierte die Karte. Der Blattrand mit den üblichen Karteninformationen fehlte, vom Detaillierungsgrad her mochte es ein Plan im Maßstab 1:25.000 sein, er zeigte das Darmstädter Stadtgebiet. Das für deutsche Kartenwerke typische Gauss-Krüger-Koordinatensystem fehlte, das Linienraster zeigte geografische Längen- und Breitengrade, die Koordinaten des Stadtzentrums waren am Rand des Ausschnitts handschriftlich eingetragen – 8° 39,7 östlicher Länge und 49° 52,25 nördlicher Breite. Der Darmstädter Stadtgrundriss mit der markanten West-Ost-Achse von der Rheinstraße bis zum Luisenplatz, dem blau angelegten Woog in der gedachten östlichen Verlängerung davon und dem Herrngarten nördlich des Zentrums waren unschwer zu erkennen. Die verwinkelten Straßen und Gassen im Bereich des mittelalterlichen Altstadtgrundrisses südlich des Schlosses machten deutlich, dass es sich um historisches Kartenmaterial aus den Dreißiger Jahren handeln musste. Das gesamte Innenstadtgebiet war mit handgezeichneten, durchnummerierten Quadraten bedeckt. Sie überlappten sich an den Rändern, sodass ein lückenloser Flickenteppich entstand, der in Ost-West-Richtung vom Hauptbahnhof bis zur Rosenhöhe und in Nord-Süd-Richtung vom Bessunger Orangeriegarten bis zum Rhönring reichte. Am Blattrand stand eine Notiz.

Sortie Plan-Darmstadt, September, 11th 1944

Rünz nahm sich die Abzüge vor. Senkrecht aufgenommene, hochauflösende Luftbilder, die auf einer Fläche von zwanzig mal zwanzig Zentimetern rund 1,5 Quadratkilometer des Innenstadtgebietes abbildeten. Die Nummerierung der Orthofotos korrespondierte mit der der Quadrate in der topografischen Karte. Rünz stand auf, schloss die Jalousien, räumte zwei Beistelltische leer, stellte sie zusammen und sorgte für eine gute Beleuchtung der Arbeitsfläche. Er legte die Luftbilder mit Hilfe des Sortie Plans so zusammen, dass eine komplette Collage der Innenstadt entstand. Auf dem zweiten Tisch hatte er ausreichend Platz, die Bilder des zweiten Stapels auszulegen. Laut Datumsangabe war diese Serie zwei Tage später entstanden. Das Aufklärungsflugzeug hatte Darmstadt wieder in mehreren Bahnen parallel überflogen, diesmal allerdings auf Südwest-Nordost orientierten Routen. Die abgebildete Fläche war dennoch annähernd die gleiche. Die ganze Serie hatte den Alliierten offensichtlich als vorher-nachher-Folge zur Erfolgskontrolle der Bombardierung gedient. Der Unterschied zwischen beiden Panoramen war eindrucksvoll. Der gesamte Kernbereich mit seiner geschlossenen Bebauung war buchstäblich skelettiert. Minen und Feuersturm hatten sämtliche Gebäude von ihren Dächern befreit, man blickte von oben in die offenen, ausgebrannten Bauwerke hinein. Im Bereich der ehemaligen Altstadt waren Gebäude- und Straßengrundrisse zum Teil überhaupt nicht mehr erkennbar. Ein ahnungsloser Betrachter hätte die Stadt für eine ehemals prosperierende, seit Jahrhunderten verlassene Wüstenmetropole halten können, die allmählich von Wind und Sand zurückerobert wurde.

Mit einer Lupe nahm sich Rünz die Umgebung des Großen Woogs genauer vor. Auf der Badeinsel an der Ostseite entdeckte er einen unnatürlich hellen Fleck auf dem Fotopapier, der eine der Platanen fast vollständig verdeckte; er musterte die Fläche aus nächster Nähe, bis ihm die Augen schmerzten, fand aber keine plausible Erklärung für die Verfärbung. Vielleicht ein Fehler bei der Belichtung oder Fixierung des Fotopapiers.

17

Eine ölige Maschine schien in Wedel die gleiche kindliche Begeisterung auszulösen, die Rünz verspürte wenn er seine Ruger reinigte. Im Laufe der Evolutionsgeschichte musste irgendeine Mutation auf einem männlichen Chromosom die maskuline Libido so modifiziert haben, dass sie auch auf präzise bearbeitetes Metall ansprach. Rünz' Assistent stand vor der großen Plexiglasröhre, die die Rehm AG als Vitrine für das Modell der alten Dampflokomotive gestiftet hatte. Wedel warf zur Begeisterung einiger Kinder, die mit ihren Eltern auf ihre Anschlusszüge warteten, ein Fünfzigcentstück nach dem anderen in den kleinen Kasten. Immer wieder setzte sich das komplizierte Uhrwerk aus Kolben-, Treib-, und Kuppelstangen, Dampfschiebern und Treibrädern in Bewegung.

Rünz war seit Jahren nicht mehr im Darmstädter Hauptbahnhof gewesen. Er hatte in der ›Darmstädter Allgemeinen‹ die Modernisierung des über neunzig Jahre alten Jugendstilbauwerkes verfolgt, war aber überrascht über den zügigen Fortschritt der Arbeiten. Er legte den Kopf in den Nacken und bewunderte das mit einem vergoldeten Stucknetz überzogenen Kuppelgewölbe der Eingangshalle. Durch den Haupteingang strömte eine Horde Berufsschüler aus der Peter-Behrens-Schule in die Halle. Die Jungen hatten ölige Haare, pickelige Gesichter, trugen mp3-Player mit Ohrstöpseln und traktierten sich gegenseitig mit Fußtritten. Eine chronische Überfunktion ihrer Speicheldrüsen schien sie zu zwingen, unentwegt zu spucken. Sie fielen wie die Heuschrecken in die kleinen Geschäfte der Ladenpassage ein, um ihren immensen Bedarf an Kohlehydraten und Zucker zu decken.

»Na Chef, würden Sie die gerne unterrichten?«

Wedel stand neben ihm.

»Eher würde ich mir ins Knie schießen, und ich weiß wovon ich spreche. Was ist mit Ihrer Lokomotive? Ich glaube die Kleinen wollen Sie wieder in Aktion sehen.«

Um die beiden herum stand eine Gruppe von Vier- bis Fünfjährigen, die Wedel mit großen Augen ansahen.

»Sorry Kinder, ich bin pleite. Pumpt mal eure Eltern an, die lassen die Lok sicher nochmal tanzen.«

»Müsste eigentlich längst da sein, dieser ...«

»... Cooper heißt er. Er muss in Dortmund und Mainz umsteigen, jeweils zehn Minuten Aufenthalt. Wenn er einen Anschluss verpasst hat, können wir hier lange warten.«

»Hat er ein Handy?«

»Ich habe ihm angeboten ihn abzuholen, aber er hat gesagt dass er sich ein Taxi nimmt. Hat vergessen mir die Handynummer zu geben, war ziemlich kurz angebunden. Hatte den Eindruck, der saß schon auf gepackten Koffern.«

»Das war die schnellste Reaktion, die ich je auf eine Interpolanfrage bekommen habe. Warum schicken die überhaupt jemand her? Ein paar Datenbankabfragen und Archivrecherchen hätten uns doch gereicht.«

Rünz hatte ein festes Team und hasste personelle Veränderungen.

»Und warum um Himmels willen kommt er aus Gütersloh?«

»Er ist Brite, arbeitet dort für die britische Armee, wenn ich ihn richtig verstanden habe. Keine Ahnung, was ihn dahin verschlagen hat.«

Rünz wagte nicht, die Frage zu stellen, die ihn am meisten beschäftigte – die nach Coopers Deutschkenntnissen. Er wollte sich unter keinen Umständen mit seinem Mittelstufenenglisch eine Blöße geben.

»Schauen Sie mal da drüben am Service Point, Chef!«

Ein seriöser, grauhaariger Mann um die fünfzig, schlank, mit hellgrauem Anzug und schwarzem Rollkragenpullover stand mit einem Alukoffer am Informationsschalter. Die Bahnbedienstete schien ihn zum Südportal zu schicken. Er konnte kein Deutscher sein, Deutsche an Informationsschaltern sahen grundsätzlich gestresst aus und machten vorwurfsvolle Mienen. Die beiden Polizisten fingen ihn ab, als er an ihnen vorbeikam. Wedel übernahm die Führung.

»Beg your pardon, Mr. Cooper?«

»Herr Wedel? Habe ich mit Ihnen telefoniert? Vielen Dank dass Sie mich abholen, das wäre nicht nötig gewesen, ich habe mich gerade über die Örtlichkeiten informiert.«

Rünz atmete auf. Cooper setzte den Koffer mit der

linken Hand ab und gab sie Wedel zur Begrüßung, die rechte schien er nicht gerne zu benutzen.

»Das ist mein Vorgesetzter, Karl Rünz.«

»Herr Rünz, ich freue mich, Sie kennenzulernen.«

Rünz gab ihm die Hand und begrüßte ihn.

Sie gingen aus dem Gebäude auf den neu gestalteten Vorplatz.

»Meine Herren, ich weiß ja nicht, wie Ihre Planung für den Tag aussieht, aber ich habe einen Riesenhunger. Wie wäre es, wenn wir erst mal etwas zu uns nehmen?«, fragte der Engländer.

»Gerne«, meinte Rünz. »Mögen Sie es lieber etwas exklusiver? Dann schlage ich das Restaurant hier im Fürstenbahnhof vor. Hervorragende Küche und ausgezeichnete Weinkarte, habe ich mir sagen lassen.«

»Wir könnten aber auch ins Braustübl der Darmstädter Brauerei gehen, ist drüben neben dem Cinemax-Kino«, sagte Wedel. Ihm war der Gedanke an ein Businesslunch in gehobener Gastronomie wohl zuwider.

»Prima«, stimmte Cooper zu, »ich mag es bodenständig. Braustube ist genau nach meinem Geschmack.«

Wedel nahm ihm den Koffer ab und packte ihn in den Kofferraum des Dienstwagens, den sie am Platz der Deutschen Einheit geparkt hatten.

»Eine Brauerei vor der Haustür mit mehr als einem Dutzend Biersorten! Ich sollte mit meiner Frau über einen Wohnortwechsel nachdenken. Was ist dieses ›Zwickelbier‹?«

»Kann ich Ihnen nur empfehlen, naturtrüb mit samtweichem Hefegeschmack.«

Er schien hier Provision zu kassieren. Er und Cooper bestellten sich Zwickelbier und Flammkuchen, Rünz beschränkte sich aus Sicherheitsgründen auf ein Radler.

»Sie haben am Telefon erwähnt, dass Sie sowieso nach Darmstadt kommen wollten, haben Sie noch einen zweiten Fall hier in der Nähe?«

»Nein, das war wirklich ein seltsamer Zufall. Ich habe hier einen Freund von den amerikanischen Streitkräften, den ich 1996 in Bosnien kennengelernt habe, wir haben damals im Auftrag der UNO versucht, Bürgerkriegsopfer in Massengräbern zu identifizieren. Er arbeitet hier für das 440. Aufklärungsbataillon der US-Streitkräfte, die veranstalten seit fast dreißig Jahren den ›Frankenstein Castle Run‹, ein kleiner Marathon rund um eine Burg hier in der Nähe.«

»Na klar«, sagte Wedel. »Burg Frankenstein, die ist ein paar Kilometer südlich von hier an der Bergstraße.«

»Mein Freund rief mich also an und fragte mich, ob ich dieses Jahr nicht mitlaufen wollte. Ich sagte zu, packte meine Sportsachen und da kam der Anruf von meinem Londoner SCB-Headquarter, das hier in Südhessen möglicherweise Arbeit auf mich wartet. Also habe ich ein paar Sachen mehr eingepackt – und jetzt bin ich hier.«

»Was ist das, SCB?«, fragte Rünz.

»Entschuldigen Sie, ich dachte Sie wären informiert! Ich bin Attaché der ›Service Casualty Branch‹

der Royal Air Force. Ich bin zuständig für Deutschland.«

Die beiden Polizisten schauten ihn mit großen Augen an.

»Wir kümmern uns um die Identifikation und Rückführung von Überresten britischer Soldaten aus ehemaligen Kriegsschauplätzen, in Europa also vor allem aus dem Ersten und Zweiten Weltkrieg. Jede Waffengattung, Royal Army, Air Force und Navy, hat ihre eigene SCB, und in weltweit jeder Region, in der britische Soldaten im Kriegseinsatz waren, sitzt einer wie ich als lokaler Ansprechpartner. Normalerweise kontaktieren die örtlichen Polizeibehörden, die von einem Fund erfahren, die britische Botschaft in Berlin, von der ich dann meinen Auftrag bekomme. Da Sie aber über Interpol in Lyon angefragt haben, hat mich meine Zentrale in London angerufen, naja, das Ergebnis ist das gleiche.«

Rünz wurde neugierig.

»Wieviele dieser Fälle bearbeiten Sie pro Jahr?«

»Naja, europaweit sind das vielleicht ein paar Dutzend Funde jedes Jahr. Da allein aus dem Zweiten Weltkrieg noch einige Tausend Soldaten vermisst werden, droht mir vorerst keine Arbeitslosigkeit. Regional ist das übrigens sehr unterschiedlich. In Nordfrankreich und Belgien stößt man bei praktisch jedem größeren Tiefbauprojekt auf Überreste Gefallener. Hier in Ihrer Region ist das etwas seltener.«

»Wie gehen Sie vor, wenn Sie vor Ort sind?«

»Wenn sich der Verdacht bestätigt, dass es sich um einen gefallenen Briten handelt, kümmern wir uns um die Identifizierung. Dazu arbeiten wir eng mit den regional zuständigen rechtsmedizinischen Instituten zusammen. Das ›MoD‹, ich meine unser ›Ministry of Defence‹, beschäftigt einen eigenen Stab von Forensikern, auf die wir nach Bedarf zugreifen können. Wir sammeln alle Daten – Körpergröße, Gebissstatus, Fundort, Erkennungsmarken, vielleicht Rangabzeichen, DNA-Proben – vergleichen sie mit unseren historischen Datenbanken, mit Bataillonstagebüchern, Kirchenbüchern und dem ›Family Records Center‹ in London. Wenn nötig schalten wir auch Anzeigen, um Angehörige ausfindig zu machen.«

»Was machen Sie, wenn es keine Angehörigen mehr gibt?«

»Das kommt natürlich vor. Wir organisieren dann die Rückführung der Überreste und die militärische Beisetzung auf einem Soldatenfriedhof in England. ›Known to God‹ steht dann auf dem Grabstein.«

Die Kellnerin brachte die Holzbrettchen mit den Flammkuchen. Cooper nahm mit der Linken die Gabel auf und steckte sie in die Handfläche seiner Rechten, deren Finger sich schlossen wie die Greifer eines Roboters. Finger, Nägel und Handflächen hatten eine unnatürlich ebenmäßige Oberfläche und gleichmäßige Färbung – eine Prothese. Der Brite registrierte, dass Rünz auf seine künstliche Hand starrte. Rünz schaute verlegen auf seinen Bierdeckel und versuchte, sein Bierglas millimetergenau mittig auf dem Filz auszurichten.

»Seltsam, das mit diesen Prothesen«, sagte Cooper. »Die Techniker schaffen es, dass sie natürlichen Händen immer ähnlicher werden, aber sie sehen nie wirklich realistisch aus. Dadurch wirken sie immer unheimlicher. Ich glaube die meisten Leute könnten viel besser damit umgehen wenn ich einen Eisenhaken hätte wie Captain Hook!«

»Dann hätten wir besser Käsefondue bestellt«, sagte Wedel. Taktgefühl war seine Stärke nicht, aber der Brite schien es ihm nicht übelzunehmen. »Wo haben Sie gelernt, so perfekt Deutsch zu sprechen?«

»Danke für die Blumen«, schmunzelte Cooper. »Meine Mutter war Dozentin im Fachbereich Germanistik der Universität Manchester. Sie hatte diese fixe Idee, dass ich unbedingt zwei Sprachen beherrschen muss, deswegen hat sie mit mir konsequent Deutsch gesprochen. Mein Vater war darüber nicht begeistert, er verstand kein Wort von unseren Unterhaltungen und hat immer vermutet, wir würden über ihn lästern. So ganz unrecht hatte er damit natürlich nicht ...«

»... und was um Himmels willen hat Sie nach Gütersloh verschlagen?«

»Die Royal Air Force und meine Frau, in dieser Reihenfolge. Ich habe mich Ende der Siebziger Jahre als Freiwilliger bei der RAF gemeldet, ich wollte unbedingt Hubschrauberpilot werden. Weil ich bei der Musterung angab, fließend Deutsch zu sprechen, steckten sie mich in die 230. Helikopterschwadron mit der ich 1980 nach Gütersloh versetzt wurde. Und dort habe ich fünf Jahre später eine Deutsche kennengelernt und konnte in den letzten zwanzig Jahren mit ihr meine Sprachkenntnisse noch etwas verfeinern.«

Am Eingang des Braustübls rumorte es, die drei sahen herüber. Eine Horde Lilien-Fans stürmte die Kneipe. Sie trugen alles was der örtliche Fanshop an Utensilien bereithielt – blauweiße Baseballmützen, Schals und T-Shirts, einige hatten sich das Vereinssymbol auf die Wangen gemalt, andere lutschten an Schnullern mit dem Lilienemblem im Mund. Sie trugen Rucksäcke und Reisetaschen, schienen auf einem Wochenendausflug zu einem Auswärtsspiel ihres Vereins zu sein.

»Reißt den Buam die Lederhosen runter«, rief Wedel dem Trupp zu, die Jungs johlten zurück.

»Sind das Fans Ihrer Darmstädter Mannschaft?«, fragte Cooper.

»Ja«, antwortete Wedel, »SV 98. Unsere Jungs spielen morgen in München gegen die zweite Mannschaft der Bayern.«

»Ist das zweite Liga?«

Wedel schaute zerknirscht.

»Zweite Liga war mal. 1978 und 1981 haben wir sogar ganz oben mitgespielt. Seitdem Oberliga und Regionalliga. Aber mit Labbadia ist wieder alles drin!«

»Bruno Labbadia, hat der nicht mal für die deutsche Nationalmannschaft gespielt?«

»Richtig, 1992 bis 1995! Ein gebürtiger Darmstädter, hat 2003 hier als Trainer der ersten Mannschaft angefangen. Hat mit den Jungs gleich den Sprung in die Regionalliga geschafft. Haben natürlich alle Oberwasser bekommen und schon den Duft der zweiten Liga geschnuppert, aber damit wirds nichts mehr werden dieses Jahr ...«

»Was ist die Ursache?«

»Geld. Mit unserem Budget ist einfach nicht mehr drin.«

Rünz stöhnte. Hier hatten zwei Männer ihr Thema gefunden. Er wünschte, er hätte Brecker mitgenommen. Mit ihm hätte er jetzt ein wenig über die Vor- und Nachteile von Vollmantel-, Rund-, Kegelstumpf- und Teilmantelgeschossen bei Handfeuerwaffen fachsimpeln können. Er achtete nicht mehr auf das Gespräch seiner Tischnachbarn und beobachtete die Fangruppe, die sich an der Theke mit Zwickelbier in nostalgischen Bügelflaschen für die Zugfahrt versorgte. Wenn es darauf ankam und er motiviert war, konnte er ein beachtliches Einfühlungsvermögen entwickeln, das ihm schon einige bemerkenswerte berufliche Erfolge beschert hatte. Aber bei Menschen, die sich für mimetische Schaukämpfe wie Fußball begeisterten, war er ratlos. Es gab Zeiten, da hielt er die Euphorie und Trauer, mit der Fans der 98er auf Siege und Niederlagen ihrer Mannschaft reagierten, für eine gemeinschaftsstiftende kollektive Simulation. Er musste seine Meinung revidieren, als er zum ersten Mal seinen Assistenten nach einem schlechten Saisonfinale tagelang depressiv verstimmt erlebt hatte. Den Kämpfen der zweiundzwanzig Männer auf dem Rasen musste eine geheimnisvolle Macht innewohnen, für die er nicht empfänglich war. Er verstand die Fans nicht und er beneidete sie. Er beneidete sie um ihre Fähigkeit, in einer Gemeinschaft aufzugehen.

Rünz entschloss sich, das Gespräch zu unterbrechen.

»Brauchen Sie noch eine Unterkunft? Wir könnten Ihnen ein Hotelzimmer besorgen.«

»Nein, mein Bekannter bringt mich in einer Gästewohnung in seinem Housing unter, warten Sie mal.«

Er suchte etwas in seiner Hosentasche und zog einen kleinen Zettel heraus und las.

»Lincoln Village, da wohnt er. Ist das weit von hier?«

»Das ist praktisch bei uns vor der Haustür«, antwortete Wedel. »Wir bringen Sie hin.«

18

»Mr. Cooper, Sie erhalten von uns jeden erdenklichen *support*. Herr Rünz steht Ihnen mit seinen *specialists* ständig als *backup* zur Verfügung – *twentyfour-seven*. Sollten Sie darüber hinaus *requirements* haben wenden Sie sich direkt an mich.«

Rünz kochte. Hoven hatte ihm übelgenommen, dass Rünz ihn nicht über die Interpolanfrage unterrichtet hatte, jetzt revanchierte sich sein Vorgesetzter, indem er dem Briten implizit die Einsatzleitung übertrug und Rünz zum Erfüllungsgehilfen degradierte. Hoven war ganz offensichtlich berauscht von der Aussicht, sein internationales *networking* zu optimieren. Nach dem Ende der Kurzvorstellung verließ er mit dem Briten Hovens Kreativstudio und geleitete ihn trotzig schweigend zum Einsatzraum.

»Ein schönes Arbeitszimmer hat Ihr Chef.«

Rünz knurrte.

»Ein sympathischer Mann«, setzte Cooper nach. »Schade, dass er sich nicht entscheiden kann, ob er Deutsch oder Englisch sprechen soll. Wie dem auch sei, ich hoffe der offizielle Teil ist damit beendet und wir können uns an die Arbeit machen. Wie kann ich Ihnen helfen, Herr Rünz?«

Der Kommissar blieb überrascht stehen. Cooper hatte nicht nur keine zwei Minuten gebraucht, um Hovens mentale Grundstruktur zu durchschauen, er hatte auch keinen Pfifferling auf dessen servile Anbiederungsversuche gegeben. Der Kommissar erwog die Möglichkeit einer konstruktiven Zusammenarbeit mit dem Engländer.

Für Coopers Startbriefing hatte Rünz die ganze Truppe zusammengerufen, auch Bartmann hatte sich überreden lassen seine Arbeit in Frankfurt einige Stunden liegenzulassen.

»Was halten Sie davon?«, fragte Rünz.

Cooper betrachtete konzentriert die Rasterelektronenaufnahmen der Silbermünze.

»Ich sehe keinen Grund an der Interpretation Ihrer Informantin zu zweifeln, ich hoffe ich lerne die Dame mal kennen. Viele unserer Jungs haben sich solche Anhänger gebastelt, aus Münzen, aus Patronenhülsen, aus Löffeln.«

»Aber aus einer neuseeländischen Münze?«, fragte Wedel.

»Das ist allerdings eher selten. Welche Ergebnisse hatte Ihre rechtsmedizinische Untersuchung?«

Bartmann stand in Gedanken versunken am Fenster und schaute hinüber zum Marienhospital. Womöglich gab es Momente in seinem Leben in denen er die Kollegen beneidete, die mit lebenden Menschen arbeiteten. Er drehte sich um und gab Cooper eine Zusammenfassung, versuchte sich zuerst in einer laienverständlichen Diktion, verfiel aber mehr und mehr in sein Fachidiom, nachdem der Brite präzise Zwischenfragen stellte. Am Ende des Kurzreferats dachte Cooper einen Moment schweigend nach.

»Herr Bartmann, Sie sprachen von zwei Zahnfüllungen, die eine aus einem Material, das seit über fünfzig Jahren nicht mehr verwendet wird?«

»Richtig, Kupferamalgam«, antwortete Bartmann. »Die andere Füllung, auch an einem der hinteren Molaren im Unterkiefer, besteht nach den Analysen der Kriminaltechnik aus einer Legierung aus Aluminium und Silizium, heute unter dem Namen Silumin ihm Handel. Das war zumindest in Deutschland als Füllungsmaterial unüblich. Das ähnelt keiner der uns bekannten Substanzen, die für Keramik- Galvano- oder Kompositinlays verwendet wurden. Aber vielleicht sieht das ja in England anders aus?«

»Wir werden sehen.«

Cooper machte sich ein paar Notizen und wendete sich dann wieder an die Ermittlungsgruppe.

»Meine Herren, ich halte Ihre Arbeitshypothese, dass der Tote Besatzungsmitglied der 627. Mosquitoschwadron war, für vernünftig.«

Rünz war amüsiert über die etwas gespreizten Formulierungen, die der Brite ab und an verwendete. Die akademisch geprägte Erziehung durch seine Mutter schlug durch.

»Das bedeutet, Sie können sich erstmal ein bis zwei Tage auf andere Arbeiten konzentrieren, denn ich muss ein paar wichtige Fragen mit meiner Zentrale in London klären.«

Meyer, der das Gespräch schweigend verfolgt hatte, lehnte sich entspannt grinsend zurück.

»Wir brauchen eine komplette Besatzungsliste der Schwadron über alle Einsatzjahre, eine Aufstellung der Männer, die bei Einsätzen über dem südlichen Rhein-Main-Gebiet beteiligt waren und das Register der Abschüsse und Verluste. Herr Bartmann, können Sie mir eine postmortem Röntgenaufnahme des Gebisses und die Ergebnisse Ihrer spektroskopischen Analysen der Füllungsmaterialien zukommen lassen?«

»Gerne, haben Sie Spezialisten, die damit etwas anfangen können?« Der Frankfurter wurde neugierig.

»Nicht wir, aber unsere amerikanischen Freunde. Sagt Ihnen ›JPAC‹ etwas?«

»Nein.«

»›JPAC‹ steht für ›Joint POW/MIA Accounting Command‹, eine Gruppe von über vierhundert US-amerikanischen Spezialisten, stationiert auf Hawaii. Die einzige Aufgabe des ›JPAC‹ ist die Suche und Identifizierung von GI's die an den Kriegsschauplätzen der letzten Jahrzehnte verschollen sind.«

Bartmanns Interesse war geweckt. Seine Neugier ließ ihn vital und zehn Jahre jünger wirken.

»Sie müssen bedenken, dass allein aus dem Zweiten Weltkrieg noch 78.000 GI's vermisst werden, und weitere knapp 10.000 aus den Kriegen in Korea und Vietnam. Übrigens waren letztes Jahr zwei JPAC-Teams in Deutschland unterwegs, in Torgau und Hannover, in beiden Fällen zur Identifizierung von Bomberbesatzungen aus dem Zweiten Weltkrieg. Die US-Regierung investiert jedes Jahr über einhundert Millionen Dollar in diesen Dienst.«

»Aber wenn unser Mann Brite ist, wie können uns die Amerikaner da weiterhelfen?«

»Ganz einfach, die Royal Army kooperiert seit ein paar Jahren mit dem ›CIL‹, dem ›Central Identification Laboratory‹ des ›JPAC‹. Das bot sich an, schließlich haben auch wir noch tausende Vermisste aus dem Zweiten Weltkrieg in Europa und Asien. Das ›CIL‹ verfügt über zwei schlagkräftige Waffen zur Identifizierung der Überreste von Soldaten: DNA und Gebissbefunde. Je älter die Überreste, umso wichtiger wird das Gebiss. Eine DNA-Sequenzierung hilft uns außerdem bei diesem Stand der Ermittlungen nicht weiter, weil wir kein Vergleichsmaterial potenzieller Angehöriger haben.«

»Für den Gebissbefund gilt das Gleiche«, erwiderte Bartmann, »wir brauchen eine prämortale Aufnahme eines Vermissten, zumindest aber einen schriftlichen Befund.«

»Für die endgültige Identifizierung, da stimme ich Ihnen zu. Aber zahnmedizinische Behandlungen, wie die Inlays unseres Toten, können uns schon im Vorfeld weiterhelfen. Die forensischen Odontologen des ›CIL‹ haben eine Datenbank aufgebaut, *OdontoSearch*. Das Programm basiert darauf, dass sich die bei zahnmedizinischen Behandlungen angewendeten Techniken und Materialien sowohl mit der Zeit ändern, entsprechend dem medizinischen Fortschritt, als auch regional unterschiedlich sind. Also haben die CIL-Leute alle Daten über Behandlungsmethoden und -substanzen militärischer und ziviler Zahnmediziner in angloamerikanischen Staaten in ein GIS-System gesteckt, und wir haben die einschlägigen Informationen aus den Commonwealth-Nationen drangehängt. Wir hatten schon einige Fälle, in denen wir über *OdontoSearch* eine ziemlich genaue regionale und zeitliche Eingrenzung der Zahnbehandlung erreichten, die uns dann letztendlich auf die richtige Spur brachte.«

Bartmann war hellwach. Er begann Cooper Detailfragen über das ›JPAC‹ zu stellen, bis Rünz die Unterhaltung abbrach.

»Sie brauchen hier sicher einen Arbeitsplatz, Herr Cooper?«

»Das wäre nett, ein Schreibtisch, ein Telefon, ein schneller Internetzugang und ein Fax, wäre das möglich?«

»Kein Problem«, sprang Wedel ein. »Ich habe einen ungenutzten Platz in meinem Zimmer. Ich richte Ihnen alles ein und spreche mit den IT-Leuten, ab morgen früh steht Ihnen alles zur Verfügung. Übrigens – unsere 98er spielen am Samstag gegen Karlsruhe, Heimspiel. Haben Sie nicht Lust mitzukommen?«

Cooper zögerte keine Sekunde.

»Selbstverständlich! Sie sind doch sicher auch dabei, Herr Rünz?«

Dem Ermittlungsleiter fiel keine passende Ausrede ein, also sagte er zu.

19

Wedel hatte glücklicherweise keine Karten für die Sitzplätze auf der Tribüne besorgt, wo der harte Kern der 98er-Fans einen infernalischen Lärm veranstaltete. Sie standen auf den mürben Betonstufen der Ostseite, die die Stadt vor über fünfzig Jahren auf einen großen Haufen Kriegsschutt gesetzt hatte. Cooper und Wedel waren völlig vom Spiel eingenommen, Rünz hatte nach wenigen Minuten das Interesse verloren. Er kannte Fußball nur aus der Fernsehberichterstattung, wenn sein Großhirn nach einem langen Abend vor dem Gerät so weit sediert war, dass ihm die Kraft fehlte, einen anderen Sender zu wählen. Die Realität enttäuschte ihn maßlos. Die Bewegungen der Spieler wirkten träge und uninspiriert. Durch die Bildberichterstattung war er so konditioniert, dass er die schnellen Schnitte, Wiederholungen und Perspektivwechsel vermisste, die aus einer drittklassigen Begegnung ein Drama machen konnten. Am meisten fehlte ihm die *slow motion*. Immer wieder wartete er bei strittigen Abseitsentscheidungen vergeblich darauf, dass die Spieler wie aufgezogene Puppen rückwärts liefen und die Szene noch einmal langsamer abspielten.

Nach dem ersten Führungstreffer der Gäste aus Karlsruhe widmete Rünz seine Aufmerksamkeit dem Publikum um ihn herum. Unter den Besuchern seiner

Generation waren einige Typen, denen es wie ihm nur sekundär um das sportliche Ereignis ging: Einsame Wölfe, stark rauchende Männer in den Fünfzigern, mit den für Alkoholiker typischen gedunsenen Bäuchen und spindeldürren Beinen, die nach Scheidung, Vorruhestand, Hartz IV, Lungenkrebs, Einsamkeit und Tod rochen und für die ein Heimspiel zu den wenigen Möglichkeiten gehörte, ein Minimum an sozialen Kontakten aufrechtzuerhalten. Rünz wusste, dass er unter entsprechenden Rahmenbedingungen eine ähnliche Entwicklung nehmen konnte, aber so schlimm war er noch nicht dran. Andere wirkten verunsichert, wenn Rünz sie beobachtete, Akademiker, Männer deren Passion für Fußball nicht authentisch wirkte, die in einem intellektuell unterlegenen Umfeld Ausgrenzung befürchteten und sich in einer Art vorauseilendem Gehorsam Interesse für Fußball simulierten; sie waren immer in Sorge dass ihre Inszenierung durchschaut wird. Aber Rünz wusste, wie anfällig derlei psychologische Ferndiagnosen für Projektionen der eigenen Unzulänglichkeiten waren. Er nahm sich zusammen und versuchte sich wieder auf das Spiel zu konzentrieren.

Cooper und Wedel waren nach dem Schlusspfiff noch erschreckend unternehmenslustig. Rünz fühlte sich genötigt, die beiden noch auf einen Absacker in die Stadt zu begleiten, schließlich konnte er nicht durchgehen lassen, dass sein Assistent eine persönliche Beziehung zu dem Briten aufbaute, die er nicht unter Kontrolle hatte.

Sie fanden einen Parkplatz vor dem Alten Pädagog, überquerten die Kirchstraße und schlenderten durch die Fußgängerzone Richtung Centralstation. Von den Kinos abgesehen war das Carrée in lauen Sommernächten der einzige Ort in der Innenstadt, an dem nach Ladenschluss noch etwas Leben pulsierte. Die drei Männer fanden einen freien Tisch beim Italiener vor der Markthalle und bestellten sich dunkles Weizenbier. Cooper betrachtete die Backsteinfassade der alten Centralstation, dutzende junger Menschen strömten in die Halle B zu einem Konzert.

»Was ist das für ein Gebäude, sieht aus wie eine alte Fabrik?«

Rünz zuckte verlegen mit den Schultern aber sein Assistent wollte sich keine Blöße geben.

»Irgendwas ziemlich Altes.« Wedel war zu beneiden. Wenn es ihm bei der Polizei mal nicht mehr gefiel konnte er sich immer noch als kundiger Fremdenführer verdingen. »Ist seit ein paar Jahren ein Musikschuppen drin. Da haben schon Mörderleute gespielt, Agnostic Front, The Disco Boys, Backyard Babies und so ...«

Rünz kannte keine der seltsamen Gruppen die sein Assistent aufgezählt hatte und er konnte sich nicht vorstellen dass es dem Briten anders ging. Ein blasierter Architekt am Nebentisch hatte nur auf das richtige Stichwort gewartet und drehte sich zu Cooper um.

»Das war mal die ›Centralstation für elektrische Beleuchtung‹. Darmstadt war Ende des neunzehnten Jahrhunderts ganz vorne mit dabei, was die weltweite Elektrifizierung der Großstädte anging. Die Stadtväter hatten damals Angst, dass ihnen ein privater

Stromversorger zuvorkommt und beim Gasverkauf das Wasser abgräbt, also haben sie selbst ein Elektrizitätswerk in Auftrag gegeben. Hauptabnehmer für den Strom war übrigens der herzogliche Hof drüben. Die Gestaltung ist entsprechend, *die* Referenz für frühe Industriearchitektur in Darmstadt. Schauen Sie sich den Duktus des Bauwerks an, die aufwendigen Verblendungen und Sturzbögen, den barocken Schweifgiebel des Mittelschiffs, das atmet fast schon den Geist einer Basili ...«

Ein Mobiltelefon unterbrach die Architektenprosa, Rünz atmete auf. Alle griffen sich instinktiv an die Hosentaschen, doch ›God save the Queen‹ als polyfoner Klingelton sprach eindeutig für Cooper. Er zog sein Handy aus der Tasche und studierte seine Maileingänge. Dann lehnte er sich zurück, nahm einen kräftigen Schluck Justus-Hefeweizen aus dem Hause Pfungstädter.

»Sie waren auf der richtigen Spur mit Ihrer Münze. Neuseeland.«

20

Der Engländer hatte das Team zwei Tage schmoren lassen. Er hatte sich geweigert, weitere Informationen aus Hawaii preiszugeben, bevor seine Anfragen beim ›Military Archive‹ der Royal Air Force beantwortet waren. Jetzt saß die versammelte Mannschaft im Besprechungsraum und schaute ihn erwartungsvoll an.

»Meine Damen und Herren ich habe einige Informationen, die Sie interessieren werden. Sie erinnern sich an die Zahnfüllung des Toten, deren Aluminiumlegierung Ihren Spezialisten Probleme bereitet hat. Nun, nach Informationen des CIL stammt das Füllungsmaterial mit hoher Wahrscheinlichkeit aus einer Charge, die neuseeländische Zahnärzte Anfang der Vierziger Jahre des letzten Jahrhunderts verwendeten, um neue Rekruten vor und während ihrem Kriegseinsatz zu behandeln. Die Substanz hatte damals den Handelsnamen Allcast.«

Wedel, der lässig auf den Hinterbeinen seines Stuhls gekippt hatte, verlor das Gleichgewicht, fiel nach hinten und schlug hart mit dem Hinterkopf auf dem PVC-Belag auf. Bunter und Rünz halfen ihm, sich wiederaufzurichten, und überzeugten sich von seiner Unversehrtheit. Wedel versuchte die Peinlichkeit seiner Darbietung zu übergehen.

»Das ist nicht Ihr Ernst, Mr. Cooper. Mit Verlaub, aber wie wollen die Leute vom ›JPAC‹ so etwas aus einer Zahnfüllung herauskitzeln? Ich meine, es gab damals sicher ein paar hundert Zahnärzte in Neuseeland, und die Jungs in Hawaii wollen wissen, welcher wann was verarbeitet hat? Das klingt absurd.«

»Ich spreche nicht von irgendwelchen niedergelassenen Zahnärzten. Ich spreche von Militärzahnärzten des New Zealand Dental Corps, das sich seit dem Ersten Weltkrieg um die Soldaten kümmert. Die Ärzte des Dental Corps hatten exakte Vorgaben was die Behandlungsverfahren und zu verwendenden Materialien angeht. Das ist alles sauber dokumentiert. Im Gegensatz zu Ihnen verfügen wir über Daten, die über das Jahr 1945 hinausgehen ...«

Cooper konnte sich den kleinen Hinweis auf die Polizeiakten nicht verkneifen, die 1945 in Darmstadt vernichtet wurden.

»Sie meinen, der Tote war ein neuseeländischer Soldat?«, fragte Rünz.

»Das ist zumindest ziemlich wahrscheinlich. Natürlich besteht grundsätzlich die Möglichkeit, dass mit Teilen der Charge, die ein australischer Zulieferer exklusiv und im Auftrag des neuseeländischen Militärs produziert und geliefert hat, außer Landes gearbeitet wurde. Natürlich könnte einer der Militärzahnärzte auch einen Zivilisten damit behandelt haben, obwohl das verboten war. Aber diese beiden Varianten halte ich für unwahrscheinlich.«

»Und Sie halten es für wahrscheinlicher, dass ein neuseeländischer Soldat im Zweiten Weltkrieg im Darmstädter Woog stirbt?«

Wedel hatte sich erholt. Cooper schaute ernst, fast tadelnd, seine Stimme bekam etwas Pathos.

»Meine Herren, vielleicht war Ihnen nicht bekannt, dass neuseeländische Soldaten im Ersten und Zweiten Weltkrieg auf europäischem Boden Seite an Seite mit den Alliierten gekämpft haben. Allein im Zweiten Weltkrieg waren über 140.000 Neuseeländer in Europa, teils in eigenen Einheiten der Second New Zealand Expedition Force, teils integriert in Einheiten der British Army. Neuseeland hat weit mehr Verluste erlitten als Großbritannien, bezogen auf die Einwohnerzahl.«

»Entschuldigen Sie meine Unkenntnis, Mr. Cooper«, sagte Rünz, »aber warum haben Neuseeländer gegen Nazideutschland gekämpft, ich meine, die waren doch am anderen Ende der Welt.«

»Sie vergessen, wie eng Neuseeland als Mitglied des Commonwealth damals mit Großbritannien verbunden war. Für die meisten *Enzeds* und ihre Regierung war das damals eine existentielle Bedrohung, rückhaltlose Unterstützung Großbritanniens war überhaupt keine Frage. Die sind mit ihrer Kriegserklärung gegen Nazideutschland Churchill sogar einige Stunden zuvorgekommen. Mit dem Kriegseintritt Japans standen die Achsenmächte ja auch direkt vor ihrer Haustür. Und die Royal Air Force brauchte dringend Männer. Bei Kriegsausbruch war der britischen Regierung schnell klar, dass sie keine ausreichenden personellen Ressourcen für einen großen Luftkrieg über Europa hatte. Die Produktion von Flugzeugen war nicht das Problem, die konnte man ziemlich schnell hochfahren. Aber woher sollten gut ausgebildete Mannschaften kommen? Vorkriegsplanungen gingen von einem Bedarf von jährlich 50.000 Männern aus, aber aus der britischen Bevölkerung heraus konnten gerade mal gut 20.000 rekrutiert werden. Also setzte sich die Regierung mit den Commonwealth-Staaten und Kriegsalliierten Australien, Neuseeland und Kanada zusammen. Die vier vereinbarten in Ottawa das ›Empire Air Training Scheme ...«

»Das Empire ... – was?«, unterbrach Meyer, das Tempo war ihm etwas zu schnell und anspruchsvoll.

»Nennen Sie es einfach *EATS*. Die vier Länder beschlossen, einen gemeinsamen Besatzungspool zu bilden und jährlich insgesamt 50.000 Männer zum Einsatz auszubilden. Die Grundausbildung übernahmen die Staaten selbst, das Einsatztraining absolvierten alle gemeinsam in Kanada. Das erste Kontingent Australier und Neuseeländer kam im November 1940 nach Kanada. Der Vertrag legte ursprünglich fest, dass die Nichtbriten ausschließlich in eigenen nationalen Schwadronen Einsätze fliegen, aber das konnten sie nicht lange durchhalten. Es war damals völlig normal, dass ein britischer Lancaster-Pilot einen neuseeländischen Kopiloten, einen kanadischen Navigator und einen australischen Bombenschützen hatte.«

»Das heißt, wir müssen herausfinden, welche Neuseeländer in der 627. Mosquitoschwadron mitflogen, und welche davon bei Einsätzen über dem Rhein-Main-Gebiet abgeschossen wurden«, folgerte Rünz.

»Die Arbeit haben uns meine Kollegen auf der Insel schon abgenommen.«

Cooper startete seine Beamerpräsentation mit einer Karte seines Heimatlandes.

»Die 627. wurde im November '43 hier in Oakington, Cambridgeshire, aus Resten der 139. neu formiert und der achten Bomberflotte zugeordnet, der ›Pfadfindertruppe‹, ausgerüstet mit Mosquitos der Baureihen IV bis XXV, die für schnelle Nachteinsätze optimiert waren. Im April 1944 verlegte das alliierte Bomber Command die Schwadron zur fünften Bomberflotte hier nach Woodhall Spa, Lincolnshire. Von hier aus flog die Schwadron bis zum Kriegsende ihre Einsätze. Haupteinsatzgebiete waren Nachtangriffe, Zielmarkierungen zur Unterstützung der Lancasterbomber, Fotoaufklärung, Zielbombardierungen.«

Cooper zeigte eine Karte des Rhein-Main-Gebietes.

»Die 627. war an drei Einsätzen im Rhein-Main-Gebiet beteiligt: Frankfurt am 22. März 1944 mit zwölf, Darmstadt am 12. September 1944 mit vierzehn und Mainz am 27. Februar 1945 mit zwölf Mosquitos. Die Schwadron verlor zwei Flugzeuge beim Angriff auf Frankfurt, einen über Mainz. Beim Angriff auf Darmstadt hat die fünfte Luftflotte zwölf Lancasterbomber verloren, die Mosquitos kamen alle durch. Die Schnellbomber waren mit jeweils einem Piloten und einem Navigator besetzt.«

»Dann haben wir ihn«, jubelte Wedel. »Er ist vor oder nach den Angriffen auf Frankfurt oder Mainz angeschossen worden, nach Süden abgekommen und hier über Darmstadt abgestürzt. So viele Neuseeländer können in den drei Mosquitos nicht gesessen haben!«

»Zwei *Enzeds*, um genau zu sein.«

Cooper zeigte eine Folie mit nur zwei Namen.

**404531 Flying Officer (Windy) Kenneth Steere
463019 Flight Lieutenant (Nav.) Ted Redkeel**

»Kenneth Steere, ein neuseeländischer Pilot und Wing Commander aus Greymouth, wurde von deutschen Abfangjägern über Mainz abgeschossen. Das Wrack seiner Mosquito fanden ein paar Halbwüchsige Anfang der Fünfziger Jahre bei Gustavsburg, die Überreste Steeres und seines Navigators sind identifiziert und nach England rückgeführt worden. Bleibt also nur Ted Redkeel ...«

»Bingo, das ist er, was gibts da noch zu deuten?«

Meyer wollte die Sache schnell zum Abschluss bringen.

»Langsam mit den jungen Pferden«, sagte Rünz. »Wir wissen noch gar nichts. Bis jetzt sind das alles Vermutungen. Wie können wir prüfen, ob unser Toter Ted Redkeel ist? Vielleicht gibt es irgendwelche alte Musterungsunterlagen?«

»Die gibt es«, antwortete Cooper. »Aber nicht bei der Royal Air Force, sondern in Neuseeland. Ich habe Namen und Gebissbefund gestern an die Personel Archives der New Zealand Defence Force gemailt.«

Bunter schien skeptisch.

»Sie meinen die heben da unten sechzig oder siebzig Jahre alte Musterungsbescheide auf?«

»Unterschätzen Sie die *Enzeds* nicht. Im Trentham

Military Camp werden 1,5 Millionen Datensätze von über 420.000 Männern und Frauen verwaltet, die seit 1899 dem neuseeländischen Militär dienen. Sehen Sie sich mal an, was ich letzte Nacht in meiner Mailbox hatte.«

Cooper ging im Schnelldurchgang Dokumente einer alten Musterungsmappe durch. Die verbliechene alte Courier-Typo war mit niedriger Auflösung gescannt um den Mailanhang nicht aufzublähen, die handschriftlichen Einträge in den Formularen sahen aus wie angelsächsisches Sütterlin. Cooper musste der Gruppe die wichtigsten Inhalte erläutern.

»Das hier ist die *Declaration of Recruit*, seine schriftliche Verpflichtungserklärung für einen fünfjährigen Militärdienst, ausgestellt am 23. November 1941 im Waiouru Army Camp. Hier auf der ›Form for Physical Examination‹ sehen Sie das Ergebnis der medizinischen Untersuchung. Gewicht und Größe passen zu unserer Leiche, ich habe das mit Ihrem Rechtsmediziner schon abgeklärt. Das ›F‹ hier unten steht für seinen Gebisszustand, heißt so viel wie *dentally fit or being made so in three working hours*, die beste Einstufung die es gab. Die Füllung aus Kupferamalgam die er damals schon hatte ist hier vermerkt, genauso wie der schadhafte Backenzahn, der dann von einem Militärzahnarzt repariert wurde.«

»Was ist mit den persönlichen Daten, Geburtsort und -datum, Angehörige.«

»Die *Identy Card* ist leider nicht mehr vorhanden ...«

»Aha, kochen also auch nur mit Wasser, die *Enzeds*«, murmelte Bunter.

»Auf dieser *Descriptive & Assignment Card* hat

er den Namen seines Vaters eingetragen, er sollte als einziger im Todesfall benachrichtigt werden. Sie sehen, die Handschrift ist eine andere, wahrscheinlich hat Ted diese Zeile selbst ausgefüllt. Der Name ist ziemlich unleserlich, ich habe Ihnen das hier nochmal sauber aufgeschrieben.«

Name and address (street and house number, if any) of persons to be informed in case of emergency, given degree of relationship:
Karl Riedkehl (Father), 103 Wellington, St Ponsonby Auckland

»Wieso dieser Unterschied in der Schreibweise der Familiennamen?«, fragte Bunter.

»Das war nicht ungewöhnlich, wenn den Leuten von den Musterungsbehörden ein Name irgendwie zu kompliziert geschrieben erschien, haben sie ihn einfach zurechtgestutzt. Sie können davon ausgehen, das Ted ursprünglich den gleichen Familiennamen wie sein Vater hatte.«

Die Teammitglieder schauten sich ratlos an.

»Was ist los«, fragte Cooper, »hat es Ihnen die Sprache verschlagen?«

»Nein«, antwortete Bunter. »Es ist nur ein seltsamer Zufall, ein paar Kilometer westlich von hier gibt es einen Ort der Riedkehlen heißt. Und nach einem typisch neuseeländischen Familiennamen klingt das nicht gerade.«

»Und vergessen Sie nicht den Riedkehlschen Park«, ergänzte Bunter.

»Dann lassen Sie mich noch eins draufsetzen«,

sagte Cooper. »Es gibt da nämlich eine seltsame Inkonsistenz in den Daten.«

Im Raum herrschte Stille, nur der Ventilator des Beamers summte leise.

»Ted Redkeel, oder Riedkehl, wurde nach seinem Einsatz beim Septemberangriff auf Darmstadt vermisst gemeldet.«

»Ich dachte, *den* Angriff hätten alle Mosquitos überstanden?«

Rünz registrierte beruhigt, dass Meyer der Besprechung wieder intellektuell gewachsen war.

Im Raum herrschte einige Sekunden Funkstille, bis Bunter das Schweigen brach.

»Könnten Sie noch einmal diese *Declaration of Recruit* zeigen?«

Cooper klickte zurück bis zu dem Formular.

»Was ist das da rechts, diese handschriftliche Notiz am Rand?«

»Weiß nicht«, antwortete Cooper. »Ein alter Vermerk eines Officers in Trentham, nehme ich an. Herr Wedel, können Sie das etwas heranzoomen?«

Wedel setzte sich ans Laptop, drehte das Dokument und vergrößerte den Ausschnitt, bis die Handschrift in ein fast unleserliches Pixelraster zerfiel.

copy to german red cross tracing service 02/05/64

21

»Geochelone gigantea, die Seychellen-Riesenschildkröte.«

Der Stadtarchivar lehnte sich über die niedrige Holzbrüstung und legte die Hand auf den mächtigen Panzer des Tieres.

»Versuchen sie mal Herr Rünz. Das ist besser als Baldrian und Yoga.«

Der Hornschild sah alles andere als keimfrei aus. Rünz blieb mit den Händen in den Hosentaschen stehen.

»Wie alt die sind weiß kein Mensch. Sind vor über dreißig Jahren als erwachsene Tiere hier ins Vivarium gekommen. Die können über zweihundert Jahre leben! Gut möglich, das irgendwann unsere Enkel mit ihren Kindern hier stehen und ihre Hände auf die Tiere legen – ist das nicht verrückt? Sie fressen und schlafen hier tagaus, tagein und sehen mehrere Generationen von Darmstädtern an sich vorüberziehen. Kleine Kinder, die größer werden, die in der Pubertät mit ihrem ersten Partner herkommen und irgendwann ihren eigenen Kindern die Tiere zeigen. Haben Sie Kinder, Herr Rünz?«

»Nein.«

Der Ermittler fühlte sich genötigt, irgendeine Entschuldigung dafür hinterherzuschieben, dass er sich der kollektiven Reproduktionsdoktrin widersetzte, aber er widerstand.

»Kinder sind etwas Wunderbares. Sie verlangen viel von einem, aber sie geben auch viel zurück«, sagte der Archivar.

Ja, zum Beispiel Magen-Darm-Infekte, dachte Rünz. Abgesehen von den hygienischen Problemen, die so junge Menschen unweigerlich verursachten, hatte Rünz im Gegensatz zu seiner Frau nie das Verlangen gespürt, sich durch Fortpflanzung zu verewigen. Genau genommen hielt er intendierte Kinderlosigkeit für eine herausragende kulturelle Errungenschaft, sofern man Kultur und Zivilisation als Überwindung der archaischen Impulse verstand, die die Urhorden durch die pleistozänen Steppen trieben. Aber es gab nicht viele Mitmenschen, die seine Sicht der Dinge teilten. Er versuchte das Thema zu wechseln.

»Verbringen Sie immer hier im Vivarium Ihre Mittagspause?«

»Nein, meistens arbeite ich ja im Stadtarchiv unten am Karolinenplatz. Aber jedes Mal wenn ich hier an der TU zu tun habe, nutze ich die Gelegenheit, sofern das Wetter mitspielt.«

Er strich der Schildkröte über den Kopf. Sie versteckte sich nicht sondern schob ihren langen Hals aus ihrem schützenden Panzer, einem erigierten Pferdepenis mit Augen nicht unähnlich. Die beiden waren wie alte Freunde.

»Wie sind Sie auf den Namen Riedkehl gekommen?«

Der Kommissar gab ihm eine kurze Zusammenfassung der Ermittlungsergebnisse. Rebmann hörte konzentriert zu, stellte Zwischenfragen, wenn er etwas nicht nachvollziehen konnte.

»Es gibt nicht nur eine Gemeinde und einen Park, Sie haben die Riedkehlstraße unterschlagen, Herr Rünz. 1944 ist er umgekommen sagen Sie, und war Besatzungsmitglied eines britischen Kampfflugzeuges? Dann muss er zwischen zwanzig und dreißig Jahre alt gewesen sein.«

»Vier- oder fünfundzwanzig nach unseren Untersuchungsergebnissen.«

»Hmm, 1919 oder 20 geboren. Haben Sie Angaben über seine Eltern?«

»Nur über den Vater, einen Karl Riedkehl, der in Auckland lebte. Hatte sonst wohl keine Angehörigen.«

Die beiden trennten sich von den Schildkröten und setzten ihre Runde fort.

»Ich hoffe Sie haben etwas Zeit mitgebracht, Herr Rünz, denn das ist eine etwas längere Geschichte, zu der Sie möglicherweise ein interessantes Puzzlestück hinzugefügt haben. Ihrer Einleitung, Herr Rünz, entnehme ich, dass Sie mit dem Hintergrund des Namens Riedkehl in Darmstadt nichts anfangen können.«

Rebmann konnte einen enervierend gespreizten Dozententon auflegen. Rünz zuckte verlegen mit den Schultern und fühlte sich ein wenig wie ein schlecht präparierter Seminarteilnehmer.

»Die Familie Riedkehl* hat einige Generationen lang das politische und kulturelle Leben in Darmstadt mitgeprägt, naja, bis in die Dreißiger Jahre des

*siehe Nachwort

letzten Jahrhunderts jedenfalls. Die Wurzeln der Familie lassen sich weit zurückverfolgen, bis zur Zeit Karls des Großen. In der Öffentlichkeit in Erscheinung getreten sind sie zum ersten Mal im neunzehnten Jahrhundert mit Friedrich Riedkehl, einem jüdischen Bankier. Er hatte zwei Söhne, die es beide auf ihre Weise zu einiger Bekanntheit brachten. Paul, um mit dem Jüngeren anzufangen, wurde 1856 geboren, ein naturwissenschaftlich ausgerichteter junger Mann, studierte Medizin und promovierte. Dann kamen erste Symptome einer beginnenden chronischen Epilepsie, er konnte nicht mehr als Arzt arbeiten. Stattdessen hat er sich mit Mathematik beschäftigt, hörte Vorlesungen, unter anderem bei Ernst Eduard Kummer, einem damals herausragenden Mathematiker. Kummer führte Riedkehl an das Fermatsche Problem heran, eines der faszinierenden Rätsel der Mathematik, schon vor über 300 Jahren formuliert, aber erst 1994 von einem Andrew Wiles gelöst worden ist. Paul Riedkehl war fasziniert von dieser Materie. Er hielt selbst bis 1890 Vorlesungen über Zahlentheorie an der Technischen Hochschule, musste sich danach aber wegen seiner fortschreitenden Erkrankung auf Fachveröffentlichungen beschränken. Das Fermatsche Problem hat ihn nie losgelassen.« Rebmann schweifte ab, aber Rünz fand seinen Exkurs durchaus kurzweilig.

»Für die Lösung der Aufgabe setzte er 1905, ein Jahr vor seinem Tod, in seinem Testament eine Belohnung von 100.000 Mark aus. Bei normaler Verzinsung hätte Wiles 1994 gut und gerne 1,5 Millionen Euro gewonnen, aber 1948 war das Vermögen durch

Inflation und Währungsreform auf umgerechnet gut dreitausend Euro geschrumpft. Bis zur Auszahlung an Wiles hat es sich dann wieder verzehnfacht.«

Vor dem Gehege des Tapirs herrschte Aufruhr. Das Tier hatte sich eng am Zaun mit dem Hinterteil einer Besuchergruppe zugewandt und mit einem kräftigen Harnstrahl seine Sympathie kundgetan. Einige Kinder schrien, sie hatten Urintropfen in den Augen.

»Aber entschuldigen Sie diesen kleinen Ausflug in die Mathematik, Herr Rünz, ich komme jetzt auf den für Sie sicher interessanteren älteren Bruder von Paul, Wilhelm Riedkehl. Ein Jurist, hatte nach dem Tod des Vaters das Bankgeschäft übernommen. Wilhelm war in der zweiten Hälfte des neunzehnten Jahrhunderts ein engagierter Lokalpolitiker und Mitgestalter des öffentlichen Lebens hier in Darmstadt. Der Park und die Straße sind nach ihm benannt. Die Technische Hochschule verdankt ihre Existenz seinem Engagement. Ohne seine Initiative hätte 1874 der zuständige Landtagsausschuss das damalige Polytechnikum aus Kostengründen wohl aufgelöst. Er war Stadtverordneter, Vorsitzender des Finanzausschusses, ab 1885 sogar Vizepräsident des Landtages. Es war Wilhelm, der zusammen mit Carl Merck den Bauverein für Arbeiterwohnungen gründete.«

»Und die Gemeinde Riedkehlen. Hat die irgendetwas mit dieser Familie zu tun?«

»Allerdings. Anfang des neunzehnten Jahrhunderts wurde das Namensrecht für jüdische Bürger verändert. Alle jüdischen Familienväter hatten für sich und ihre Nachkommen einen unveränderlichen deutschen Familiennamen zu wählen, der in Geburts-, Trauungs- und Sterberegister eingetragen wurde und dann nicht mehr gewechselt werden durfte. Viele wählten ihre neuen Familiennamen nach ihrem Herkunftsort. Die Familien hießen Hachenburger, Linz, Trier, Neustadt, Homberg, Mannheimer, Bessunger, Pfungst – und eine hieß eben Riedkehl, benannt nach einem Vorfahr der in Riedkehlen lebte.«

Rebmann verteilte einige Futterpellets an die Ziegen im Streichelzoo. Rünz blieb einige Schritt zurück um sich nicht dem aufdringlichen Geruch der Tiere auszusetzen.

»Aber zurück zu Wilhelm, oder vielmehr zurück zu dessen Sohn Karl, der 1867 geboren wurde. Karl Riedkehl war weder naturwissenschaftlich orientiert noch ein guter Kaufmann, er war ein durch und durch musisch veranlagter Mensch. Er konnte sich im liberal geprägten Elternhaus frei entwickeln, studierte später in Gießen, Leipzig und Berlin deutsche Literatur. Er lernte Stefan George kennen, der Jahre zuvor wie er im ›Pädagog‹, dem heutigen Ludwig-Georgs-Gymnasium, die Schulbank gedrückt hatte. George war Mentor eines elitären und etwas abgehobenen literarisch-künstlerischen Kreises, des so genannten George-Kreises. Karl Riedkehl schloss sich der Runde an. Er heiratete eine Darmstädterin, die Ehe blieb kinderlos. Aber Karl hielt es nicht hier in Darmstadt.«

Rebmann lachte.

»Es war ihm einfach zu spießig. Zu seiner Heimatstadt hatte er ein eher ambivalentes Verhältnis, obwohl er vor dem Exil mindestens einmal jährlich hier war. Ein ›vertrocknetes Nest‹ hat er es genannt, ›klein, bös und unverständig‹ sei er, der Darmstädter. Die meiste Zeit hat er in Berlin gelebt und gearbeitet, hatte einen illustren und großen Bekanntenkreis von Intellektuellen, Malern, Lyrikern dort. Seine wöchentlichen ›Jour Fix‹ in Wannsee vor dem Zweiten Weltkrieg waren legendär. Aber 1919 wurde ihm der wachsende Hass auf Juden in der Stadt zu gefährlich. Er hat sich mit seiner Familie aufs Land zurückgezogen, aber der Antisemitismus hat ihn eingeholt. Im Februar 1933, nach dem Reichstagsbrand, floh er nach Spanien – ohne seine Frau. Als sich die faschistischen Achsenmächte Deutschland und Italien immer weiter annäherten, beschloss er ins Exil zu gehen. Er wollte möglichst weit weg. Es wird kolportiert, er habe mit dem Finger auf einem Globus den Punkt gesucht, der die größte Entfernung zu Deutschland hatte, und sei so auf Neuseeland gekommen. Er konnte sich zunächst nur Einreisepapiere für Australien organisieren und betrat 1938 zum ersten Mal als Tourist neuseeländischen Boden. Die Behörden dort gewährten ihm schließlich eine unbefristete Aufenthaltserlaubnis. Er lebte bis zu seinem Tod 1952 in Auckland.«

Rebmann machte eine Pause, musterte Rünz, als wolle er die Wirkung seines Faktenbombardements prüfen.

»Und Sie denken«, sagte Rünz, »dass Ted Riedkehl ein unehelicher Sohn dieses Dichters war, der ihn nach Neuseeland begleitet hat?«

»Ich denke gar nichts, aber möglich ist das. Ich

weiß nur, dass Karl Riedkehl die Anwesenheit von Frauen in seinem engen Umfeld über die Maßen schätzte, im Plural wohlgemerkt. Ein uneheliches Kind wäre das letzte was mich im Zusammenhang mit ihm wundern würde. Und zwei Männer mit diesem seltsamen Namen, die zur gleichen Zeit in der gleichen Stadt in Neuseeland leben? Das ist doch unwahrscheinlich. Um das Rätsel zu lösen müssen Sie herausfinden, ob es wirklich Zufall war, dass dieser junge Mann über Darmstadt abgestürzt ist. Oder abgesprungen?«

Der Ermittler begleitete den Archivar schweigend Richtung Ausgang.

»Was werden Sie jetzt machen, Herr Rünz?«

»Wir haben einen Experten aus England, der uns unterstützt. Er arbeitet gerade mit meinem Assistenten an einer minutiösen Rekonstruktion des Septemberangriffs, wir hoffen dass uns das irgendwie weiterbringt.«

»Eine gute Idee. Eine wirklich gute Idee. Schicken Sie Ihren Assistenten bei mir vorbei, ich kann Ihnen sicher weiterhelfen bei ihrer Rekonstruktion.«

Rünz schlenderte nach dem Gespräch mit Rebmann quer über das Unigelände Richtung Böllenfalltor, um die Informationen zu verdauen. Hinter dem ›Bölle‹ entschied er den Weg durch den Wald zu nehmen, aber er bereute seinen Entschluss nach wenigen hundert Metern. Die Ausläufer des Odenwaldes schienen vollständig okkupiert von Legionen tumber Freizeitsportler, die allein oder in Horden ihren sinnlosen Bewegungsorgien nachgingen. Mountainbiker mit vollgefederten, hydraulisch scheibengebremsten dreitausend-Euro-Fahrrädern kreuzten seinen Weg, auf ihre Rücken lächerliche Getränkerucksäcke mit isotonischen Drinks geschnallt, aus denen sie sich während der Fahrt über dünne Schläuche stillen konnten, die Lenker zu kleinen Kommandozentralen mit Handyhalter, GPS-Empfänger und Fahrradcomputer ausgebaut, ihre Gesichter an Steilpassagen vor Anstrengung zu dämlichen, zähnefletschenden Tollwutfratzen verzerrt. Jogger überholten ihn, ihre Biodaten, Zwischenzeiten, Puls- und Schrittfrequenzen kontinuierlich mit Minicomputern an ihren Handgelenken kontrollierend, die Sinnlosigkeit ihrer IT-Berufe mit der Sinnlosigkeit der Vorbereitung auf irgendwelche Volks- und Marathonläufe kompensierend.

Auf Höhe des Herrgottsberges kamen ihm Horden von wechseljährigen Nordic Walkern entgegen, mit sturen, der Lächerlichkeit des Sportes trotzenden Gesichtsausdrücken, die ganze Breite ihrer *trails* einnehmend, sodass er einen Ausfallschritt in die Büsche machen und warten musste. Rünz hielt diese Sportart für eine der deprimierendsten Erfindungen der letzten Jahre, gleich neben Volkshochschulkursen wie ›Senioren ins Internet‹. Nicht nur, dass seinen Landsleuten in ihrer steindummen Anglizismengeilheit das Wandern mit Skistöcken erfolgreich als Jungbrunnen angedient wurde; die Ratgeber-, Ausrüster- und Kursleiterszene, die sich rund um diese alberne Bewegungsform gebildet hatte, schien ja inzwischen einen erheblichen Anteil der im Dienstleistungssektor tätigen Deutschen in Lohn und Brot zu setzen.

Die Szene diversifizierte gerade; Nordic Skating und Nordic Jogging mutierten zu neuen, hochprofitablen Marktsegmenten, die unter der Dachmarke Nordic Fitness liefen. Irgendein Experte für Neuromarketing musste herausgefunden haben, dass der Präfix ›Nordic‹ noch sechzig Jahre nach dem Untergang der Herrenrasse durchweg positiv besetzte Assoziationen in Deutschland hervorrief – er schien Bestandteil der genetischen Disposition seiner Landsleute zu sein.

Rünz hatte einige Monate zuvor eine äußerst amüsante Mittagspause mit Brecker erlebt. Beide hatten sich über die Walker-Szene lustig gemacht und aus Übermut den Regeln des Marktes entsprechend eine neue Sportart zusammenphantasiert – Rückwärtslaufen respektive *Back-Walking*. Die Idee vereinte alle Faktoren, die für einen großen Markterfolg nötig waren. Ein immenser Ausrüstungsbedarf (Kollisionswarngeräte auf Ultraschallbasis, Digitalkameras in Brillenform, die dem Backwalker das nach hinten aufgenommene Bild in die Brille projizierten, Spezialschuhe, Spezialstöcke, Spezialunterwäsche und Spezialoberbekleidung), eine anspruchsvolle Technik die hochqualifiziertes Trainerpersonal erforderte und, der wichtigste Punkt, einen biophilosophischen Hintergrund, der die spirituellen Bedürfnisse der Konsumenten befriedigte. Rünz hatte zu Breckers Begeisterung vorgeschlagen, *Back-Walking* historisch in Tibet zu verorten, wo es seit Jahrhunderten von Mönchen zur psychoorganischen inneren Inventur eingesetzt wurde. Entdeckt hatte es dort natürlich ein Kalifornier, der es zusammen mit einem

Norweger an die aktuellen sportmedizinischen Erkenntnisse anpasste. Brecker konnte sich zu diesem Zeitpunkt schon kaum noch auf dem Stuhl halten, aber Rünz war in Fahrt gekommen und legte nach. *Back-Walking* – so Rünz – entschlacke und reaktiviere durch den unkonventionellen Bewegungsablauf und die ungewohnte Sichtperspektive brachliegende und vergiftete Hirnregionen, die zu 23,7 % mehr Erfolg im Beruf und in der Liebe führten.

Keine drei Wochen nach dieser kurzweiligen Unterredung hatte Rünz in der FAZ von einem Deutschen gelesen, der den dritten Platz bei den europäischen Back-Walking-Meisterschaften belegt hatte. Es war nicht mehr einfach, sich über irgendetwas lustig zu machen.

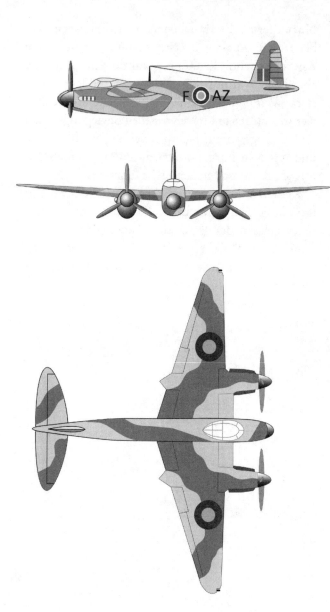

22

Cooper und Wedel arbeiteten fünf Tage wie besessen. Sie hatten ihre Arbeitsplätze zusammengelegt und eine Art Kommandozentrale mit kompletter Kommunikationsinfrastruktur eingerichtet, in der sie bis tief in die Nächte die Rechercheergebnisse des Tages aufbereiteten. Der Brite führte stundenlange Telefonate mit der ›Air Historical Branch‹ der Royal Air Force in Middlesex, dem ›Public Record Office‹ des britischen Nationalarchivs, unzähligen Dienststellen der Royal Army, ehrenamtlichen Mitarbeitern militärhistorischer Archive und Mitgliedern von Veteranenverbänden in England. Er filterte das *Campaign Diary* des Bomber Command und die großen Gesamtdokumentationen über den Bombenkrieg über Deutschland von britischen Historikern wie Mark Connelly, Max Hastings und Norman Longmate auf Informationen über die Angriffe auf Darmstadt.

Wedel stand ihm an Elan in nichts nach. Er recherchierte mit Rebmanns Hilfe im Stadtarchiv, dem hessischen Landesarchiv, orderte historische Luftbilder, Karten und Pläne beim Landesvermessungsamt, kontaktierte den Kampfmittelräumdienst, verbrachte mit Charli Stunden im Zeitungsarchiv der ›Darmstädter Allgemeinen Zeitung‹ über alten Originalausgaben, sprach mit Autoren von Dokumentationen über die Brandnacht. Ohne Unterlass spuckte das Fax Dokumente aus, ihre Computer gaben akustische Meldung über eingehende Mails, deren Inhalt beide sofort ausdruckten, Eilboten brachten in Papprollen großformatige Pläne und Fotos. Wedel und Cooper schienen perfekt zusammenzuarbeiten, sie lasen sich gegenseitig Originaldokumente vor, diskutierten die Ernte ihrer Nachforschungen ausgiebig, mal Englisch mal Deutsch, nicht selten die Sprache mitten im Gespräch wechselnd. Cooper hatte sich innerhalb kürzester Zeit zu einer Art Mentor für Wedel entwickelt. Seine innere Ruhe, seine Erfahrung und Besonnenheit bildeten zusammen mit Wedels juveniler Einsatzfreude eine perfekte Symbiose. Rünz musste sich eingestehen, dass er Cooper beneidete. Er hätte in diesem Duo gerne dessen Rolle übernommen, doch Wedel schien ihm nicht annähernd solchen Respekt entgegenzubringen wie dem Engländer.

Am Freitagmorgen begann Wedel, den Besprechungsraum der Abteilung für Coopers Vortrag zu rüsten. Er aktivierte den Beamer, hängte Pläne, Karten, Fotos und vergrößerte Schriftstücke an die Wände. Jeden Sitzplatz bestückte er mit einer mehrseitigen gebundenen Handvorlage für die Mitglieder der Ermittlungsgruppe.

Um neun Uhr versammelte sich die Truppe, der Engländer bezog mit Wedel Stellung. Rünz wartete noch ein paar Minuten, er hatte Hoven und Barbara Wolter eingeladen, aber beide schienen verhindert. Dann eröffnete er die Sitzung. Er hatte gerade ein paar Einführungsworte gesprochen, als sein Vorgesetzter mit der Grafikerin den Raum betrat. Sie wirkten beide entspannt und amüsiert, wie nach einem kurzen Sommerflirt. Rünz kochte, er hatte insgeheim gehofft, dass Hoven aus Termingründen nicht teilnehmen würde. Wahrscheinlich hatten sie sich irgendwo im Präsidium getroffen und kennengelernt, sie hatte ihn nach dem Weg gefragt und er hatte aus verständlichen Gründen kurzfristig umdisponiert. Dem Ergebnis dieser Arbeitssitzung würde seine Anwesenheit ganz sicher nicht gut tun, denn keiner der anwesenden Mitarbeiter würde seine Ideen und Einfälle so spontan und unbefangen äußern, wie Rünz sich das wünschte. Kontrolle tötete Kreativität.

»*I'm sorry Mr. Cooper, I didn't want to break in*«, sagte Hoven, »*please go ahead!*«

Cooper startete unbeeindruckt in akzentfreiem Deutsch, Hoven schien fast ein wenig enttäuscht.

»11. September 1944. Am frühen Morgen erteilt das britische Bomber Command der ersten und der fünften Luftflotte den Befehl, in der folgenden Nacht Darmstadt zu vernichten, der Startschuss für die Operation ›Luce‹.«

Bunter unterbrach ihn gleich nach dem ersten Satz.

»Warum Darmstadt und warum zu diesem Zeitpunkt?«

Der Westfale wollte es genau wissen.

»So seltsam es vielleicht klingt«, antwortete Cooper, »Darmstadt war einfach an der Reihe. Seit Anfang 1942 führte Arthur Harris das britische Bomber Command. Harris forcierte die Strategie, die deutsche Bevölkerung durch *moral bombing*, *area bombing* und *dehousing* mürbe zu machen. US Air Force und Royal Air Force gingen arbeitsteilig vor, die Amerikaner bombardierten am Tag, meine Landsleute in der Nacht. Nachdem die einfacher zu erreichenden Städte im Norden Deutschlands und im Ruhrgebiet bombardiert waren arbeiteten sich die Bomberverbände, unterstützt durch ständig verbesserte Navigationstechniken, höhere Reichweiten der Flugzeuge und nachlassende Kampfkraft der deutschen Abwehr, nach Süden und Osten vor.«

»Das Ganze lief nach dem berüchtigten ›Bombers Baedeker‹«, ergänzte Wedel, »einem geheimen Führer mit einer Liste deutscher Städte, detailliert aufgeschlüsselt nach ihrer wirtschaftlichen Bedeutung. Damals gabs ein ›*Ministry of Economic Warfare*‹, das den Guide herausgab. Dieser Reiseführer stufte in Darmstadt die Firmen Merck, Röhm + Haas, die damalige Motorenfabrik Darmstadt und die Reichsbahnanlagen als lohnende Ziele ein. Naja, und dann war da noch die Universität, an der man Entwicklungsarbeiten für die V2 vermutete. Davon abgesehen hatte Darmstadt seit 1938 durch Eingemeindungen über 100.000 Einwohner. Dadurch rutschte die Stadt in der Liste automatisch hoch.«

»Nach dieser Prioritätenliste«, fuhr Cooper fort, »kam Darmstadt 1944 an die Reihe. Die Entscheidung für ein konkretes Angriffsdatum folgte natürlich nach besonderen Kriterien – die vermutete Gegenwehr durch deutsche Abfangjäger und Flak, die aktuelle Wetterlage und so weiter. Schon vor dem September 1944 gab es Luftangriffe auf Darmstadt, der schwerste genau ein Jahr zuvor, mit 150 Toten und erheblichen Gebäudeschäden in der Altstadt. Den Befehl für die vollständige Zerstörung der Stadt gab das alliierte Bomber Command erstmals für die Nacht vom 25. auf den 26. August 1944. Der Angriff mit 160 viermotorigen Lancasterbombern und sechs Mosquitos schlug fehl. Der Masterbomber, der Mosquito der die ganze Aktion leiten sollte, musste wegen technischer Probleme umkehren, sein Stellvertreter fiel der Flak zum Opfer. Den Bombern fehlte die Orientierung, sie warfen ihre Fracht auf Klein- und Mittelstädte im Umland.«

»Griesheim, Pfungstadt und Groß-Gerau zum Beispiel«, sage Wedel, »die Leute dort haben sich lange gefragt, warum ihre Städte überhaupt bombardiert wurden, bis in den Achtziger Jahren dieser Flop der RAF bekannt wurde. Den meisten Darmstädtern war übrigens auch nach diesem Fiasko der Air Force noch nicht klar, dass ihre Stadt ganz oben auf der Liste stand. Die haben sich Sprüche zugemunkelt wie: ›Darmstadt werden sie schonen, denn dort wollen sie wohnen‹. Außerdem hatte irgendein Spross der großherzoglichen Familie verwandtschaftliche Verbindungen zum englischen Königshaus. Das reichte vielen als Lebensversicherung.«

»Ist Ihre Frage damit beantwortet, Herr Bunter?«, fragte Cooper.

Bunter schien zufrieden.

»Gut, dann zurück zur Operation ›Luce‹.«

Wedel zeigte mit dem Beamer ein altes Originaldokument, ein kryptischer Text in alter Courier-Typo. Rünz musterte kurz die Runde der Anwesenden – die exzellente Vorbereitung der Vortragenden tat ihre Wirkung, alle schienen hochkonzentriert und aufmerksam, bis auf Bunter, der etwas störrisch dreinschaute. Selbst Hoven schien die attraktive Frau neben ihm einen Moment zu vergessen.

»Sie sehen hier das Originaldokument des Angriffsbefehls an die erste Bomberflotte. Unter Punkt D) steht das Ziel des Angriffs: *to destroy town*. Im Befehl an die ›Number 5 Group‹ heißt es an der gleichen Stelle übrigens: *to destroy an enemies industrial center*. Unter G steht der Deckname der Operation Luce – also Hecht. Unter M1 die geplante Angriffszeit, 23.59 Uhr. Der letzte Punkt N2 schreibt die Art der zu ladenden Bombenlast vor, eine Kombination von Luftminen, Sprengminen und Brandsätzen. Die Kombination und Reihenfolge war jahrelang im praktischen Feldversuch erprobt und verbessert worden.«

»Was gab es da zu verbessern? Hinfliegen, Bomben und Brandsätze abwerfen und zurückfliegen!«

Bunter entfernte sich mit seinen Fragen von dem Fall den sie lösen wollten, aber Rünz ließ ihn gewähren. Vielleicht wollte er den Briten einfach ein bischen auf die Probe stellen, vielleicht mochte er ihn nicht. Aber Cooper und Wedel waren sattelfest.

»In den ersten Jahren des Luftkrieges haben die Bomber auf beiden Seiten nur mit Sprengminen gearbeitet«, sagte Wedel, »die Minen hatten da wo sie runtergefallen sind lokale Auswirkung, haben ein paar Häuser demoliert, aber ohne ordentliche Flächenwirkung. Nach dem ersten Angriff auf Mönchengladbach im Mai 1940 ist diese Technik ständig verfeinert worden. Die wichtigste Neuerung war der Feuersturm. Feuer zerstörte viel effektiver als Minen.«

»Besonders die Altstadtkerne in den Großstädten brannten wie Zunder«, übernahm Cooper. »Also wurden nach einer genau ausgeklügelten Choreographie zuerst Sprengminen abgeworfen, die die Dächer von den Häusern rissen, in die offenen Häuser regneten dann Stabbrandbomben und Phosphor. Die Zerstörungswirkung war besonders groß, wenn sich die Einzelbrände, bevor sie gelöscht werden konnten, zu einem Feuersturm vereinigten. Dann verwandelte sich die ganze Stadt in einen Kamin, der sich die Frischluft aus den Randbezirken einsaugte. Das alles erforderte eine ausgeklügelte Markierungstechnik, an der sich die Lancasterbesatzungen orientieren konnten, und damit sind wir wieder in Darmstadt.«

Wedel zeigte nacheinander Karten der britischen Insel und des Rhein-Main-Gebietes.

»In den frühen Abendstunden des 11. September steigen von den Airfields der ersten und der fünften britischen Luftflotte um Hucknall und Lincoln in den East Midlands 234 viermotorige Lancasterbomber auf. Zeitgleich starten vierzehn zweimotorige Schnellkampfbomber des 627. Mosquitoschwadrons, den Masterbomber und seine fünf Assistenten eingerechnet. Die Verbände fliegen auf verschiedenen Routen ein und sammeln sich gegen 23.20 Uhr westlich und südlich des Rhein-Main-Gebietes. Das Wetterflugzeug geht auf siebentausend Meter Höhe über dem Zielgebiet und meldet dem Masterbomber 43 Knoten Nordwestwind. Zwei viermotorige Beleuchter nehmen Kurs auf die Autobahn westlich der Stadt und werfen ihre Leuchtmunition mit kleinen Fallschirmen ab, um den Markierungsbombern ihr

Zielfeld zu erhellen. Die Lampen schweben mit dem Wind langsam nach Südosten.«

»Die Christbäume«, sagte Bunter. »Man nannte sie die Christbäume.«

Wedel präsentierte eine generalisierte Karte mit englischsprachiger Beschriftung, offensichtlich von den Alliierten zur Angriffsvorbereitung gezeichnet. Der Stadtkern war als *Residential Area* ausgewiesen, im Nord- und Südosten in *Agricultural Woodland* übergehend. Das heutige Gewerbegebiet nordwestlich der Innenstadt trug die Bezeichnung *Main Industrial Area*, das Chemieunternehmen im Norden *Large Chemical Plant*. Am westlichen Stadtrand, südlich des Hauptbahnhofes im Bereich der heutigen Berliner Allee, verwies ein Pfeil auf den außerhalb des Kartenausschnittes liegenden Exerzierplatz, mit dem Vermerk: *5 group line of approach from ½ mile marking point*.

»Die Markierungsbomber stießen im Licht der Christbäume nacheinander herunter, platzierten hier auf dem Exerzierplatz westlich der Innenstadt ihre Leuchtfeuer.«

»Exerzierplatz? Habe ich noch nie gehört«, sagte Bunter.

»Existiert auch nicht mehr«, antwortete Wedel »lag ungefähr im Bereich der heutigen Berliner Allee. Die Darmstädter haben ihn den ›Exe‹ genannt, hat sich nachts schön hell von der Umgebung abgesetzt, war für die Mosquitos gut sichtbar.«

»Was hatte das für einen Sinn«, unterbrach Rünz, »das war doch mehr als einen Kilometer vom Stadtzentrum entfernt.«

Cooper nahm den Faden wieder auf.

»In der Frühphase des Bombenkrieges kennzeichneten die Mosquitos die Ziele für die Lancaster direkt in den Stadtzentren, aber nach den ersten Bränden am Boden waren die Markierungen oft zugequalmt, also wurden die Markierungspunkte einfach vorverlegt, die Bombenschützen wurden dann angewiesen, mit entsprechender Verzögerung auszulösen. Nachdem der Exerzierplatz markiert war, konnten die Bomber ihren Fächer ausbreiten.

»Den Fächer?«, fragte Meyer.

»Lassen Sie mich das erklären.«

Der Brite ging zum Flipchart und nahm sich einen Filzstift.

»Der Bombenfächer war eine Erfindung von Ralph Cochrane, dem Befehlshaber der fünften britischen Luftflotte. Cochrane war die treibende Kraft und der kreativste Kopf, wenn es um die Perfektionierung des *moral bombing* ging.«

Cooper malte einen großen Kreis auf die obere Hälfte des Flipcharts, dann mehrere parallele Horizontale darüber.

»Stellen Sie sich eine Stadt etwas vereinfacht als kreisförmiges Gebilde vor. Wenn jetzt ein Bomberverband nach konventioneller Methode auf parallelen Flugbahnen die Stadt überflog, ergab das keine besonders gute Konzentration von Bomben und Brandsätzen. Vor allem in den Randbereichen waren es zu viele Fehlwürfe auf dünn besiedeltes Gebiet.«

Cooper zeichnete einen zweiten Kreis unter den ersten und zog fächerförmig angeordnete Geraden über die Fläche, die einen gemeinsamen Ursprung auf dem Kreisbogen hatten.

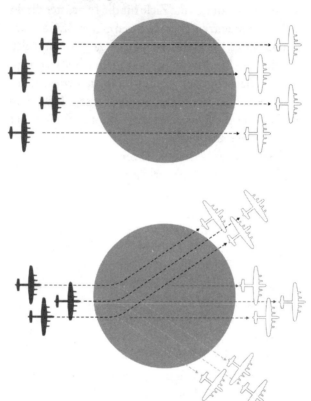

»Cochranes Idee war, die Bomber in mehreren Staffeln von einem Punkt am Stadtrand aus fächerförmig ausschwärmen zu lassen. Das macht zwar die Koordination des Angriffes anspruchsvoller, sorgte aber für eine bessere Konzentration der Bombenlast auf das Stadtzentrum. Der gewünschte Feuersturm war so leichter zu entfesseln. Darmstadt und Mönchengladbach gehörten zu den ersten Städten, an denen dieses *fanbombing* getestet wurde, die Generalproben sozusagen für die Bombardierung Dresdens im Februar 1945. Der Dreh- und Angelpunkt des Fächers war in Darmstadt der Exerzierplatz. Um 23.55 Uhr näherten sich die drei Staffeln der ersten Angriffswelle mit siebzig Maschinen von Westen dem Exerzierplatz und schwenkten über der Zielmarkierung nach Nordosten ab. Ein paar Sekunden später lösten die Bombenschützen aus und deckten den nördlichen Innenstadtbereich mit Spreng- und Brandbomben ein. Die zweite Angriffswelle, auch mit drei Staffeln, ist vom Zielpunkt aus nach Südosten abgedreht und die dritte ist mit vier Staffeln geradeaus über das Stadtzentrum Richtung Osten geflogen. Die Sprengminen rissen die Dächer auf, die Brandsätze flogen in die offenen Bauwerke und der Feuersturm konnte sich entwickeln. Zehn Lancasterbomber sind bei Anflug und Rückflug abgeschossen worden, zwei direkt über Darmstadt. Die Mosquitos sind alle durchgekommen.«

»Kann unser Toter nicht in einem der zehn abgeschossenen Viermotorigen gesessen haben? Vielleicht mussten die Jungs kurzfristig umdisponieren?«, fragte Rünz.

Wedel zeigte eine Folie mit Seiten-, Vorderansicht und Draufsicht einer Avro Lancaster. Rünz erinnerte sich an das Modell und den Geschützturm in Wolters Scheune. Von der Seite betrachtet dominierte der hohe Rumpf die Silhouette der Maschine, ließ sie fast plump und träge erscheinen. In Drauf- und Vorderansicht kehrte sich dieser Eindruck um, gegen die riesigen Tragflächen nahm sich der schmal gezeichnete Mittelteil fast wie der einer Libelle aus.

»Die Avro Lancaster war das Gegenstück der amerikanischen B 17, die Sie unter dem Namen *Flying Fortress* kennen. Sie wurde von acht Männern geflogen – Pilot und Kopilot, Bombenschütze, Funker und Mechaniker und je ein Bordschütze am Maschinengewehr zur Abwehr deutscher Abfangjäger im Bug, im Heck und in der Kuppel auf dem hinteren Rumpfsegment. Riedkehl war für keine der Aufgaben an Bord einer Lancaster ausgebildet. Außerdem ist er in den Besatzungslisten eindeutig der Mosquitostaffel zugeordnet, und zwar den drei Markierern. Leider geht aus den Archiven nicht hervor, in welchem der drei Mossies er gesessen hat.«

Bunter war enttäuscht.

»Dann stehen wir genau da, wo wir vor einer Woche waren. Ein Navigator verschwindet aus seinem Flugzeug und fällt in einen See, zufällig über der Heimatstadt seines Vaters.«

»Ganz so zufällig war das vielleicht nicht«, meinte Cooper.

Wedel hatte auf das Stichwort gewartet. Auf der Leinwand erschien das Luftbildpuzzle von der Keele University, das sich Rünz drei Wochen zuvor in einer Nachtsitzung zusammengesetzt hatte. Die beiden hatten sich eine richtige kleine Dramaturgie für ihre Vorstellung ausgedacht.

»Der *Master of Ceremonies*, Oberstleutnant Benjamin, der den ganzen Angriff von seinem Mosquito-Masterbomber aus koordinierte, hat in seinem Einsatzprotokoll vom 12. September notiert, dass sich einer der drei Markierer nicht an die Befehle gehalten hat. Einer der drei Mosquitos, die den Exerzierplatz markieren sollten, hat entgegen den Instruktionen hier am Ostbahnhof sein grünes Leuchtfeuer abgesetzt.«

»Aber das ist am anderen Ende der Stadt«, sagte Rünz. »Ist das nicht ungewöhnlich, dass jemand so weit danebenzielt?«

»Das ist es allerdings, das Wetter war hervorragend, die Sicht gut, kein Abfangjäger in der Luft und die Flakabwehr vom Boden schwach. Das einer mal drei- oder vierhundert Meter danebenlag war nicht ungewöhnlich, aber dass er das falsche Ende der Stadt markiert? Benjamin musste eigens runtergehen und das Grün durch eine gelbe Leuchtbombe neutralisieren, damit die Lancaster nicht in die Irre flogen.«

Bunter stand auf legte ein Lineal an die Leinwand, das den ehemaligen ›Exe‹ mit dem Ostbahnhof verband. Der Woog lag genau auf der Linie.

»Wollten die beiden den ganzen Angriff sabotieren?«, fragte er.

»Klingt absurd aber ist grundsätzlich möglich«, antwortete Cooper. »Das würde den Fehlwurf erklären. Aber warum springt der Navigator ab? Jedenfalls steht weder im *War Diary* des Bomber Command noch in den Einsatzprotokollen irgendeine Erklärung zu diesem Ereignis, zu disziplinarischen Folgen für den Piloten oder Details zu Riedkehls Verschwinden. Er steht einfach nur kommentarlos auf der Vermisstenliste.«

Barbara Wolter schaltete sich ein.

»Welche Mosquito-Baureihe sind die Markierer geflogen?«

»Die MK IV, wenn ich mich recht erinnere, wieso fragen Sie?«

»Das passt zu der Münze, die der Tote am Hals hatte. Außerdem ist es die einzige Baureihe, aus der er abspringen konnte ohne die Kanzel zu öffnen. Die MK IV hatte eine Klappe im vorderen Rumpfboden, bei allen anderen musste man einen Teil der Pilotenkanzel abstoßen, um im Flug die Maschine zu verlassen, das machte man eigentlich nur wenn ein Absturz drohte. Der Heimflug wäre für den Piloten eine zugige Sache geworden.«

Hoven hatte jetzt auch das Bedürfnis sich einzubringen.

»Lebt denn noch jemand von dieser Mosquitotruppe?«

Rünz ärgerte sich. Diese Frage war so trivial und doch hatte er sie Cooper noch nicht gestellt, er war einfach davon ausgegangen, dass keiner der Männer mehr leben konnte. Aber auf Cooper war Verlass.

»Von den achtundzwanzig Männern, die beim Septemberangriff in den Mosquitos saßen, haben acht die Kriegseinsätze überlebt, soviel ist sicher. Da die Besatzungsmitglieder in der Regel zwischen zwanzig und fünfundzwanzig Jahre alt waren, wären die Veteranen heute Mitte oder Ende achtzig. Bei der durchschnittlichen Lebenserwartung männlicher Mitteleuropäer können Sie sich die Wahrscheinlichkeit ausrechnen, noch jemanden ausfindig zu machen. Dann haben Sie das Problem, dass die Leute nach dem Krieg nicht alle in England geblieben sondern zurück nach Kanada, Neuseeland und Australien gegangen oder irgendwo in der Welt verstreut sind – manche haben auch ihre Namen gewechselt. Und wenn Sie einen finden, muss er noch so zurechnungsfähig sein, dass er Ihnen sinnvolle Auskünfte geben kann. Meine Zentrale in London prüft das im Moment, aber wir sollten uns nicht allzu viel davon versprechen.«

Hoven setzte nach.

»Waren die Männer zwangsverpflichtet für diese Einsätze?«

»Nein«, antwortete Wedel, »alles Freiwillige. Die meisten zwischen zwanzig und fünfundzwanzig Jahre alt. Sogar von den Offizieren die das Kommando hatten waren alle unter dreißig. Die Jungs mussten Serien von dreißig Einsätzen fliegen, nur ein Drittel hat so eine Serie überlebt. Absturz durch technischen Defekt, abgeschossen von Abfangjägern oder Flak, Spritmangel auf dem Rückflug, Bruchlandung wegen Übermüdung auf dem Heimatflughafen und so weiter ...«

Rünz stand auf, nahm sich einen Edding und stellte sich neben das Flipchart.

»Gehen wir davon aus, dass Riedkehl nicht abgeschossen wurde sondern die Maschine aus anderen Gründen verlassen hat. Lassen Sie uns seine möglichen Ursachen systematisch durchgehen.«

Er zeichnete ein Rechteck mittig auf den oberen Teil der Platte und schrieb ›Absprung‹ hinein. Darunter ordnete er auf gleicher Höhe zwei weitere Rechtecke nebeneinander an, das linke beschriftete er mit ›Psychose‹.

»Variante eins: Er hatte eine Psychose. Vielleicht war er von vornherein ein *borderline*-Typ, dann kam der Stress beim Einsatz über Feindgebiet dazu, die Flakabwehr, der bevorstehende gefährliche Sturzflug – vielleicht hat er in diesem Moment der größten Belastung eine echte Paranoia entwickelt, in der Menschen bekanntlich zu allem fähig sind. Für diese Variante spricht übrigens, dass er sich am Boden keine große Überlebenschance ausrechnen konnte, auch wenn er den Absprung irgendwie heil überstanden hätte. Schließlich hatte er über zweihundert Lancasterbomber im Rücken, jeder randvoll mit Sprengminen und Brandsätzen. Außerdem landete er inmitten einer Großstadt mit mehr als einhunderttausend Einwohnern, die wahrscheinlich nicht in der Stimmung waren, einen britischen Kampfpiloten zum Kaffee einzuladen.«

»Aber warum auf der Ostseite der Stadt«, fragte Bunter. »Hat er zu seinem Piloten gesagt: ›He, ich habe Hitzewallungen, da hinten ist ein schöner Badesee, setz mich da mal ab‹. Der Pilot muss doch mitgespielt haben.«

Rünz fuhr unbeeindruckt fort. Er beschriftete das Rechteck daneben mit dem Begriff ›Intention‹.

»Variante zwei: Der Absprung war rational, zielgerichtet und geplant. Der Navigator wollte unbedingt nach Deutschland, vielleicht ins Rhein-Main-Gebiet, ja vielleicht lag sein eigentliches Ziel sogar irgendwo im Osten der Darmstädter Innenstadt.«

Cooper schaute skeptisch, Barbara Wolter schaltete sich ein.

»Wenn er rational und zielgerichtet gehandelt hat, wenn er hier in Darmstadt, aus welchem Grund auch immer, herunter wollte, dann war dieser Absprungort gar nicht schlecht gewählt – seine Überlebenschancen waren hier eigentlich am größten! Erinnern Sie sich bitte an den Bombenfächer. Die drei Staffeln der ersten Angriffswelle schwenkten vom Exerzierplatz aus nach Nordosten ab, die siebzig Bomber der zweiten Welle nach Südosten. Erst die dritte Welle zog gerade von Westen nach Osten durch, also auch über das Gebiet um den Woog und den Ostbahnhof. Er muss das gewusst haben, er gehörte schließlich zu den Pfadfindern, die den ganzen Angriff geleitet haben. Er muss gewusst haben, dass er am Boden einige Minuten Zeit haben würde, sich in Sicherheit zu bringen, bevor der Fächer komplett ausgelegt war. Außerdem war er nahe am Wasser und konnte Schutz vor dem Feuersturm suchen. Aber Sie haben recht«, sie schaute Bunter an, »der Pilot muss mitgespielt haben.«

»Er könnte ihn gezwungen haben«, sagte Meyer, »er hat vielleicht dem Piloten seine Waffe an den Kopf gehalten. Hatten die Besatzungen Handfeuerwaffen, Mr. Cooper?«

»Ein sechsschüssiger 38er Enfield MK1 gehörte zur Standardausrüstung der Besatzungsmitglieder«, schoss Rünz aus der Hüfte. Die Runde starrte ihn an als käme er von einem anderen Stern. Ab und an konnte er mit seinem Detailwissen über Handfeuerwaffen tatsächlich punkten.

Wedel war mit Feuereifer bei der Sache.

»Nehmen wir mal an, er wollte tatsächlich unerkannt in Darmstadt landen, aus welchen Gründen auch immer, dann waren Ort und Zeit doch gar nicht so schlecht gewählt! In der Stadt heulten die Sirenen, die Menschen versuchten sich in Kellern und Bunkern in Sicherheit zu bringen, die wenigen, die sich noch im Freien aufhielten, hatten wahrscheinlich Besseres zu tun als sich um einen Fallschirmspringer zu kümmern. Die Wahrscheinlichkeit, entdeckt zu werden, war möglicherweise viel geringer als bei einem Absprung im Umland.«

Meyer schien sich zu amüsieren.

»Das klingt ja nach einem richtigen Grisham-Plot. Vielleicht war Riedkehl ein britischer Spion, der hier in Darmstadt die geheime Datterichformel auskundschaften wollte.«

»Oder ein deutscher Spion, der einen etwas abenteuerlichen Rückweg von seinem Einsatz in England wählte«, sagte Bunter, und er meinte es durchaus ernst. Rünz zeichnete ein drittes Rechteck und schrieb ›Spion‹ hinein.

»Was ist, wenn der Pilot ihn loswerden wollte?«, merkte Hoven an.

Rünz konzedierte zerknirscht, dass sein Vorgesetzter ab und an durchaus pfiffige Ideen hatte. Der Pilot passte gerade noch auf den Flipchart, dann wurde der Platz knapp.

»Lassen Sie uns doch mal die Perspektive wechseln«, schlug Bunter vor. »Sein Vater ist in Darmstadt aufgewachsen, er selbst möglicherweise hier geboren worden. Vielleicht ist er auch hier aufgewachsen. Er kann private Verbindungen gehabt haben, die ihn motivierten.«

Charli hatte die Diskussion aufmerksam aber passiv verfolgt.

»Eine Frau«, sagte sie, mehr nicht.

Der Rest der Runde schaute sie erst verdutzt an und fing dann an zu lachen, bis auf Barbara Wolter und Cooper. Auch Rünz fiel es schwer, ernst zu bleiben. Charli blieb unbeeindruckt.

»Ted Riedkehl ist 1938 mit seinem Vater ins Exil nach Neuseeland gegangen. Karl Riedkehl war schon seit 1933 in der Emigration in Spanien. Wo sich Ted bis 1938 aufhielt, wissen wir nicht. Vielleicht hat er ja hier in Darmstadt gelebt. Jedenfalls muss er um die achtzehn gewesen sein, als er Deutschland mit seinem Vater verließ. Er könnte hier eine Geliebte gehabt haben, zu der er zurückkehren wollte, sobald er seinen Vater in Neuseeland gut versorgt wusste, vielleicht wollte er sie auch nachholen. Aber es kam etwas dazwischen, was er nicht erwartet hatte: der Ausbruch des Zweiten Weltkrieges. Der Militärdienst konnte für ihn die einzige Chance sein, überhaupt wieder einen Fuß auf deutschen Boden zu setzen. Vielleicht kann sich ja der eine oder andere von Ihnen noch erinnern, wozu man in diesem Alter fähig ist, wenn man richtig verliebt ist.«

Rünz schaute kurz aus dem Fenster und versuchte vergeblich sich zu erinnern. Dann malte er unter sein Organigramm zwei Herzen in ein Rechteck.

23

Er war früh dran. Normalerweise sah er sich nach Geburtstagsgeschenken für seine Frau nach Feierabend um, und zwar an ihrem Geburtstag. Diesmal war er schon in der Mittagspause in der Stadt. Er versorgte sich im Waffengeschäft in der Adelungstraße mit einigen Pflegeprodukten für seine Babys und nutzte die Gelegenheit, um sich nach einem Präsent umzuschauen.

Seine erste Wahl war die esoterische Buchhandlung in der Elisabethenstraße. Die Palette an heidnischen Devotionalien, Tees, Büchern, Kristallen, Klangschalen und Musik-CDs, die die Branche zur Wirklichkeitsflucht zur Verfügung stellte, war beeindruckend. Rünz wusste, dass seine Frau hier Stammkundin war, aber er hatte keine Ahnung, welche Produkte aus diesem Portfolio sie noch nicht hatte. Viele konnten es nicht sein. Einige der Kunden schauten ihn aufdringlich an. Er dachte zuerst seine Hose stände offen, entdeckte aber dann das Motiv auf seiner Plastiktüte aus dem Jagdgeschäft; ein Hersteller von Zielfernrohren warb mit einem jungen Rehkitz im Fadenkreuz.

Im hinteren Teil des Geschäftes hingen an einem sechseckigen raumhohen Holzgestell einige Hängematten, die von Kunden für ausgedehnte und entspannte Leseproben genutzt wurden. Er setzte seine

Tüte ab und ließ sich in eins der Netze gleiten. Das gedämpfte Licht, die Sitarklänge der Hintergrundmusik und der süßliche Geruch von Duftkerzen oder Räucherstäbchen, die irgendwo im Raum abbrannten, machten ihn schläfrig. Keine zwei Minuten nachdem er sich hingelegt hatte war er weggedämmert.

Er stand mitten im Platanenhain auf der Mathildenhöhe. Die Bäume trugen anstelle ihrer Kronen große, von innen beleuchtete Milchglaskuben, die die nächtliche Szenerie illuminierten. Aus dem Inneren der Kuben wurden wechselnde Kriegsmotive auf die Seitenflächen projiziert. Um ihn herum standen Hunderte von Menschen mit überdimensionierten Sektgläsern; das ganze Set ähnelte einer monumentalen Open-Air-Vernissage. Rünz schaute sich um. Die Männer glichen sich wie ein Ei dem anderen, hundertfach kopierte, uniform gekleidete Klone eines Originals, seines Vorgesetzten Eric Hoven. Die Frauen unterschieden sich auf den ersten Blick durch Bekleidung und Frisuren, aber alle hatten Statur und Physiognomie von Barbara Wolter. Nirgends standen größere Gruppen zusammen, immer Paare aus jeweils einem Hoven- und einem Wolter-Klon. Gleich welchem Paar er sich gerade zuwendete, er schien die beiden immer im gleichen Moment ihrer Unterhaltung zu erwischen – sie warf mit halb geschlossenen Augen den Kopf in den Nacken, ihren unwiderstehlichen schlanken Hals entblößend, herzlich lachend über eine amüsante Anekdote, die Hoven ihr gerade präsentiert hatte, und er starrte ihr gierig aufs Dekolleté.

Rünz versuchte sich auf die Bilder an den Lichtwürfeln zu konzentrieren, hyperrealistische Luftkriegsszenarien, eingefrorene, vibrierende Realität, die nur darauf zu warten schien, dass jemand die ›play‹-Taste drückte, um aus dem Würfel heraus in die Wirklichkeit zu springen.

Von Westen her zischte es mächtig, alle drehten sich zum Hochzeitsturm, die Menge raunte wie beim Beginn eines Feuerwerks. Rünz schaute herüber zum Turm, der sich in die Front einer gigantischen Dampflokomotive verwandelt hatte. Dampf- und Rußschwaden quollen aus den fünf Fingern auf der Turmspitze. Einem Lokführer gleich lehnte sich Bartmann aus einem der Turmfenster, im blütenreinen weißen Arztkittel. Rechts daneben über dem städtischen Ausstellungsgebäude schwebte in Firsthöhe regungslos ein zweimotoriger Kampfbomber, hinter dem Steuerknüppel Cooper mit wutverzerrtem Gesicht und Kamikaze-Stirnband, bereit zum Sturzangriff auf die Ausstellungsgäste. Von Süden kam höhnisches Gelächter. Neben der Russischen Kapelle winkte eine zyklopische Version seines Assistenten Wedel im Trikot der Nationalelf mit einem gigantischen Florin. Eine der vergoldeten Kuppeln des Gotteshauses hatte einen großen Spalt, der Zyklop schickte sich an, die Münze einzuwerfen, die Vernichtungsmaschine Richtung Platanenhain in Bewegung zu setzen. Rünz lief schreiend umher, versuchte die Umstehenden zu warnen und zur Flucht zu bewegen. Keiner der Klone schien die drohende Gefahr zu bemerken, nur die in seiner unmittelbaren Umgebung nahmen Rünz überhaupt war. Die Hovens schauten ihn kopfschüttelnd und herablassend an, die Wolters völlig neutral und indifferent, ganz als wäre er außerstande, in dieser Frau überhaupt irgendeine Empfindung auszulösen.

Ein metallischer Schlag, die Münze rutschte in die Kapelle, die Motoren des Kampfbombers heulten auf, Dampf strömte in die Zylinder der Zugmaschine und setzte Kolben- und Treibstangen in Bewegung. Ein langgezogener Seufzer ging durch die Gruppe. Aus der Menge löste sich einer seiner Vorgesetzten und kam auf Rünz zu. Der Hoven-Klon legte ihm die Hand auf die Schulter.

»Haben sie endlich ihre SWOT-Analyse gemacht? Herr Rünz, Sie müssen unbedingt Ihre SWOT-Analyse machen. Ich brauche results!«

»Entschuldigen Sie!«

Rünz grunzte, er war wie paralysiert.

»Entschuldigen Sie, könnten Sie bitte aufwachen?«

Der Ermittler bewegte seine bleiernen Lider. Ein Angestellter der Buchhandlung rüttelte an seiner Schulter.

»Ihr Schnarchen stört unsere Kunden! Vielleicht schlafen Sie sich erstmal zu Hause aus und kommen dann wieder.«

Ein Dutzend Kunden standen um die beiden herum. Rünz quälte sich aus der Hängematte und nahm seine Tüte. Er schlurfte zur Kasse, ließ sich einen Geschenkgutschein über fünfzig Euro ausstellen und zahlte mit seiner EC-Karte – wenn es irgendein perfektes Medium zur Ausbreitung von magenrelevanten Erregern gab, dann war es der Kontakt mit Bargeld. Der Verkäufer hatte ihn unsanft geweckt, als Revanche forderte er lautstark die Gutschrift von Punkten auf seine Payback-Karte.

Im Parkhaus in der Grafenstraße gönnte er sich hinter dem Steuer seines Passats einige Minuten, um zu sich zu kommen. Er hatte den Traum in allen Details präsent, eine Montage aus Versatzstücken der Ereignisse in den letzten Wochen. Eigentlich hatten nur seine Frau und Yvonne gefehlt. Hoven flirtete heftig mit Barbara Wolter, Wedel setzte das Lokmodell im Hauptbahnhof in Bewegung, Cooper als Bomberpilot – jede Einzelheit der Phantasievorstellung konnte er aus der Arbeit an dem Fall heraus deuten, aber irgendetwas an diesem Hirngespinst war neu. Es hatte mit den Lichtwürfeln auf den Bäumen zu tun. Fünfzehn Minuten stärkster Konzentration und eine Nachzahlung am Kassenautomaten kostete es ihn, um auf die Lösung zu kommen.

Dann fuhr er die Heidelberger Straße nach Süden, bog an der Landskronstraße aber nicht links zum Polizeipräsidium ab sondern rechts zum Autobahnzubringer. Er hatte keine Lust vorher anzurufen. Wenn sie nicht da war oder keine Zeit hatte, würde ihm sicher einer ihrer Mitarbeiter die Scheune öffnen.

Sie war da. Er traf sie im Innenhof ihrer Hofreite an, in leidenschaftlicher Umarmung mit einem Mann. Rünz stand verlegen im Hof, sie hatte ihm den Rücken zugekehrt und bemerkte ihn nicht. Ihr Partner löste sich aus der Umarmung und machte sie auf ihn aufmerksam.

»Herr Rünz, hatten wir einen Termin? Ich habe Sie nicht erwartet.«

»Entschuldigen Sie, dass ich Sie so überfalle. Es geht nur um eine kleine Auskunft, ich komm gerade aus Heidelberg, da dachte ich, ich schaue einfach mal ob Sie da sind ...«

Ihr Partner verabschiedete sich von ihr, nickte Rünz kurz zu als er an ihm vorbeiging und verließ das Anwesen.

»Herr Hoven hat mich gestern angerufen, Sie scheinen ja ganz gut voranzukommen mit ihrem Fall.«

Wie viel Kränkung konnte ein Mann an einem Tag verkraften?

»Ja, es sieht so aus als hätten Sie ins Schwarze getroffen mit Ihrer Deutung, was diese Münze angeht. Frau Wolter, in der Scheune Ihres Vaters hängt eine Reihe von Gemälden mit Kriegsmotiven, könnte ich mir die nochmal kurz anschauen?«

Sie verschwand im Haus, kam mit einem Schlüsselbund wieder und öffnete ihm das Tor. Er trat ein, schritt die Bilderreihe ab bis zum letzten Motiv, nahm das Pappkärtchen aus der Rahmenecke und las.

»Unscheduled Arrival«
by Robert Bailey*
*It was the night of September, 12th, 1944
627. Squadron Mosquito Pilot Bob Fenwick and his navigator had just marked the marshalling yards for an incoming raid at Darmstadt, Ger-*

*siehe Nachwort

many. Bob was down on the deck with throttles wide open, heading home, when he chanced upon a railway station at Kaiserslautern. The Germans didn't have time to react, and still had their lights turned on. The intruder had gone as quickly as it had appeared. A fleeting, dramatic moment in the struggle of war.

»Seit fast zwanzig Jahren hängen diese Bilder hier und ich habe nie einen Blick auf diese Kärtchen geworfen.«

Sie stand schräg hinter ihm und hatte über seine Schulter peilend mitgelesen.

»Sie meinen das könnte das Flugzeug sein ...?«

»Ich weiß es nicht«, antwortete Rünz und schaute theatralisch aus dem Scheunenfenster. Und dann noch einmal leiser, wie in ein Selbstgespräch versunken: »Ich weiß es nicht.« Karl de Niro.

24

Rünz schob sein Tablett lustlos über den Stahltresen, der die Großküche des Präsidiums vom Essbereich abtrennte. Der Pächter der Kantine hatte die Tabletts als Werbefläche vermietet, sie waren mit Anzeigen einer privaten Krankenversicherung bedruckt, zehn bis zwölf unterschiedliche Motive. Rünz' Servierbrett zeigte ein enervierend vitales Paar um Mitte sechzig bei einem sommerlichen Überlandausflug mit dem Tandem. Der Mann saß hinten und schaute einer jungen, befruchtungsfähigen Rollerskaterin hinterher, die die beiden gerade überholt hatte. Die ganze Komposition strahlte auf eine deprimierend penetrante Art Jugendlichkeit aus. Rünz sinnierte kurz, aber ihm fiel beim besten Willen nichts ein, das ihm ferner lag als ein Ausflug mit seiner Frau auf einem Tandem. Er musterte die Essensauslagen, wieder Fleischkäse, diesmal mit Spiegelei, nicht durchgebraten. Die Salmonellen schienen ihm aus den weichen Dotterhäuten heraus nachgerade zuzuwinken. Er entschied sich für ein steriles Menü mit denkbar geringem Infektionsrisiko, bestehend aus Kroketten, Reis und Nudeln – eine Komposition, die die Kassiererin mit hochgezogenen Augenbrauen kommentierte. Rünz wählte den erstbesten Platz mit größtmöglichem Sicherheitsabstand zu Kolleginnen und Kollegen. Bevor er sein Besteck auspackte, mühte er sich mit einer SMS an Cooper ab. Der Brite lief gerade seinen Castle Run und Rünz wollte unbedingt wissen, ob er Robert Bailey kannte. Die Handytastatur war für Zwergenhände konzipiert, er tippte immer wieder zwei oder drei Tasten gleichzeitig und brauchte Minuten für die Nachricht.

Brecker enterte im Laufschritt den Saal, sah Rünz von weitem, winkte ihm zu, schaufelte sich das Tablett voll mit Kohlehydraten und Proteinen und konnte es gar nicht erwarten, neben Rünz zu sitzen.

»Leg dein Handy weg Karl, du kannst kündigen. Du kannst kündigen, ich kann kündigen, wir können diese Scheißjobs an den Nagel hängen und uns richtig zurücklehnen. Und ich weiß, wie wir das anstellen ...« Brecker schaute ihn erwartungsvoll an, aber Rünz sah keine Veranlassung, Neugier zu simulieren, nichts konnte Brecker jetzt bremsen. Er hatte ganz offensichtlich eine Idee. Diese ›Ideen‹ hatten erfahrungsgemäß eine Halbwertszeit von rund zwei Wochen, in denen jede Kommunikation mit ihm über andere Themen unmöglich war.

»Hör zu Karl, du erinnerst dich doch an diesen Back-Walking-Scheiß, den wir uns neulich ausgedacht haben – vergiss den Mist. Ich habe am Wochenende im Wald die ultimative Sportart erfunden, und wenn wir uns nicht zu blöd anstellen, werden uns die Jungs von Adidas oder Nike viel Geld zuwerfen, um uns die Idee abzukaufen.«

»Na dann lass mal hören«, sagte Rünz, die Kroketten beiseite schiebend. Ihre Kerntemperatur entsprach nicht hundertprozentig seinen Sicherheitsanforderungen.

»Ok, du weißt, die Leute lieben Outdoorsportarten, Jogging, Walking, Trekking, Nordic Walking, Mountainbiking und und und. Aber das sind alles Konditionssportarten! Wenn ein junger Mensch seine Muckis aufbauen will gibt er viel Geld für ein verschwitztes Fitnessstudio aus, in dem er Metallgewichte hochhebt und wieder runterlässt. Das ist doch Scheiße. Wenn du aber Outdoor und Kraftsport unter einen Hut bringst, dann hast du gewonnen!«

»Und das hast du am Wochenende geschafft?«

»Worauf du einen lassen kannst. Unser Schlüssel zum Glück heißt – *TimberFlex*!«

Rünz bekam einige Reiskörner in die Luftröhre und musste minutenlang husten, bis er wieder aufnahmebereit war.

»Klingt gut«, sagte er, »macht man da Bankdrücken mit Stihl-Motorsägen?«

»Blödsinn, der Wald ist dein Fitnessgerät. Du kletterst Bäume rauf, hangelst dich von Ast zu Ast, machst Klimmzüge, benutzt Wurzeln für Liegestützen und Situps, machst Baumstamm-Weitwurf ...«

»Wie ein Schimpanse auf dem Trimm-dich-Pfad!«

»*So* ist es. TimberFlex weckt archaische Energien und Kräfte in dir. In jedem steckt das Erbe unserer Primatenvorfahren, die in den Bäumen lebten. Mit TimberFlex hebst du diesen Schatz und wirst ein neuer, starker Mensch!«

»Soweit o.k., aber wo ist der Goldesel? Da brauchst du doch nicht mal Skistöcke für?«

Brecker klopfte ihm mit den Fingerknöcheln auf den Schädel und rief: »Hallo, ist jemand zu Hause?«

Ein entwürdigende Geste, Rünz lief rot an, als

Mitarbeiter von den Nachbartischen herüberschauten.

»Ich sage nur drei Silben, Karl: Aus-rüs-tung. Du kannst doch nicht mit deiner alten Baumwoll-Jogginghose von C&A in den Odenwald laufen und Bäume ausreißen! Du brauchst spezielle Klamotten, Schuhe, Handschuhe, wasserdichte, stoßsichere GPS-Empfänger, Handgelenkkompass und Technikzeugs, und alles muss möglichst robust sein. TimberFlex ist eine Philosophie, da spielen auch Einzelkämpfer- und Militaryelemente rein, das muss sich im Klamottendesign widerspiegeln, aber nicht zu stark, wir wollen ja nicht die Gutmenschen vergraulen. Außerdem brauchts *Master Instructors*, Ratgeberbücher, ein oder zwei monatliche TimberFlex-Magazine ...«

»Gut, gut, ich glaube ich habe verstanden. Wie sollen wir jetzt weiter vorgehen?«

»Wir müssen das ganze Konzept zu Papier bringen, dann müssen wir die Idee und die Marke urheberrechtlich schützen lassen. Dann bauen wir eine heiße Präsentation zusammen und gehen bei Nike, Puma und Konsorten Klinken putzen.«

Rünz schlang die Nudeln hinunter. Er war nicht sicher, ob er zur Top-Besetzung gehörte, wenn es darum ging, einem internationalen Sportartikelhersteller eine neue Sportart anzudienen. Er erwog, die Mittagspausen in den nächsten zwei Wochen bei McDonalds in der Heidelberger Straße zu verbringen.

25

Mit zwei Aspirin im Magen war er frühzeitig ins Bett gegangen, Druck auf dem linken Auge kündigte eine Migräne an. Sein Mobiltelefon hatte er auf Vibrationsalarm geschaltet und unter der Bettdecke zwischen die Beine gelegt – eine Marotte die er sich nicht verkneifen konnte wenn ein Fall in die heiße Phase kam. Wie immer brauchte sein Traumgenerator nur Minuten um in Gang zu kommen und diesmal war Yvonnes Praxis die Bühne der Fantasievorstellung – sie bediente ihn mit einer hingebungsvollen Fellatio. Er wachte in dem Moment auf, als er ejakulierte und spürte Vibrationen zwischen seinen Beinen. Leise fluchend zog er das Handy unter der Decke hervor, wischte einige Spermakleckse vom Display. Seine Frau war nicht aufgewacht, er schlich ins Nebenzimmer und nahm das Gespräch an.

»Hier ist Cooper.«

Kurze Pause.

»Das mit diesem Maler war ein goldener Tipp, wie sind Sie auf den gekommen, Karl?«

Cooper sprach ihn zum ersten Mal mit seinem Vornamen an, keine große Sache im angloamerikanischen Sprachraum, aber Rünz empfand es als eine unangenehme Vertraulichkeit. Rünz beschrieb dem Briten kurz seinen Besuch in Weinheim, er flüsterte um seine Frau nicht zu wecken. Dann sprach Cooper.

»Ich hatte eben ein interessantes Gespräch mit Robert Bailey, der Mann ist Mitglied der ›American Society of Aviation Artists‹, einem Verein von Malern, die sich ausschließlich mit Luftfahrtmotiven beschäftigen. Er selbst malt seit über fünfzehn Jahren nichts anderes als Motive aus dem Zweiten Weltkrieg, ungefähr ein Bild pro Monat. Von den Originalen werden in ganz Europa Drucke verkauft, die Nachfrage ist riesig. Bailey geht gerne selbst auf Reisen, um bei allen möglichen Veranstaltungen diese Kunstdrucke für die Käufer zu signieren, Kontakte zu knüpfen und im Gespräch mit ehemaligen RAF-Piloten neue Bildideen zu sammeln. Anfang der Neunziger Jahre hat er auf einem Veteranentreffen in Bristol einen Bob Fenwick kennengelernt, einen ehemaligen Piloten in der 627. Mosquitoschwadron. Dieser Pilot hat ihm eine unglaubliche Geschichte erzählt. Fenwick war mit seinem Copiloten und Navigator, an dessen Namen konnte sich Bailey nicht mehr erinnern, am Septemberangriff auf Darmstadt beteiligt. Alles lief zunächst nach Plan, die Beleuchter hatten im Westen der Innenstadt ihre Christbäume abgeworfen, die Mosquitos bereiteten sich auf die Markierung des Zielgebietes vor. Aber dann muss sein Navigator verrückt gespielt haben, hat Fenwick mit der Waffe bedroht und ihn gezwungen, vom Kurs abzuweichen. Der Pilot hat dem Maler erzählt, dass der Navigator dann einfach abgesprungen ist, über der Stadt, kurz vor dem Angriff! Fenwick hatte danach natürlich Navigationsprobleme, kam zu weit nach Süden ab. Über Kaiserlautern ist er dann runtergegangen, um sich zu orientieren. Aus der Geschichte hat Bailey ein

Husarenstück gemacht und sein *Unscheduled Arrival* gemalt, der tatsächliche Hintergrund des Tieffluges über der Pfalz war ihm wohl zu unheroisch. Was halten Sie davon, Karl?«

»Hat Bailey den Piloten gefragt, warum der Navigator abgesprungen ist?«

»Selbstverständlich, aber Fenwick hat nur abgewunken, er wollte dazu nichts sagen.«

»Dieser Fenwick, gehört er zu den acht die die Kriegseinsätze überstanden haben?«

Cooper ließ ihn zwei Sekunden schmoren.

»Ja. Meine Leute prüfen gerade, ob er noch lebt.«

»Warum ist er abgesprungen?«, flüsterte Rünz, und der Brite am anderen Ende klang wie sein Echo.

»Ja, warum ist er abgesprungen?«

26

Er war mutig. Frikadellen konnten sich, ausreichend lange Lagerung bei dreißig bis vierzig Grad Kerntemperatur vorausgesetzt, zu einer veritablen Bakterienkultur entwickeln. Der Kartoffelsalat war weniger kritisch, da er von einem Großlieferanten unter strengen Qualitätskontrollen zubereitet und in versiegelten Gebinden hier in der Großküche angeliefert wurde. Das nutzte natürlich alles nichts, wenn sich das Kantinenpersonal nicht an die vorgeschriebenen Lagerbedingungen hielt. Er fand einen leeren Tisch, setzte sich, packte sein Plastikgeschirr aus, schnitt ein Stück aus dem Inneren des Fleischbällchens heraus und war beruhigt, als er sich damit die Zunge verbrannte. Den Kartoffelsalat ließ er nach der Fingerprobe liegen, er war eindeutig zu warm.

»Na altes Haus, noch ein Plätzchen frei?«

Brecker setzte sich zu ihm. Beide aßen schweigend. Im Gegensatz zu Arbeitsessen mit Hoven machten Rünz die stillen Momente mit Brecker überhaupt nichts aus. Sie hatten einiges zusammen erlebt und sich auf eine Weise kennengelernt, die mit Konversation nicht zu erreichen war.

»Wie gehts meiner Schwester?«, fragte Brecker.

»Gut.«

»Welcher Trip?«

»Feng Shui.«

»Ist das nicht dieses asiatische Ding, da muss man doch seine Wohnung nach bestimmten Regeln einrichten, stimmts?«

Rünz nickte zerknirscht. Brecker steckte sich ein enormes Stück Fleischkäse in den Mund.

»Und Deine Ex?«, fragte Rünz.

»Keine Ahnung, kein Kontakt.« Brecker machte eine Pause. »Übrigens, Karl, ich habe eine Theorie entwickelt, die die steigende Scheidungsrate in Deutschland erklärt.«

Rünz schaute voller Wehmut aus dem Fenster.

»Das hat was mit dem Altersunterschied zu tun. Früher heirateten Männer Frauen, die zehn oder mehr Jahre jünger waren als sie selbst. Heute sind die Ehepaare gleich alt, manchmal ist die Frau sogar älter als der Mann. Und jetzt kommt der Punkt. Hast du einen Bleistift?«

Rünz gab ihm einen Stift und Brecker begann ungeniert auf die Tischplatte zu zeichnen, ein Koordinatensystem mit x- und y-Achse. Rünz fürchtete einen Moment, sein Freund würde ihm eine SWOT-Analyse skizzieren.

»Nehmen wir an, die x-Achse ist das Lebensalter, geht bis maximal einhundert. Die y-Achse steht für die sexuelle Attraktivität der Frau und die Libido des Mannes. Jetzt pass auf.« Er zeichnete eine Horizontale vom Ursprung des Koordinatenkreuzes direkt über der x-Achse. Dann ließ er die Linie steil ansteigen, schwenkte dann zu einem auf drei oder vier Zentimetern sanft abfallenden Plateau, das auf der rechten Seite wieder von einem steilen Gefälle Richtung x-Achse begrenzt wurde. Am Schluss gabs wieder einige Zentimeter Null-Linie, wie am Anfang.

»Das hier ist die Attraktivität der Frau. Steigt mit der Pubertät von null steil nach oben und erreicht im Alter von 18 oder zwanzig den Höhepunkt. Bei optimaler genetischer Ausstattung und gesundem Lebenswandel kann sie ihre Anziehungskraft bis ungefähr zum vierzigsten Geburtstag einigermaßen halten, dann gehts wieder steil abwärts.«

»Und?«

»Abwarten, jetzt kommt die Libido des Mannes!«

Er zog eine Parallele zur ersten Kurve, fiel aber nach dem zwanzigsten Lebensjahr nicht flach ab sondern malte eine horizontale bis weit über den Steilabfall der Frau hinaus.

»Und, merkst du was?«

»Couragierte Selbsteinschätzung, mein Lieber.«

»Der Abstand hier«, er schraffierte den Zwischenraum der beiden Kurven, »ist direkt proportional zur Scheidungswahrscheinlichkeit des Paares. Je älter der Mann im Vergleich zur Frau, umso mehr nähern sich die Kurven an. Ergo – stabile Ehe.«

»Wenn ich dich richtig verstehe, erklärt das die Fälle, in denen der Mann die Frau verlässt. Aber bei dir zum Beispiel wars ja nun genau andersrum!«

Brecker knurrte.

»Du hast mir nie erzählt, warum deine Frau dich verlassen hat. Ich meine, ich kann verstehen, dass sie es mit dir nicht ausgehalten hat ...«

»Arschloch.«

»... aber was war der Tropfen, der das Fass zum Überlaufen brachte?«

Brecker stocherte missmutig in seinem Kartoffelsalat.

»Eine saudumme Geschichte war das. Unser Kleiner war damals viereinhalb und seit einem Jahr in diesem Waldorfkindergarten im Hardweg ...«

»Das ist doch der am Riedkehlschen Park.«

»Genau. Gott war das ein Zinnober bis wir diesen Kindergartenplatz hatten. Du kannst dir gar nicht vorstellen, was manche Eltern anstellen, damit ihre kleinen Scheißer in so einen Anthroposophenverein kommen. Die karren ihre Sprösslinge von weit her an, nur wegen diesem Kindergarten! Man könnte fast annehmen, die Kleinen werden in städtischen Einrichtungen systematisch misshandelt. Dann haben die dieses seltsame Auswahlverfahren mit langen Fragenkatalogen für die Eltern, die wollen wissen ob die Geburt schwierig war und was weiß ich alles. Und plötzlich hieß es – Hausbesuch der Leiterin! Meine Frau ist im Dreieck gesprungen. Ich musste in dreißig Minuten den nagelneuen sechzig Zoll Plasmafernseher unters Ehebett schieben, zehn Jahrgänge ›Caliber‹ und ›Visier‹ in den Keller bringen, meinen Waffenschrank verkleiden und das Kinderzimmer von Darth Vader-Figuren befreien! Inge hat derweil wie eine wahnsinnige in der Küche Klarschiff gemacht. Alles was irgendwie nach künstlichen Farbstoffen, Stabilisatoren und Aldi aussah wanderte kurzerhand in die Mülltonne. Als es an der Haustür klingelte, hatte ich gerade den DVD-Player in der Hand, ich wusste nicht wohin mit dem Teil, also habe ich ihn kurzerhand in die Kühltruhe gesteckt. Naja, letztendlich haben wir den Platz bekommen und Inge war aus dem Häuschen, als hätte sie im Lotto gewonnen. Und dann kam ein Jahr später dieser saublöde Fasching.«

Rünz horchte auf.

»Meine Frau war zehn Tage im Norden, ihrem Vater gings nicht gut. Am Rosenmontag war großes Verkleidungsfest im Kindergarten angesagt, die Eltern sollten mitkommen. Also musste ich mich mit dem Kleinen um eine standesgemäße Verkleidung kümmern. Wir stöberten im Internet nach Ideen, und so langsam kamen wir richtig in Fahrt. Bei Ebay ersteigerten wir für mich ein waschechtes Ronald McDonald-Kostüm, knallgelber Overall, weiß-rot geringelte Unterwäsche und eine riesige feuerrote Polyesterperücke. Mein Kleiner entschied sich nach meinem Zuraten für einen kleinen NATO-Kampfanzug mit Patronengürteln und einem ziemlich echt ausschauenden G3 aus Plastik. Wusste gar nicht, dass es so tolle Sachen für Kinder gibt! Am Tag X haben wir uns dann so richtig aufgebretzelt. Mein Kleiner hat mir das Gesicht weiß geschminkt und mir die Plastiknase aufgesetzt und ich habe ihm mit Schuhcreme ein paar Tarnstreifen verpasst. Den Preis für den besten Auftritt hatten wir so gut wie in der Tasche – dachte ich. Wir fuhren standesgemäß mit meinem Defender direkt vor den Eingang und arbeiteten uns in vorschriftsmäßiger V-Formation in die Eingangshalle vor. Nachdem mein Kleiner mit einer Erbsensalve aus dem G3 erst mal für Ruhe gesorgt hatte, standen die alle da, die ganzen Maltes, Juliusse, Gedeons und Annas samt Eltern mit ihren handgefilzten Maikäferkostümen und Zauberhüten und haben uns angeguckt wie Außerirdische! Wir haben uns die Laune nicht verderben lassen, sind gleich raus ins Freigelände. Ich kann dir sagen, die haben einen richtigen Truppenübungsplatz! Ich gab für ihn den Vietcong und er machte keine Gefangenen. Wir haben uns bestens amüsiert. Mein Sohn hat noch nie vorher so viel Spaß in dem Laden gehabt, hat er mir später erzählt.«

»Und nach eurem Auftritt sicher auch nicht mehr, nehme ich an ...«

»Den Rest kannst du dir vorstellen. Die Eltern bestanden auf einer spontanen Vollversammlung, wir waren natürlich ausgeschlossen. Die faselten dann von ›Gewaltexzessen‹ und ›Brutalisierung‹. Wir haben ein paar Tage später einen Brief bekommen, unheimlich lieb formuliert. Die haben uns geraten, uns doch mal umzuschauen, vielleicht würden wir eine Einrichtung finden, die *noch besser* zu uns passen würde. Inge war nicht nur sauer, sie hat überhaupt nicht mehr mit mir geredet. Habe ihr dann als Wiedergutmachung einen prächtigen Bildband über die deutsche U-Bootflotte im Zweiten Weltkrieg geschenkt.«

»Sentimentaler Hund.«

»Ja, ich kann auch anders! Gebracht hats aber nichts mehr.«

27

Cooper runzelte die Stirn.

»Sind Sie sicher, dass hier in der Nähe ein See ist?«

Rünz lachte.

»Da links, hinter dem Damm war er jedenfalls noch vor ein paar Tagen.«

Die beiden stiegen aus und an der Jugendherberge vorbei den Damm hinauf. Rünz war seit dem Leichenfund nicht mehr hier gewesen und erinnerte sich mit Unbehagen an seinen körperlichen Zustand damals. Cooper schaute sich den Woog in Ruhe an. Es war nicht mehr wirklich warm, aber auf den Betonstegen schäkerten einige Halbwüchsige miteinander, bespritzten sich und stießen sich gegenseitig ins Wasser, die Mädchen kreischten laut.

»*Gorgeous*«, murmelte er, zum ersten Mal seit ihrer Begegnung seine Muttersprache nutzend. »So ein wundervoller Badesee, mitten in der Stadt – Sie sind um Ihre Heimat zu beneiden, Herr Rünz.«

Rünz amüsierte die Begeisterung des Briten. Für ihn gehörte der Woog so selbstverständlich zur Grundausstattung seiner Heimatstadt wie das Luisencenter oder die ›Darmstädter Allgemeine‹. Er nutzte ihn ohnehin seit Jahren nicht mehr zum Baden, da er es nach Möglichkeit vermied, seinen bleichen und unterernährten Körper der Öffentlichkeit preiszugeben.

»Ist das ein natürlicher See oder ist er künstlich angelegt?«

»Ist angelegt, der Deich auf dem wir hier stehen staut den Darmbach auf, der von da drüben auf der anderen Seite Richtung Innenstadt fließt.«

»Wer hatte die fantastische Idee, hier einen Badesee anzulegen?«

»Das war ursprünglich kein Badesee, sondern ein Fischteich, und der Bau liegt schon ein paar Jahre zurück, genau genommen über 450 Jahre. Wir hatten damals einen sehr jungen und sehr erfolgreichen Landgrafen, der den Darmbach aufstauen ließ und hier eine gewinnbringende Fischzucht aufgebaut hat. Außerdem konnte man im Brandfall schnell die Altstadt unter Wasser setzen mit dem Woog, und bei Starkregen diente er als Rückhaltebecken gegen Hochwasser.«

»Klingt nach einem ziemlich weitsichtigen Herrscher.«

»Wie mans nimmt. Was die Wirtschaftspolitik angeht, haben Sie wahrscheinlich recht. Er hat den Ackerbürgern hier eine richtige Residenzstadt aufgebaut. Leider war er bei der Umsetzung seiner rigiden Moralvorstellungen genauso gründlich. Hat drei Dutzend Menschen wegen Hexerei umbringen lassen, darunter ein elfjähriger Junge und ein sechzehnjähriges Mädchen.«

Rünz war ein wenig stolz, seine frisch erworbenen heimatkundlichen Kenntnisse gleich weitergeben zu können.

»Offiziell baden durfte man hier erst ab 1820. Da drüben vor dem Südufer gab es eine künstliche Insel, ein Pfahlbau mitten im See. Die Badegäste wurden rüber gerudert, damit die Damen auf dem Festland nicht in Ohnmacht fielen, wenn sie ein nacktes Männerbein sahen. Hier links wo jetzt die Jugendherberge steht, hatte das Militär eine Schwimmschule für die Pioniere; ein paar Jahre später hat die Infanterie auch noch ihre eigene bekommen.«

Cooper schmunzelte und schüttelte den Kopf.

»Jaja, ich weiß, sagen Sie jetzt nichts. Wir Deutschen und das Militär. Aber wir sind inzwischen geheilt.«

»Was sind das für seltsame Betonstege da unten?«

Cooper deutete auf die Anlagen am Fuß des Dammes.

»Das sind die alten Wettkampfanlagen, sie wissen schon, wir haben Ihnen die Fotos vom Bau in den Dreißiger Jahren gezeigt. Zwei Jahre vor Kriegsausbruch wurden hier die deutsch-französischen Länderkämpfe ausgetragen. Die Stadt hat dafür 1936/37 komplett neue Anlagen bauen lassen. Heute gehört das zum sogenannten Familienbad, obwohl das eigentliche Bad drüben ist.«

Cooper schaute ihn fragend an.

»Ich sehe schon, ich muss Ihnen das erklären. Typische Darmstädter wechseln mehrmals in ihrem Leben die Seeseiten. Die Sommer ihrer Kindheit verbringen sie drüben auf der Badeinsel oder den schönen Wiesen des Freibades. Wenn sie in die Pubertät kommen, wechseln sie hier auf den Flirtgrill und toben sich richtig aus. Mit Mitte oder Ende zwanzig lernen sie hier auf einem der Betonstege ihren Lebenspartner kennen, gründen eine Familie und ziehen ihre Kinder wieder drüben auf der anderen Seite groß. Und irgendwann mit vierzehn oder fünfzehn merken die Kinder, dass hier auf den Betonstegen das Leben aufregender ist.«

Cooper lachte. »Ein See fürs Leben. Sie erstaunen mich, Herr Rünz. Sie kennen sich gut aus mit der Geschichte der Stadt.«

»Ich will mich nicht mit fremden Federn schmücken. Ich hatte Wedel vor ein paar Tagen gebeten, historisches Material zum Woog zu recherchieren, ich dachte das könnte für die Ermittlungen interessant sein. Wir wussten damals ja noch nicht, dass die Leiche ›nur‹ sechzig Jahre alt ist. Naja, jetzt kann ich als Fremdenführer auftrumpfen. Wie sieht es aus, haben Sie Hunger?«

»Ist der Papst katholisch? Hunger ist mein zweiter Vorname, Karl.«

»Hier um die Ecke gibt es einen guten Italiener. Wir könnten zur Verdauung danach eine Runde über die Mathildenhöhe drehen.«

Cooper musste wirklich hungrig sein. Im ›Riviera‹ orderte er Vitello Tonnato als Vorspeise, Risotto Bianco, als zweiten Hauptgang Ossobuco und Profiterole zum Dessert. Rünz war in einer unangenehmen Lage. Er vertraute der hervorragenden Küche, aber letztendlich war nichts so sicher wie ein gut abgekochtes und desinfiziertes Essen, zubereitet in der eigenen Küche, ohne Kontakt mit anderen Menschen. Er scannte die Speisekarte, sortierte intuitiv alles aus was ungebraten, gekocht oder gegart auf den Teller kam und entschied sich für Gnocchi mit Tomatensauce.

Am Nebentisch saß eine Gruppe Architekturstudenten, kultivierte junge Feingeister, die beiden Frauen mit geschmackvoll kombinierter Secondhand-Bekleidung, bei den Männern hatte sich nach den vor Jahren obligatorischen, existenzialistischen schwarzen Rollkragenpullovern ein kalkuliert unauffälliger Look in Grautönen durchgesetzt. Alle sahen etwas anämisch und sorgfältig verwuschelt aus, wie nach einer langen Nacht über dem Entwurfspapier. Kreative Menschen hatten Rünz gegenüber ein entscheidendes Handicap – sie waren außerstande, sich keine Gedanken über ihr Erscheinungsbild und ihre Außenwirkung zu machen.

Sie warteten auf ihr Essen, die Stimmung zwischen beiden war entspannt und vertraut, fast freundschaftlich. Rünz spürte, dass es der richtige Moment war, Cooper nach seinem Gebrechen zu fragen.

»Ihre Hand, Mr. Cooper, hat sie Ihnen von Geburt an gefehlt oder haben Sie sie später verloren?« Er brachte es nicht über sich, den Briten mit seinem Vornamen anzusprechen.

»Oh nein, ich hatte zwei Hände, bis ich Mitte zwanzig war, und mit meiner Rechten konnte ich auf dem Tenniscourt einen ziemlich vernichtenden Cross schlagen. Maggie Thatcher hat sie mir abgenommen.«

»Ich wusste nicht, dass die harten Einschnitte der Eisernen Lady so weit gingen.«

Cooper schmunzelte.

»Ganz so war es nicht. Ich habe die Hand Anfang der Achtziger im Falklandkrieg verloren. Ein ziemlich sinnloser Krieg, wenn Sie mich fragen, auch wenn wir ihn gewonnen haben. Aber Maggie machte der Sieg richtig populär. Deswegen habe ich die Prothese ihr gewidmet.«

Cooper zog seinen Hemdsärmel einige Zentimeter hoch. Eine Karikatur der ehemaligen Premierministerin erschien, im Stil einer Seemannstätowierung.

»Sie waren doch Pilot, wenn ich mich richtig erinnere?«

»Ja, Hubschrauberpilot bei der 230. Squadron der Royal Air Force. Ich habe eine Puma HC1 geflogen, ein Truppen- und Materialtransporter. Die Zweihundertdreißigste wurde 1980 von meiner Heimatstadt Odiham nach Deutschland an den Flughafen Gütersloh verlegt. War eine schöne Zeit, ich habe meine Frau dort kennengelernt. In den späten Neunzigern ist die Schwadron wegen Kürzungen im Verteidigungshaushalt wieder zurück auf die Insel nach Aldergrove gekommen, aber das ist eine andere Geschichte. Jedenfalls begann Anfang 1981 die Falklandkrise und wir wurden im März 1982 zum Einsatz mobilisiert.«

»Mein Gott«, sagte Rünz, »fünfundzwanzig Jahre ist das schon her? Gibt es da unten Bodenschätze, Öl oder sonst etwas, um das es sich zu streiten lohnte?«

»Nichts. Ronald Reagan hat damals mal gesagt, das sei ein Streit um ein paar eisige Felsen. Da hatte er nicht ganz unrecht. Ich glaube die Ursache für diesen Krieg war eine unglückliche Mischung aus

Nationalstolz, Ignoranz, verletzten Eitelkeiten und Missverständnissen – auf beiden Seiten. Der Konflikt selbst war ja alt. Die Franzosen haben die Felsen im 18. Jahrhundert besetzt, wurden von den Spaniern vertrieben, die sie später wiederum meinen Vorfahren rechtlich überließen, aber damals hat noch kein Brite die Inseln besiedelt. Nachdem die Argentinier von Spanien unabhängig wurden haben sie 1820 die Inseln besetzt, die Siedlungen nach ein paar Jahren aber wieder aufgegeben. 1833 sind dann doch noch Briten auf die Falklands gezogen, obwohl Argentinien sie zu ihrem Staatsgebiet zählte.«

»Sie kennen sich ziemlich gut aus mit dieser Geschichte«, staunte Rünz.

»Wissen Sie, als ich nach dem Krieg mein Alltagsleben mit meiner Verletzung wieder so weit im Griff hatte, wollte ich wenigstens wissen, wofür genau ich meine Hand verloren hatte. Also habe ich mich ein bischen mit den Hintergründen beschäftigt. Naja, das wurde ein richtiges Hobby und ist heute sozusagen mein Beruf. Jedenfalls dümpelte der Streit um die Falklands über einhundert Jahre vor sich hin, ohne dass eine der beiden Seiten ein Interesse an einer Eskalation gehabt hätte – bis Galtieri und Margret Thatcher an die Macht kamen.«

Cooper hatte seine Vitello hinter sich, der Kellner brachte das Risotto und Rünz' Gnocchis. Rünz tastete instinktiv nach dem Plastikbesteck in seinem Jackett, zog aber rechtzeitig die Hand zurück. Er polierte das Metallbesteck mit seiner Serviette, achtete besonders auf die akribische Säuberung der Spalten zwischen den Gabelzinken.

»Schmutzig? Lassen Sie sich doch eine neue bringen.«

»Nein nicht nötig, ist nur so eine Masche. Galtieri, war das nicht ein argentinischer General?«

»Richtig. Als der 1981 an die Macht kam, hatte die Militärdiktatur bereits seit fünf Jahren gewütet, die linke Opposition zerschlagen, unzählige Morde und eine völlig desolate Wirtschaft auf dem Gewissen. Galtieri machte das, was Diktatoren in solchen Situationen eben tun – er suchte sich einen äußeren Feind. Der alte Streit um die Falklands kam ihm da gerade recht. Aber er war nicht so dumm, die Inseln einfach zu besetzen! Er hat vorher bei einer UN-Vollversammlung seine Invasionsabsichten angedeutet, um die Reaktion der Briten zu testen. Und wir haben einfach nicht reagiert! Aber nicht nur das – die Briten haben 1981 die letzten dort stationierten Einheiten der Royal Navy abgezogen. Ich weiß bis heute nicht warum. Galtieri musste das wie eine Einladungskarte vorgekommen sein. Sie haben ihn entweder nicht ernst genommen, ihn gar nicht verstanden oder sie wollten ihn ins offene Messer laufen lassen. Galtieri hat daraus jedenfalls geschlossen, dass sich die Briten bei einer Invasion mit einem militärischen Gegenschlag zurückhalten würden.«

»Das erinnert mich an den Zweiten Golfkrieg«, sagte Rünz, »hat Saddam Hussein vor seinem Einmarsch in Kuwait den Amerikanern nicht auch sein Pläne angedeutet?«

»Genau die gleiche Situation! Der Diktator hatte einen alten Britenhasser, Admiral Anaya, der die Invasion plante. Zuerst sondierte eine Gruppe argentinischer Zivilisten das Terrain auf einer Insel südlich von Südgeorgien. Anfang April 1982 rückten dann argentinische Marineinfanteristen vom Mullet Creek an der Ostküste der Falklands nach Port Stanley vor und nahmen die Stadt ohne nennenswerte Gegenwehr ein. Durch Buenos Aires schwappte eine Welle des Patriotismus und meine Regierung spielte die Überraschte. Die Premierministerin stellte sofort eine schnelle Eingreiftruppe mit zwei Flugzeugträgern und der ›Queen Elizabeth‹ als Truppentransporter zusammen. Der Kampf unserer Truppen gegen die argentinischen Invasoren verlief an Land recht erfolgreich, aber auf See sah das etwas anders aus. Die Argentinier hatten bei den Franzosen land- und luftgestützte Exocet-Raketen eingekauft, mit denen sie unsere Kriegsschiffe traktierten. Durch diese Überschall-Baguettes hatten wir allein im Mai 1982 den Zerstörer ›Sheffield‹ und zwei Fregatten verloren.«

Cooper räusperte sich. Der Kellner servierte seine Kalbshaxe, aber der Brite ließ das Besteck noch auf dem Tisch. Rünz spürte, dass jetzt der persönlichere Teil der Erzählung folgte.

»Anfang Juni flogen wir mit unseren Pumas Ausrüstung und Munition zu rund fünftausend britischen Infanteristen, die bei San Carlos gelandet waren um an der großen Invasion auf Port Stanley teilzunehmen. Am Morgen des 8. Juni waren wir über See auf dem Rückflug zu unserem Stützpunkt und sahen schon aus einigen Kilometern Entfernung die brennende ›Sir Galahad‹. Der Truppentransporter hatte Schräglage, war *backbords* von einer Exocet getroffen worden, die mittschiffs explodiert war und einen verheerenden Brand ausgelöst hatte. Je näher wir kamen, umso deutlicher sahen wir, dass auf dem Deck die Hölle los war. Männer mit brennenden Uniformen stürzten sich ins Meer, andere suchten Schutz vor den Splittern der explodierenden Munition, die durch die Druckwellen auf dem ganzen Deck verteilt wurde. Wir flogen leer und wussten, dass wir mit etwas Glück und unserer Seilwinde vier oder fünf dieser Unglücklichen herausholen konnten, so wie einige Helikopter vor uns. Mein Kamerad flog an diesem Tag, ich stand an der Seilwinde, als wir über dem Deck schwebten, drei Männer am Haken, die Metallsplitter pfiffen uns um die Ohren, das Deck schien zu glühen, die Hitze verbrannte mir fast das Gesicht. Die Männer dort unten wurden auf den heißen Stahlplatten gegrillt wie Fleischbällchen. Die Winde zog an, ich hatte die Hand am Seil, den Kopf tief nach unten gebeugt und schrie den Männern zu, sie sollten sich festhalten. Ich zog intuitiv mit am Seil, als reichte der Windenantrieb nicht aus, die Männer zu heben. Es erwischte zuerst meinen Daumen, zwischen Stahlseil und Trommel. Leider wurde er nicht sofort ganz abgetrennt, sondern zog noch meine Hand und meinen Unterarm nach, bevor ich mit der anderen Hand die Winde abstellen konnte.«

Rünz schwieg. Er dachte nicht an Coopers Hand, sondern an die drei Männer am Haken. Hatten sie sie unter dem Helikopter hängend mitgenommen, oder gar wieder auf dem Schiff abgesetzt? Er hielt es für unpassend, danach zu fragen.

»Naja«, resümierte der Brite gefasst, »das war mein

letzter Kriegstag. Aber genug davon, hier wartet ein herrliches Stück Fleisch auf mich. Was ist mit Ihren Gnocchis, schmecken sie nicht?«

»Doch, es ist nur ...«

Rünz spürte Widerwillen dagegen, seinen Gast, der ihm gerade eine sehr persönliche Geschichte offenbart hatte, zu belügen. Andererseits war seine spezielle Phobie nicht das adäquate Thema für ein Tischgespräch.

»Ich esse meist zu Hause.«

»Ah, Sie kochen selbst. Sie müssen ein verdammt guter Koch sein, wenn Sie es besser können als die hier!«

»Nein, so meine ich das nicht, es ist einfach – sicherer.«

Cooper lachte.

»Sind Sie sicher, dass Sie den richtigen Beruf gewählt haben?«

Er senkte die Stimme und beugte sich vor.

»Ich habe schon verstanden, die Mafia, richtig? Der hinter dem Tresen kam mir gleich komisch vor ...«

»Ich leide unter Emetophobie.«

Cooper wurde ernst.

»Emeto – was?«

»Emetophobie. Ist eine Angstneurose.«

»Das müssen Sie mir genauer erklären, wovor haben Sie Angst? Sind Ihnen zu viele Menschen hier?«

Rünz zögerte, er wollte seinem Gegenüber nicht den Appetit verderben.

»Nun ja, genau genommen ist es die Angst vor dem Erbrechen.«

Er sprach leise, um den Gästen an den Nebentischen das Thema zu ersparen.

Cooper steckte sich unbeeindruckt eine Gabel zartrosa Kalbfleisch in den Mund und schaute entspannt.

»Erzählen Sie mir mehr darüber, seit wann haben Sie das?«

»Ich kann mich nicht erinnern, solange ich denken kann jedenfalls. Meine ersten Erinnerungen sind Nächte, in denen ich als Kind stundenlang in der Wohnung herumlief und versuchte, Brechreiz zu unterdrücken. Oft war es die reine Angst vor der Übelkeit, von der mir schlecht wurde, oft reichte schon die Vorstellung, dass mir schlecht werden könnte, um die Panik auszulösen. Kennen Sie George Orwells 1984?«

Cooper nickte.

»Erinnern Sie sich an die Szene, in der Winston Smith in Zimmer 101 gerufen wird? In Zimmer 101 wartet auf den Delinquenten das absolute Grauen, das Schlimmste, was diesem Individuum widerfahren kann. Bei Smith sind es Ratten. Nun, auf mich würde in 101 O'Brien mit einem Brechmittel warten.«

»Auf mich mit englischem Essen! Aber was tun Sie gegen diese Krankheit?«

»Ich wasche mir regelmäßig die Hände, esse nur abgekochte oder gebratene Sachen, beschränke soziale Kontakte auf ein Minimum, vermeide den Umgang mit Magen-Darm-Kranken und Kindern und bleibe zu Hause, wenn mal wieder einer der einschlägigen Viren die Runde macht. Ach ja, so bald ich ein frisches Ei sehe, laufe ich weg. Sie wissen schon, Salmonellen ...«

»Aber das war keine Antwort auf meine Frage. Was tun Sie gegen diese Krankheit?«

Rünz zuckte mit den Schultern.

»Ich jedenfalls lasse mir jetzt meine Profiterole servieren. Soll ich Ihnen noch ein Tiramisu bestellen, Karl?«

Rünz musste lachen. Cooper hatte die unkomplizierte und zupackende angelsächsische Art, mit solchen Themen umzugehen. Wo es ein Problem gab, da gab es auch irgendeine Lösung, und ausgedehnte Reflexionen über das Problem war ganz sicher nicht Teil seiner Lösung. Es war lange her, dass Rünz jemand von seiner Phobie erzählt hatte. Er war überrascht, dass er sich etwas erleichtert fühlte und sich mit Appetit seinen Gnocchis widmen konnte.

Beide aßen in Ruhe ihre Teller leer und ließen sich einen Espresso bringen. Hinter der Balustrade im Nebenraum saß ein Mann den Rünz kannte, aber er konnte ihn nicht einordnen. Er verband ihn mit irgendeiner unangenehmen Situation, aber seine Synapsen weigerten sich, die für die Identifikation notwendigen Verbindungen herzustellen. Der Mann schien sich auch an Rünz zu erinnern, jedenfalls spähte er regelmäßig herüber und sprach zu einer Begleitung, die für Rünz unsichtbar hinter dem Raumteiler an seinem Tisch saß.

28

Ein halbe Stunde später saß der Kommissar mit dem Engländer auf den Treppenstufen vor dem omegaförmigen Mittelportal des Ernst-Ludwig-Hauses, beide bewaffnet mit Eiswaffeln, eingerahmt von dem monumentalen steinernen Paar, das der Architekt Joseph Maria Olbrich zu beiden Seiten des Eingangs hatte aufstellen lassen. Rünz hatte sich für zwei Kugeln Stracciatella entschieden, nicht weil ihm die Sorte besonders schmeckte, sie hatte zwei wichtige Kriterien erfüllt – der gekühlte Metallbehälter war gerade frisch aufgefüllt worden und es war keine der exotischen Sorten, die schon mal längere Zeit standen bevor sie abverkauft waren.

Vor ihnen lag die grüne Insel der Stadt, die Jugendstilvillen in ihren parkähnlichen Gärten, ein wunderbar verwunschenes Viertel, das gegen *flexibility*, *change management* und jedweden zeitgenössische Veränderungsterror erfreulich immun war. Zudem hatte es neben seiner städtebaulichen und architektonischen Qualität den entscheidenden Vorteil, dass es aufgrund seiner geringen Größe als Parcours für Bewegungs- Fitness- und Wellnessidioten nicht taugte. An einer der Villen im Alexandraweg konnte Rünz durch ein offenes Fenster einen Menschen in einem Krankenbett erkennen. Eine Frau trat zum Fenster, schaute hoch zu den beiden, schloss die Flügel und zog die Vorhänge zu.

Rünz hatte dem Briten sein übersichtliches Wissen über die Entstehung der Künstlerkolonie auf der Mathildenhöhe zu vermitteln versucht, den Eifer der avantgardistischen Architektengruppe um Joseph Maria Olbrich, Peter Behrens, Edmund Körner und Albin Müller, die Begeisterung des Großherzogs Ernst Ludwig für den neuen Jugendstil, die weltweit beachteten Ausstellungen nach der Jahrhundertwende. Cooper hatte überaus interessiert zugehört, ab und an liefen ihm einige Tropfen Zitroneneis über die Prothese ohne dass er es registrierte.

»Sagen Sie Karl, wie kann ein Mann wie Cherwell, der in einer so wunderschönen Stadt studiert hat, sich solche Pläne ausdenken?«

»Von wem sprechen Sie?«

»Cherwell, Lord Cherwell.«

Rünz hatte den Namen nie gehört.

»Der Mann war zu Kriegszeiten leitender wissenschaftlicher Berater der Churchill Administration. Churchill kannte ihn seit 1921 und nannte ihn *the scientific lobe of my brain*, meine wissenschaftliche Hirnregion sozusagen. Cherwells Loyalität dem Premier gegenüber war grenzenlos und er genoss das hundertprozentige Vertrauen des Chefs. Der Lord hatte nur einen kleinen Schönheitsfehler in seiner Biografie, den er gern verheimlichte – er wurde in Deutschland geboren, in Baden-Baden, hieß ursprünglich Friedrich Lindemann.«

»Aber was hatte er mit Darmstadt zu tun?«

»Soweit ich weiß hat er von 1900 bis 1908 hier

gelebt und sein Abitur gemacht. Dann hat er hier studiert, Elektrotechnik, von 1905 bis 1908, ohne Abschluss übrigens. Im ersten Weltkrieg war er Testpilot und Entwickler für die Royal Aircraft Factory in Farnborough. Später lehrte er Physik in Oxford und seit den Dreißiger Jahren waren Methoden und Ziele der britischen Luftverteidigung sein Steckenpferd.«

»Welche Pläne hat er sich denn ausgedacht?«

»Lindemann, oder Cherwell, wie Sie wollen – war der theoretische Wegbereiter des *dehousing*, des Flächenbombardements deutscher Großstädte. Er hat 1942 dem britischen Kriegskabinett eine statistisch untermauerte Studie vorgestellt, nach der man die achtundfünfzig größten deutschen Städte innerhalb von fünfzehn Monaten vernichten musste, um die Wirtschaftskraft und die Moral der Bevölkerung kriegsentscheidend zu schwächen. Ein Freund in Gütersloh hat mir vor ein paar Monaten erzählt, das Cherwell zu einer zentralen Verräterfigur für die rechte Szene hier bei Ihnen mutiert ist.«

Rünz reichte dem Briten ein Papiertaschentuch damit er sich die Prothese abwischen konnte.

»Karl, wie denken Sie über den Bombenkrieg der Alliierten über Deutschland. Halten Sie ihn für ein Verbrechen?«

Der Brite klang nicht, als suche er Rechtfertigung, Bestätigung oder Entlastung als Angehöriger der Air Force, er schien tatsächlich unschlüssig in seiner eigenen moralischen Beurteilung der
Bombardierungen. Rünz sann einige Sekunden

nach einer griffigen Metapher, die seine Sicht der Dinge wiedergab.

»Wissen Sie«, antwortete er, »wenn Sie von einem tollwütigen Kampfhund angefallen werden, und Deutschland war nach 1939 ein wilder Kampfhund, dann wehren Sie sich, und bei Ihrer Verteidigung kümmern Sie sich nicht darum, ob sie dem Hund vielleicht ein bisschen zu viel wehtun. Sie werden ihn mit allen Ihnen zur Verfügung stehenden Mitteln bekämpfen, und wenn Sie sich Erfolg davon versprechen, werden Sie auch seine Welpen töten. Sie haben um Ihr Überleben gekämpft, wer sollte Ihnen nachher daraus einen Vorwurf machen?«

»Ich bin mir nicht sicher, ob nicht ab einem gewissen Zeitpunkt dieses Krieges Arthur Harris der Kampfhund war ...«

»Weil er noch weiter bombardieren ließ, nachdem der Krieg schon verloren war? Ich halte das für Unsinn. Der Krieg war verloren, als 1945 die Kapitulation unterschrieben und das letzte Widerstandsnest des Volkssturms ausgeräuchert war, keine Sekunde früher. Wissen Sie, Menschen tendieren dazu, die Gegenwart als logische Abfolge kausal verknüpfter historischer Ereignisse zu verstehen.«

Rünz stellte fest, dass er kurzzeitig zu kognitiven Höchstleistungen fähig war, wenn er einen Stracciatella-Booster benutzte.

»Aber wer konnte 1944 wissen, ob nicht ein paar verrückte Naziforscher, vielleicht sogar hier in Darmstadt an der technischen Universität, die V2 so verbessern und ihre Produktion so hochfahren konnten, dass damit alle englischen Großstädte ausradiert werden konnten? Wer konnte wissen, an welchen Projekten deutsche Ingenieure sonst noch arbeiteten?«

»Denken viele Deutsche so wie Sie, Herr Rünz?«, fragte Cooper.

Rünz zögerte.

»Ich glaube, ich bin der Einzige.«

Beide lachten. Rünz stellte fest, dass er den intellektuellen Austausch mit Cooper schätzte. Es erinnerte ihn an die langen politischen Diskussionen, die er mit seinem Vater hatte. Er würde den Briten vermissen, wenn der Fall abgeschlossen war. Man würde sich bei der Verabschiedung zusichern, Kontakt zu halten, aber die Verbindung würde sich mit der Zeit lösen, wenn das Band einer gemeinsamen Aufgabe fehlte.

Coopers Mobiltelefon spielte die britische Nationalhymne. Er stand von den Stufen auf, nahm das Gespräch an und diskutierte einige Minuten mit einem englischen Kollegen.

»Entschuldigen Sie, das war ein Anruf von meiner Stabsstelle in London. Bob Fenwick lebt. Sie haben ihn im Kingswood Resort, einem Altersheim westlich von Bristol ausfindig gemacht.«

»Hervorragend, in welcher Verfassung ist er?«

»Nun, er ist fünfundachtzig Jahre alt, aber es geht ihm gut. Zu gut, könnte man sagen.«

»Wie meinen Sie das.«

»Er hat sich auf den Weg hierher gemacht.«

»Sie meinen auf eigene Faust, ohne Begleitung?«

»Meine Kollegen in London haben ihn nicht nur gefunden, ein übereifriger junger Officer aus der

Zentrale ist ohne Rücksprache mit seinem Vorgesetzten nach Bristol gefahren und hat mit Fenwick gesprochen, hat ihm erzählt, dass in der Nähe von Frankfurt sein verschollener Navigator aus dem Zweiten Weltkrieg gefunden wurde. Eine Stunde nachdem der Officer ihn verlassen hat, meldete der Pflegedienst des Resort ihn bei der Polizei als vermisst, er hat ohne sich abzumelden das Haus mit einer gepackten Reisetasche und seiner Brieftasche verlassen. Nachforschungen am Bristol International Airport haben ergeben, dass er für den Linienflug der British Airways nach Frankfurt eingecheckt hat, Startzeit 15.20 Uhr.«

Rünz warf seine Eiswaffel weg.

»Wann ist die Maschine in Frankfurt?«

»Um 18.20 Uhr.«

Sie hatten zwanzig Minuten, im Berufsverkehr. Die beiden hasteten durch das Künstlerviertel runter zum See, fuhren los, standen aber schon an der Ampel vor dem Schloss in einer langen Kolonne. Rünz zögerte kurz, kurbelte dann das Seitenfenster herunter und setzte das Blaulicht auf das Autodach. Eine alberne Aktion, die ihm reichlich Ärger einbringen konnte, zumal es am Flughafen sicher einen funktionierenden Sozialdienst gab, der wusste, wie man sich um einen verwirrten alten Mann kümmert. Aber Cooper nickte zustimmend, beide hatten das Gefühl es diesem Veteranen schuldig zu sein, ihn persönlich zu empfangen. Mit Sonderrecht waren sie nach gut drei Minuten auf der A5 Richtung Norden und standen um 18.20 Uhr vor dem Terminal 2 des Flughafens.

Rünz hatte das Blaulicht rechtzeitig abgeschaltet, um keine Verwirrung zu stiften. Sie studierten im Gebäude kurz das Ankunftsdisplay und folgten dann im leichten Trab den Hinweisschildern zum Gate D.

Der kompakte, zweistrahlige Regionaljet vom Typ Embraer hatte etwas vor der Zeit an der Gangway angedockt, die meisten Passagiere hatten das Flugzeug bereits verlassen. Sie erkannten ihn schon aus einiger Entfernung, er hätte auffälliger nicht sein können, ein kleiner, gebeugter, fast haarloser alter Mann mit einem speckigen alten Jackett, abgewetzten Hosen in einem unsäglichen Karomuster und einer ledernen braunen Reisetasche, die nur noch von wenigen intakten Nähten zusammengehalten wurde. Er wirkte verloren in dieser Wolke junger, aktiver, mobiler und kommunizierender Globetrotter und Geschäftsleute. Die beiden Ermittler wurden von einer Welle des Mitleids für diesen Mann überspült. Cooper sprach ihn mit einem militärischen Gruß an, stellte erst sich mit seinem Dienstgrad und dann Rünz vor. Der Alte antwortete mit leiser, brüchiger Stimme. Cooper kümmerte sich auf so rührende Weise um ihn, das Fenwick bald Vertrauen fasste und die beiden zum Ausgang begleitete. Der Veteran hatte Probleme beim Einsteigen in den Wagen, sein Hals war offensichtlich steif, so als trüge er eine Halskrause. Rünz vermutete, die Bechterewsche Krankheit hatte ihm die Wirbelsäule so versteift, dass er den Kopf nicht drehen oder beugen konnte, ohne den ganzen Rumpf dabei zu bewegen. Noch auf der Rückfahrt kontaktierte Cooper seine Zentrale in London und forderte die Nummer des Altersheims in Bristol an.

Dann nahm er Kontakt mit der Heimleitung auf, erläuterte den Sachstand und erkundigte sich nach Gebrechen oder Krankheiten Fenwicks, die eine regelmäßige Medikation oder dringende Behandlung erforderten. Danach unterhielt er sich mit Fenwick, Rünz verstand gerade so viel, dass es um Arzneimittel ging, die der Veteran in seiner Reisetasche mitführte, und um eine Unterkunft für die Nacht.

»Er scheint eine stabile Konstitution zu haben«, sagte Cooper, wieder an Rünz gewandt. »Eigentlich spricht nichts dagegen, dass er zwei oder drei Tage bleibt, jetzt wo er sowieso hier ist. Ich schlage vor, ich bringe ihn bei mir im Gästehaus der Cambrai-Fritsch-Kaserne unter, die Umgebung wird ihm nicht ganz so fremd sein wie ein deutsches Hotel. Wenn er sich morgen früh fit genug fühlt, könnte er mich zur Teambesprechung begleiten.«

Rünz hatte nicht nur keine Einwände, er war froh, dass Cooper die Verantwortung für den Alten übernahm. Sie hatten Darmstadt erreicht, er überquerte die Heidelberger Straße, fuhr die Landskronstraße hinauf, bog rechts in die Ludwigshöhstraße ein und hielt vor dem Nordgate der Kaserne. Fenwick legte ihm die Hand auf den Unterarm, bevor er sich von Cooper aus dem Auto helfen ließ. »*That guy was crazy, Mr. Runz. Ted was really crazy.*«

Rünz blickte den beiden nach, bis sie hinter dem Tor verschwunden waren. Er war neugierig auf den nächsten Tag.

29

Fenwick ließ sich Zeit. Er musterte die Mitglieder des Teams als wären sie exotische Tiere, und Bunter, Charli und Wedel gaben sich alle Mühe, ihn nicht wie einen Außerirdischen anzustarren.

Fenwick begann zu erzählen. Er sprach mit Gallizismen angereichertes kanadisches Englisch, das er in den Jahren in Bristol mit dem regionalen *Bristle* garniert hatte – an jede freie Vokalendung hängte er ein ›l‹. In Kombination mit seinem Alter und einem schlecht sitzenden Gebiss, dass er dem staatlichen englischen Gesundheitssystem zu verdanken hatte, ergab das ein Kauderwelsch, das außer Cooper keiner in der Runde verstand. Cooper ließ ihn immer ein bis zwei Minuten sprechen und übersetzte dann für die anderen. Er gab sich alle Mühe, Wortlaut und Intonation des alten Piloten im Original wiederzugeben.

»Ich bin kein Brite, ich bin Kanadier. Ich komme aus Edmonton, Alberta, bin 1920 dort geboren. Meine Großeltern hießen ›Fendrich‹ oder so, kann mich nicht mehr genau erinnern. 1939 hat mein Vater bemerkt, dass so ein germanischer Name im Krieg Probleme bringen kann, außerdem hatte er noch zwei Cousins in Österreich, die bei der Luftwaffe waren. Also änderte er einfach unseren Familiennamen in Fenwick. Ich hatte alles in allem eine schöne Kindheit in Edmonton, wir spielten Hockey und Baseball, das Übliche. Edmonton, da hat damals das Herz der kanadischen Fliegerei geschlagen – alle, die irgendwas mit Flugzeugen und Luftfahrt zu tun hatten kamen hierher. Punch Dickens und Wop May, das waren unsere Helden damals. Ohne Wop wäre ich wohl nie zur Air Force gekommen, aber das ist eine andere Geschichte. Ich wollte Pilot werden, was anderes kam für mich gar nicht in Frage. 1938 hatte ich meine Fluglizenz in der Tasche und fand sofort einen Job bei der Yukon Southern Air Transport. Dann, 1939, legten die Deutschen los mit ihrem Blitzkrieg, und wir Piloten bekamen Post vom kanadischen ›Ministry of Defence‹; die forderten uns auf, Piloten bei der ›Royal Canadian Air Force‹ zu werden. Ich habe nie lange gezögert bei meinen Entscheidungen – vier Tage nachdem ich den Brief erhalten hatte war ich in Vancouver und trainierte Instrumenten- und Kunstflug. Wir sind Gypsy Moth-Doppeldecker geflogen, haben mit Lederhelmen und Pilotenbrillen im offenen Cockpit gesessen – wir hatten einen Riesenspaß. Nachdem ich mit dem Einstiegsprogramm durch war, gings weiter zur Trenton Officer School, dann zur Service Flying School nach Camp Borden. Wir arbeiteten uns langsam hoch, durften jetzt schon Harvards und Fairy Battles fliegen. Naja, und danach haben sie mich zum richtigen Einsatztraining geschickt nach Greenwood, NovaScotia, und da habe ich Ted zum ersten Mal getroffen.«

Fenwick machte eine Pause und ließ Cooper Zeit zum Übersetzen.

»Sie müssen wissen, das war ein bunter Haufen damals in Greenwood, da waren Australier, Neuseeländer, Kanadier – alle hatten ihre Grundausbildung hinter sich und wurden hier für den Einsatz in der britischen Royal Air Force vorbereitet. Ted gehörte zu den Jungs auf die man sich hundertprozentig verlassen konnte, der beste Kamerad der Welt. Er hatte einen seltsamen Akzent, nicht wie ein gebürtiger *Enzed,* da war noch was anderes dabei. Nachdem ich ihn etwas besser kennengelernt hatte, sprach ich ihn drauf an und er ließ die Katze aus dem Sack – er war Deutscher! Sie können sich vorstellen wie ich ihn angeschaut habe. Die trainieren hier einen Deutschen damit er Einsätze gegen sein Vaterland fliegt? Ich fragte ihn wie zum Teufel er es hier zur Air Force geschafft hat. Dann hat er mir erzählt, sein Vater werde wegen seiner Schriften verfolgt und dass er mit ihm vor dem Krieg ins Exil musste. Ein paar Jahre später hat er dann in Neuseeland angemustert. Die wollten ihn natürlich sofort wegschicken, aber irgendwie konnte er sie überzeugen, hat ihnen erzählt, dass er das Nazipack aus seiner Heimat rauswerfen will. Vielleicht haben sie auch gedacht, seine Deutschkenntnisse könnten mal ganz nützlich sein, keine Ahnung. Was ich damals nicht verstanden habe war, warum er nicht einfach bei seinem Vater in Neuseeland geblieben ist, er hatte doch genug Scheiße miterlebt, aber das wollte er nicht verraten. Naja, ich erzählte ihm jedenfalls von meinen österreichischen Großeltern, und von dem Zeitpunkt an waren wir *buddies.*«

Er trank einen Schluck Wasser und schaute aus dem Fenster.

»Obwohl wir, genau genommen, völlig verschiedene Typen waren. Er war mehr so der Musische, Romane, Gedichte, das war sein Ding. Und ich? Für mich zählte nur der Duft von Kerosin, was anderes hat mich nicht interessiert. Wenn wir am Wochenende mal einen Tag frei hatten, dann habe ich richtig einen drauf gemacht mit den Mädels in der Gegend und er war von seinen Büchern und Briefen nicht wegzukriegen. Aber wir hatten eines gemeinsam; wenn es um einen Einsatz ging, dann waren wir beide mit Zweihundertprozent dabei, ohne Wenn und Aber. Wir haben einige Trainingseinheiten in Greenwood zusammen geflogen, ich als Pilot, er als mein Navigator, und ich kann Ihnen sagen, wir waren ein A-Team. Das war manchmal fast schon wie Telepathie, er wusste, was ich in der nächsten Sekunde machen würde, und ich ahnte seine nächste Kursanweisung im Voraus. Wir haben uns blind vertraut. Sie haben uns da zum ersten Mal die Mossie fliegen lassen, mein Gott, was für ein Flugzeug – leicht, schnell, wendig, zwei standfeste Rolls Royce Merlins an den Flügeln ... Wir haben die Abschlussprüfungen mit Auszeichnung bestanden, danach gings sofort rüber über den großen Teich. Ich konnte es offen gesagt kaum erwarten, ich war richtig heiß auf Abenteuer. Sie hatten in Greenwood schon erkannt, dass wir ein Spitzenduo abgaben, also haben sie uns zusammen nach Holmsley in Südengland zur vierhundertachtzehnten gesteckt; ›City of Edmonton‹ hieß die Schwadron, Sie können sich vorstellen, dass ich mich gleich heimisch gefühlt habe. Drei Tage nach unserer Ankunft haben die Deutschen losgelegt mit ihrer Vergeltungswaffe, der V1. Die haben ganz schön Terror verbreitet, nicht nur in London, die Dinger waren in ganz Südengland gefürchtet. Zweitausend Pfund Sprengstoff an Bord – und keiner wusste, wo die Dinger runterkamen! Die hatten diese knatternden Pulstriebwerke, irgendwann war der Treibstoff leer, dann sind sie runtergefallen und explodiert. Damals gabs nicht viele Flugzeuge, mit denen man diese Zigarren runterholen konnte, aber unsere Mossies gehörten dazu! Die Jungs von De Havilland hatten eine spezielle Mossieversion für die V1-Jagd konstruiert, die N.F.30. Den Merlins haben sie Zweistufenlader verpasst, das brachte jeden der beiden Motoren auf über 1230 Pferdestärken. Wir sollten die Raketen abschießen, und zwar möglichst noch über dem Kanal. Unsere Befehlshaber haben damals Punkte verteilt – zwei gabs für einen Abschuss über dem Kanal, einen für Abschuss über dem Festland. Wir haben damals eine spezielle Taktik entwickelt, um die Zigarren runterzuholen, den *diver kill.*«

Fenwick war in seinem Element. Er stellte die Flugmanöver mit den Händen nach, während er erzählte.

»Wir flogen über der V1 in zehntausend Fuß Höhe hinter der Rakete her. Dann im Sturzflug hinter dem Ding runter und von unten dicht dran und in Schussposition. Du hattest ungefähr zehn Sekunden Zeit für den Schuss und wenn du sie direkt von hinten erwischt hast, hattest du ein Problem – du musstest durch einen Feuerball fliegen wenn du nicht schnell genug abgetaucht bist. Das Ganze war ein Ritt auf dem Vulkan. Später haben wir dann unsere Taktik geändert und haben die Startrampen in Norddeutschland direkt angegriffen. Wir haben ihr ›Vergeltungsprogramm‹ ganz schön durcheinandergebracht. Aber die haben ja auch nicht die Hände in den Schoß gelegt. Im September sind die ersten V2 gestartet, und ich kann Ihnen sagen, das war schon ein anderes Kaliber. Das waren richtige ballistische Raketen, die sind von den Startrampen weg mit großer Beschleunigung fast senkrecht in die Luft gestiegen. Wenn die einmal vom Boden weg waren war da nichts mehr zu machen. Naja, die V2-Bekämpfung wurde mehr so eine Art Nebenbeschäftigung, wir hatten noch andere Aufgaben.«

Meyer schaute verstohlen auf die Uhr.

»Eigentlich waren wir *intruder*.«
Cooper fiel keine deutsche Entsprechung für den Begriff ein.
»Wir legten uns im Tiefflug in der Nähe der Basen deutscher Nachtjäger auf die Lauer und haben uns auf sie gestürzt wenn sie gerade starteten oder landeten. Und wenn keine Messerschmidts in Sicht waren, hat der Navigator ein paar Bodenziele ausgewählt, Bahnlinien, Fahrzeuge, Militärlager und so weiter. War keine leichte Sache damals, der Navigator hatte nur ein primitives Radarsystem, das in Bodennähe kaum funktionierte, und dazu nur Kompass und Koppelnavigation, und von den Deutschen gabs ordentlich Feuer unter dem Hintern.«
Fenwick bemühte sich den Ausdruck ›Krauts‹ zu

vermeiden obwohl er ihm manchmal wohl auf der Zunge lag.

»Wir waren jedes Mal völlig fertig, wenn wir zurückkamen. Naja, wir haben einen ziemlich guten Job gemacht damals, glaube ich. Jedenfalls wurde Ralph Cochrane, der Chef der fünften Bomberflotte auf unsere Schwadron aufmerksam. Wir kamen im April 1944 zur Fünften nach Woodhall Spa. Zur selben Zeit kamen die Jungs von der 627. aus Oakington nach Woodhall. Die 627. hatte einige Verluste einstecken müssen, die Schwadron wurde neu aufgestellt und wir waren dabei. Ich weiß nicht wie, aber Ted und ich, wir haben es immer geschafft zusammenzubleiben. Wahrscheinlich wars einfach unsere Abschussquote, da haben die Jungs vom Bomber Command schon mal ein Auge zugedrückt. In der 627. haben wir mehr und mehr Markierungseinsätze für die Lancaster geflogen. Außerdem hatten wir einige richtig aufregende Sachen, der Angriff auf München im April 1944, Zielbombardierungen, Zerstörung von Dämmen im Ruhrgebiet, Fotoaufklärung. Wir kamen ganz gut durch, hatten wenig Verluste. Alles lief nach Plan, bis zum September 1944.«

Fenwick machte wieder eine Pause, länger als notwendig für Coopers Übersetzung. Er schien einen gewissen Sinn für Dramaturgie zu besitzen.

»Ted hat mir nie erzählt, wo in Deutschland er aufgewachsen ist, und es hat mich auch nicht sonderlich interessiert, um ehrlich zu sein. Wir bekamen die Einsatzbefehle vom Bomber Command normalerweise zwei oder drei Tage vor dem Abflug – aber wir hatten einen Kontaktmann der uns ab und an mit Informationen über die strategische Planung für die nächsten Wochen versorgte. Und dieser Typ sagte uns Ende August 1944, dass für den 11. September ein Angriff auf Darmstadt geplant ist, und die 627. sollte wie üblich den *Lancs* den Weg weisen. Keine große Sache, dachte ich, Darmstadt war einfach eine von ein paar Dutzend mittelgroßen deutschen Städten, die wir nacheinander ausradierten. Aber Ted war völlig aus dem Häuschen über die Sache, er führte sich auf als würde die Welt untergehen, er konnte von nichts anderem mehr reden. Ich sagte zu ihm, er solle sich keine Sorgen machen, wir müssten das Ding sowieso nicht fliegen, wir hätten unsere dreißig Einsätze bald voll und könnten im September erstmal zwei Wochen die Beine hochlegen. Aber er wollte unbedingt dabei sein! Ted hat unseren *Wing Commander* so lange bekniet bis er klein beigab. Und ich? Ich war froh, mal ein paar Tage aus der Schusslinie zu sein, aber ich konnte unmöglich meinen besten Freund mit einem anderen Piloten einen Einsatz fliegen lassen! Also war ich mit im Boot. Aber glauben Sie nicht, er hätte mir auch nur ein Wort verraten, warum ihn die ganze Sache so aufregte. Nichts war aus ihm rauszukriegen. Und ich Idiot habe nicht einen Moment daran gedacht, dass das seine Heimatstadt sein könnte, ich meine, für mich war er einfach ein *Enzed* mit deutschen Vorfahren. Zwei Wochen später hatten wir die offizielle Order für den Angriff, Nachtattacke in der Nacht vom 11. auf den 12. September 1944. Wir hatten *briefing* am frühen

Morgen des 11. September, und da hätten Sie einen sehen können der wirklich aufmerksam war. Darmstadt war eine der ersten Städte, bei denen Cochrane den Bombenfächer testen wollte und wir hatten den Auftrag, eine Meile westlich der Innenstadt für die *Lancs* zu markieren. Ted war ungewöhnlich verschlossen und schweigsam, als wir abends in unsere Maschine gekrochen sind. Er war nicht gerade der Typ, der einem die Ohren blutig redete vor einem Angriff, aber diesmal war er anders, so distanziert, als wären wir nicht monatelang gemeinsam durch dick und dünn gegangen. Ich war wirklich besorgt. Wir sind gestartet, zwei Stunden später haben sich die Geschwader westlich des Zielgebietes versammelt und die Beleuchter ihre Lampen abgeworfen. Jetzt waren *wir* dran. Die erste Mossie hatte den Zielpunkt markiert und ich machte mich fertig für den Sturzflug, um unsere Leuchtbojen abzusetzen. Was dann kam, war der Albtraum meines Lebens.«

Rünz war beeindruckt über die Bandbreite an deutschen Metaphern, die Cooper für den Slang des Piloten präsent hatte. Er schaute in die Runde. Alle hingen gebannt an Fenwicks Lippen; die Szene erinnerte ihn an die alte Rose deWitt, die in John Camerons ›Titanic‹ dem Expeditionsteam berichtet.

»Ted zog seine Enfield aus dem Gürtel und hielt mir den Lauf an den Kopf! Hinter uns warteten über zweihundert *Lancs* mit Tausenden von Luftminen, Spreng- und Brandbomben, die deutsche Flak knallte uns um die Ohren und mein Navigator hatte den Verstand verloren! Dann hat er zu mir gesprochen, mit dieser völlig ruhigen Stimme, ich konnte ihn kaum verstehen bei dem Motorenlärm und mir gesagt, dass ich da nicht runtergehen, sondern die Stadt Richtung Osten überfliegen solle. Da wäre auf der anderen Seite ein kleiner See. Ich habe ihn angeschrien und er nahm die Pistole von meiner Schläfe und zuerst dachte ich, ich hätte ihn zur Vernunft gebracht. Und wissen Sie, was der Scheißkerl macht? Er setzt mir die Mündung auf den Oberschenkel und drückt ab! Dieser Wahnsinnige schießt mir ins Bein! Ich war viel zu geschockt um Schmerzen zu spüren und musste mich drauf konzentrieren, nicht die Kontrolle über unseren Vogel zu verlieren. Er hatte den Knochen nicht getroffen, ich konnte mit den Füßen also noch das Seitenruder bedienen. Das Mündungsfeuer hatte mir ein richtiges Loch in die Hose gebrannt, die Fasern glühten noch. Dieser Bastard meinte es wirklich ernst. Ich hatte keine Wahl. Hätte ich meine Pflicht erfüllt, wäre ich Opfer meines eigenen Navigators geworden – nicht gerade der Heldentod. Tat ich was er sagte, hatte ich zumindest eine kleine Überlebenschance. Ich wollte überleben.«

Fenwick sprach jetzt langsamer. Es schien Kraft zu kosten, diese Erinnerung wieder wachzurufen. Er schwieg wieder einige Sekunden und Rünz erwartete, dass er abbrechen würde.
»Need a break?«
Auch Cooper schien besorgt.

»Nein, nein, lassen Sie uns das zu Ende bringen. Ich flog nach Osten über die Stadt, ungefähr zwanzig

Sekunden lang. Ted löste sein Gurtzeug und begann, von seinem Sitz herunter in die Rumpfspitze zu kriechen, kein leichter Job mit seinem Rettungsschirm. Unser *Wing Commander* wollte wissen, was wir vorhatten, aber ich ignorierte seine Funksprüche. Dann sah ich den See den er meinte, eine ungewöhnlich ebene Fläche im Stadtgebiet, in der sich der Vollmond spiegelte, dahinter eine Bahnlinie. Ted hockte vorne im Rumpf und öffnete die Klappe. Wir flogen damals die Mk. IV-Version der Mossie, mit einer Einstiegsluke unten. Er zeigte mir den kleinen Bahnhof und schrie, ich solle auf achthundert Fuß runtergehen und die Leuchtbomben abwerfen. Ich kapierte immer noch nicht, was er vorhatte, bis er die Beine aus der Luke hängen ließ. Er wollte abspringen! Er wusste genau, dass hier unten in ein paar Minuten die Hölle losbrechen würde, und er hatte nichts Besseres zu tun, als abzuspringen! In dem Moment wusste ich, dass ich ihn zum letzten Mal sehen würde. Das machte mich fertig. Klar, ich hätte ihn umbringen können, dafür dass er mir ins Bein geschossen hatte, aber verdammt, er war immer noch mein bester Freund. Ich ging runter, hielt genau auf die kleine Bahnstation zu und fing bei tausend Fuß an die Maschine abzufangen. Dann löste ich die Markierungsbomben aus. Als wir wieder ungefähr in der Horizontalen waren, sprang er und ich war allein. Ich flog Richtung Süden und stieg auf zehntausend Fuß, um erstmal aus dem Gröbsten rauszukommen. Das Adrenalin ging langsam wieder runter, und ich bekam ein richtiges Problem mit den Schmerzen. Irgendwie habe ich es geschafft, aus einem Gurt eine Kompresse zu improvisieren, um die Blutung zu stoppen. Tief durchatmen, sagte ich mir, und erst mal die Lage peilen. Ich war über vierhundert Meilen weit vom nächsten englischen Flughafen entfernt, es war Nacht, ich war verwundet, über Feindgebiet, hatte unten am Rumpf die Tür offen, mein Navigator fehlte und ich war außerhalb der Reichweite unseres Radarleitsystems. Ich war natürlich kein Experte wie Ted, aber ich kannte mich mit Koppelnavigation ein bischen aus und hatte einen funktionierenden Kompass. Ich war weit abgekommen und drehte langsam nach Südwesten. Um den richtigen Kurs zu bestimmen, musste ich wissen wo ich war. Ungefähr dreißig Meilen von hier sah ich eine Großstadt, die Verdunkelung war zum Glück nie so perfekt, wie die Deutschen sich das wünschten. Was sollte ich machen, ich konnte natürlich nicht runtergehen, landen und irgendjemand fragen. Ich musste mir etwas einfallen lassen. Einige markante Bahnlinien, die an einem Punkt in der City zusammenliefen, brachten mich auf eine ziemlich verrückte Idee. An allen großen Bahnhöfen dieser Welt stehen große Schilder mit den Städtenamen, damit die einfahrenden Reisenden wissen, wo sie gerade sind – und das war meine Chance. Ich ging also runter und setzte mich über ein Gleis, immer Richtung Stadtmitte. Keine Flak, keine Abfangjäger – gar nichts. Die Leute da unten müssen ziemlich gestaunt haben über einen einzelnen britischen Bomber, der nachts im Tiefflug ihre Stadt angreift. Nach ein oder zwei Minuten überflog ich den Hauptbahnhof und wusste, wo ich war: Kaiserslautern. Ich hatte mein eigenes kleines Navigationssystem improvisiert, und weil es so gut geklappt hat, habe ich es auf dem Rückweg in Charleroi und Brugge gleich nochmal gemacht. Irgendein Maler hat mich in den Neunzigern mal auf die Geschichte mit Kaiserslautern angesprochen, hat dann ein Heldenepos in Öl draus gemacht, nicht ganz die Wahrheit. Naja, ich habe es geschafft und bin ein paar Stunden später in Abingdon bei Oxford gelandet, direkt im Schoß der einundneunzigsten Bomberflotte.«

Fenwick blickte auf und sah die Gruppe an.
»*That's my story, ladies and gentlemen.*«
»*What was your squadron leaders and bomber commands reaction, when you told them this unbelievable story*«, fragte Cooper.

»*There was absolutely no evidence that I was lying, so they focused on the months before, our training in canada, the missions we managed together. They were bent on any details of his life I could give them, the things he was interested in and all. After the inquiry I was convinced that they suspected him of spying. I've never heard anything of the results of their investigation.*«
»*Haven't you ever thought of going back to Canada after the war*«, fragte Charli.
»*Sure, I would have done that – if I had not met that wonderful woman in Bristol in 1945.*«
Er schaute aus dem Fenster.
»*We had forty years together, wonderful years ...*«

Er räusperte sich und versuchte sich zusammenzureißen.

»*There's one thing I forgot.*«

Er suchte etwas in der Innentasche seiner Jacke.

»*Before we started our first war mission, Ted gave me an envelope. »Bob«, he said, »if you ever outlast me in this war, there's someone in Germany I wanna tell something. Will you do that for me.*«

»*Ted, I replied*«, »*have you forgotten that you are my navigator? Can you tell me how I will survive while you crash with our mossie. He insisted and I took his envelope. I didn't take a look at it in the last sixty years, I had absolutely no addiction to get in any contact with Germany after the war, to tell you the truth. But things must come to an end ...*«

Fenwick reichte Cooper den zusammengefalteten Umschlag, der ihn an Rünz weitergab. Rünz faltete ihn auf, die üblichen Vorsichtsmaßnahmen zur Spurensicherung missachtend.

To Rose Gunder
Alexandraweg 27, Mathildenhöhe
Darmstadt, Germany
von Theodor Riedkehl

30

Rünz musste sich eingestehen, dass er sich in Fenwicks Gegenwart unwohl fühlte und den Grund dafür kannte er nur zu gut – es war die Konfrontation mit Alter und Tod. Der sukzessive Verfall des Organismus, der Verlust von Haaren und Zähnen, die Einbuße an Vitalität, Leistungsfähigkeit und Geisteskraft, die wachsende Anfälligkeit für Infektionen und Tumore, die Eintrübung der Sinnesorgane und der langsam abbrechende Kontakt mit der Außenwelt – all das empfand Rünz als eine unverschämte Zumutung der Evolution. Die Notwendigkeit des Todes konnte er noch akzeptieren, aber die Vorstufen der Agonie waren ihm unerträglich, deswegen versuchte er im Alltag den direkten Kontakt mit alten Menschen zu vermeiden. Im Nachhinein empfand er es als glücklichen Umstand, dass seine Eltern beide im moderaten Alter von Anfang sechzig bei einem Verkehrsunfall ums Leben gekommen waren, und ihm so die innerfamiliäre Konfrontation mit der körperlichen Degeneration erspart hatten. Den Tod seiner Mutter hatte er im Krankenhaus noch miterlebt, eine erschütternde existenzielle Erfahrung, weniger durch den Verlust eines geliebten Menschen – die für Trauer notwendige Tiefe der Bindung an ein anderes Individuum hatte er nie erreicht – als durch die unmittelbare Anschauung des Sterbevorganges. Natürlich war ihm durch seinen Beruf der Umgang mit Toten vertraut, aber niemand hatte ihn auf die physiologischen Prozesse vorbereitet, die Agonie und Exitus begleiteten. Er war immer davon ausgegangen, dass ein Sterbender ein letztes Mal ausatmet und die Herztätigkeit im gleichen Moment abrupt endet, aber dieser Vorgang hatte sich bei seiner Mutter über Minuten hingezogen. In Abständen von zehn, zwanzig Sekunden saugte sie immer wieder Luft ein, als wolle sie die Atmung wieder aufnehmen und zu Bewusstsein kommen. Bartmann hatte ihm nach ihrem Tod in einem persönlichen Gespräch erklärt, dass diese terminale Schnappatmung in den meisten Fällen dem endgültigen Atemstillstand vorausging. Rünz hatte diese wissenschaftliche Betrachtungsweise mehr geholfen als der Trost der wenigen Freunde und Bekannten, die er hatte. Die Wissenschaft war der sichere Ankerplatz auf der stürmischen See der Emotionen ...

Eine halbe Stunde später stand er in seinem Hausflur und hörte dumpfe metallische Töne aus dem Keller. Er war erleichtert. Seine Frau experimentierte mit ihren chinesischen Klangschalen und würde seinen Abend nicht weiter stören. Er setzte sich an den Küchentisch. Aus seinem Büro hatte er sich noch einige Unterlagen mitgebracht, die Charli ihm hingelegt hatte, Kopien alter Leserbriefseiten aus der ›Darmstädter Allgemeinen Zeitung‹. Die Französin hatte auf jeder Kopie einen der Leserbeiträge mit Textmarker eingerahmt, der älteste vom April 1973, der jüngste vom Juli des gleichen Jahres. Der Autor aller

Beiträge hieß Gustav Wolf, er hatte damals in wüsten und wirren Hasstiraden gegen den Neubau des Trainingsbades im Woog gewettert. Die Briefe enthielten zum Teil so unverblümte Drohungen gegen die Befürworter des Projektes, dass sich Rünz über den unkommentierten Abdruck wunderte.

Er legte den Stapel zur Seite und versuchte sich zu entspannen. Aus seiner übersichtlichen Sammlung klassischer Musik wählte er Glenn Goulds erste Aufnahme der Goldberg-Variationen aus den frühen Fünfziger Jahren und legte sich mit dem Kopfhörer auf die Couch. Die Kritiker, die dem Kanadier immer wieder seelenlose technische Virtuosität unterstellten, hatte Rünz nie verstanden. Goulds ungestüme, exzentrische Bachinterpretationen hatten ihm in seiner juvenilen Sturm- und Drangphase heftige Gefühlsstürme bereitet. Allerdings hatte die Musik im Laufe der Jahre an Wirkung eingebüßt. Es war, als hätte Rünz' Verstand sie nach und nach ihres Bedeutungskontextes entkleidet und sie auf ihren physikalischen Kern hin reduziert – eine komplex strukturierte Abfolge amplituden- und frequenzmodulierter Longitudinalwellen, die sein Großhirn teilnahmslos dechiffrierte. Homo Rünz.

31

Er hatte darauf bestanden, keiner hatte es dem alten Piloten aufgedrängt. Er wollte alles wissen. Sie zeigten ihm Bildbände, Aufnahmen des Alltagslebens in der historischen Altstadt vor der Zerstörung, die Luftbilder der alliierten Aufklärer, die kurz vor und nach der Bombardierung die Stadt zur Erfolgskontrolle überflogen hatten. Er schaute sich Dokumentationen auf DVDs an, in denen überlebende Zeitzeugen berichteten, ließ sich die Interviews von Cooper simultan übersetzen. Die privaten Fotoserien amerikanischer GI's, die die Soldaten mit ihren Kameras während und nach dem Einmarsch im März 1945 gemacht hatten, schienen ihn besonders zu faszinieren: Sherman-Panzer auf dem Luisenplatz, eine GI-Gruppe beim Hitlergruß vor dem Bismarckbrunnen auf dem Ludwigsplatz, die ausgezehrten und erleichterten Gesichter zweier abgeschossener RAF-Piloten, die als Kriegsgefangene in einem Heppenheimer Wehrmachtslazarett überlebt hatten, Gruppen von *Displaced Persons*, die mit ihrem Hab und Gut auf Leiterwägen durch die Ruinen in der Rheinstraße zogen, invalide Kriegsheimkehrer auf Krücken, die am Hauptbahnhof von Rotkreuz-Schwestern zur Desinfizierung mit DDT bespritzt worden waren, Halbwüchsige beim Kohlenklau auf den Güterzügen am Hauptbahnhof. Fenwick sah sich alles ruhig und konzentriert an, stellte ab und zu Zwischenfragen die Cooper ihm mit Rünz' Hilfe beantwortete.

Dann machten sie mit ihm eine Rundfahrt durch die Stadt, zeigten ihm das Modell der mittelalterlichen Altstadt im Hinkelsturm, das Holocaust-Mahnmal am Güterbahnhof, das an die über dreitausend Menschen erinnerte, die von hier aus in die Todeslager deportiert worden waren. Sie gingen durch die Kirchenruine am Kapellplatz, und führten ihn von dort Richtung Innenstadt zum Denkmal vor dem Justus-Liebig-Haus, das an die aus Darmstadt deportierten und ermordeten Sinti und Roma gemahnte.

Dann standen sie in der Innenstadt südlich des Schlosses vor der Goldenen Krone. Cooper, der sich zwischenzeitlich zu einem veritablen Kenner der Stadtgeschichte entwickelt hatte, versuchte Fenwick zu erklären, dass das Gebäude das einzige im gesamten inneren Stadtgebiet war, das die Brandnacht unzerstört überstanden hatte. Er musste den Alten fast anschreien, denn rund um die Gruppe waren Reinigungstrupps der Stadtwerke mit schwerem Kehrgerät unterwegs. Rünz betrachtete das über dreihundert Jahre alte Gebäude, das einen nicht unwesentlichen Anteil an seiner postpubertären Sozialisation hatte. Ein Fenster im Erdgeschoss stand offen. Er warf einen Blick hinein und fühlte sich wie mit einer Zeitmaschine in die späten Siebziger und frühen Achtziger Jahre zurückversetzt. Die Betreiber des Musikschuppens waren sich treu geblieben und schienen erfreulich immun gegen jede Art von Trendviren. Rünz erinnerte sich an hemmungslose Saufgelage und Kiffereien mit Brecker, an Nina Hagen, Udo Lindenberg und Nena, die in den Frühphasen ihrer Karrieren auch in der Darmstädter Krone aufgetreten waren. Und er dachte an den Abend, an dem Brecker zum ersten Mal seine Schwester mitgebracht hatte.

Rünz fühlte sich dem Alten und seinen RAF-Kameraden plötzlich schicksalhaft verbunden, sie hatten seinen Lebensweg entscheidend mitgeprägt. Hätten sie damals nicht die Krone wie eine Pyramide in der Wüste stehengelassen sondern das Gebäude mit einem Volltreffer so zerstört wie die anderen im Umkreis von einem Kilometer, dann hätte er seine Jugendzeit in irgendeiner anderen Kneipe verschwendet und Brecker und seine Schwester vielleicht nie kennengelernt. Er müsste sich jetzt auch nicht mit dem Baguaraster und Klangschalenmassagen herumschlagen.

Später saßen sie in Rünz' Wagen und fuhren die Rheinstraße stadtauswärts Richtung Westen. Sie waren reichlich früh dran, Fenwicks Linienmaschine nach Bristol hob erst um 19.00 Uhr ab. Die beiden Briten gingen auf seinen Vorschlag ein, die Gedenkstätte auf dem Waldfriedhof zu besuchen, der ohnehin fast auf dem Weg lag. Rünz bog vom Autobahnzubringer nach rechts Richtung Europaviertel ab, fuhr an der ESOC vorbei über den Eifelring und parkte vor dem Krematorium. Der Alte war nicht besonders gut zu Fuß, sie schlichen über den ovalen Friedhofsvorplatz und durch das Eingangsportal wie eine kleine Trauergemeinde ohne Sarg und brauchten mehrere Minuten, bis sie die zweihundertfünfzig Meter zum Zentrum der hufeisenförmigen Anlage geschafft hatten. Das Gelände hatte eine für einen Friedhof ungewöhnlich natürliche und waldartige Anmutung, da den Gräbern steinerne Einfassungen fehlten und ihre Anordnung um die Bäume herum keinem Raster folgte. Sie schwenkten nach rechts und standen nach einigen Metern vor dem Rondell des Ehrenmals. Die elliptische Anlage hatte in ihrer längsten Ausdehnung fast einhundert Meter Durchmesser und öffnete sich in konzentrischen Ringen um eine Staudenfläche im Zentrum, einem Massengrab für über elftausend Opfer der Septemberbombardierung, die nach der Brandnacht hier beigesetzt worden waren. Rünz erinnerte sich an einen der Augenzeugenberichte, die sie Fenwick übersetzt hatten – einhundert russische Zwangsarbeiter hatten hier in den Tagen nach dem 11. September 1944 unter SS-Aufsicht Gräben ausgehoben, Leichen von den Lastwägen heruntergezogen und hineingeworfen, Säcke mit Chlorkalk über den verbrannten Körpern ausgeleert. Die oberen Ringe der Anlage waren den toten deutschen Soldaten des Ersten und Zweiten Weltkrieges vorbehalten.

Cooper und Rünz ließen Fenwick alleine den unteren Umgang abschreiten, in dessen Mauern Bronzetafeln eingelassen waren mit den Namen von Darmstädter Bürgerinnen und Bürgern. Fünfzig Namen auf jeder Platte, vierzig Platten im ganzen Umgang. Fenwick stand schließlich sprachlos vor den drei liegenden Bronzefiguren, die der Darmstädter Bildhauer Fritz Schwarzbeck zur Erinnerung an die Opfer der Bombardierung geschaffen hatte. Die Mimik des Piloten veränderte sich, er schien zu lächeln. Dann zuckte seine gesamte Gesichtsmuskulatur unkontrolliert. Rünz befürchtete, dass sie ihm in den letzten Tagen zuviel zugemutet hatten, vielleicht hatte er einen glykämischen Schock, aber dann war klar: der Pilot weinte. Seine altersschwachen Tränendrüsen sonderten kein Sekret mehr ab, der sichtbare Abfluss der Affekte fehlte, sodass ihm das organische Äquivalent für seine Gefühle abging. Die beiden ließen dem Alten Zeit.

Die drei Männer auf dem Friedhof wussten, die Brandnacht war Teil des Jahrhundertverbrechens, das man den Zweiten Weltkrieg nannte, und sie alle kannten den Urheber dieses Verbrechens. Aber jenseits der Fragen von Schuld und Sühne, jenseits aller moralischen Abwägungen und Bewertungen blieb eine elementare menschliche Reaktion: die Trauer. Trauer um die unglaubliche Menge an Leid und Tod, die der Krieg produziert hatte.

Auf der Rückfahrt vom Flughafen verloren Rünz und Cooper kein Wort, bis Rünz' Mobiltelefon das Schweigen brach. Es war Wedel: Rose Gunder lebte.

32

Sein Assistent stieß ihm den Ellbogen in die Seite, Rünz schreckte auf. Völlig desorientiert dachte er zunächst, er sei in der esoterischen Buchhandlung. Er schaute auf die Uhr – noch zwei Stunden bis zu seinem Termin bei der alten Dame.

»Sorry Chef«, flüsterte Wedel, »aber Sie sind eingenickt und wollten gerade anfangen, die Ludwigshöhe zu roden. Wäre nicht so gut angekommen bei Hoven, glaube ich.«

»Mein Gott, redet der immer noch?«

Rünz richtete sich im Stuhl auf um durch die Sitzreihen vor ihm auf das improvisierte Podium zu spähen, das sein Vorgesetzter vor dem Tablettförderband der Kantine hatte aufstellen lassen.

»Seit einer Stunde, ist sehr interessant.«

»Lassen Sie es gut sein, Herr Wedel, ich kenne meinen Chef.«

Wenn in der freien Wirtschaft für Karrierewillige der Grundsatz galt, zwanzig Prozent ihrer Arbeitszeit in die Selbstdarstellung zu investieren, dann konnte Hoven locker mithalten. Noch bevor Ted Riedkehl unter der Erde war, bevor die eigentlichen Todesumstände und das Verletzungsbild geklärt waren, hatte er spontan zu einer seiner *investigation conferences* geladen, die er in loser Folge im Präsidium veranstaltete. Zu seinen Stammgästen gehörten einige *rookies* aus der jungen Nachfolgegeneration, die alles goutierten was nach Innovation klang, aber auch gestandene Leute aus den mittleren und oberen Führungsebenen des BKA, des LKA und den Präsidien in Kassel, Fulda, Gießen, Wiesbaden, Frankfurt und Offenbach – Kollegen, die Angst hatten irgendeinen Zug zu verpassen.

Hoven hatte wie immer seinen Beamer aufgebaut, aber die üblichen PowerPoint-Charts schienen ihm inzwischen zu altbacken. Er hatte sich von einer Multimediaagentur eine animierte Flashpräsentation zusammenstellen lassen, die mit gefühligen Hintergrundsounds unterlegt war. Er hatte eins seiner berüchtigten *mission statements* vorbereitet und Rünz' Fall als *best practice model* integriert. Doch Hoven referierte über *seinen* Fall, *seine* Lösungsstrategie und *seinen* Erfolg und dankte *seinem* Team für die Mitarbeit. Das Ganze hatte er in einen vulgärpsychologischen Überbau eingebettet, die neueste Blase, die dem großen Sumpf des Business-Metagelabers entstiegen war – *simplexity*. Im Kern ging es bei dieser Strategie darum, bei heterogener Informationslage die Übersicht zu behalten und Entscheidungen zu treffen, im Prinzip also das was Menschen tun, seit sie denken können. Irgendein pfiffiger Wirtschaftspsychologe hatte dem trivialen Phänomen aktuelle Evidenz verliehen, indem er ihm einen griffigen Anglizismus verpasste.

Rünz musste mehr als ein paar Minuten geschlafen haben, er hatte wieder geträumt.

Mit Cooper saß er im ›Riviera‹, sie trugen wie alle anderen Gäste OP-Kittel und aßen mit riesigen weißen

Plastiklöffeln Astronautennahrung, die sie sich aus Tuben auf Aluminiumschüsseln drückten. Das ganze Restaurant war weiß gefliest und grell beleuchtet, es machte alles in allem den erfreulich antiseptischen Eindruck eines OP-Saales. Der einzige Farbtupfer war die zivile Kleidung des Citoyens, der hinter der Balustrade saß und Rünz schamlos anstarrte. Der Ermittler grinste ihn an.

»Na Süßer, wann kommst du endlich mit auf den Schießstand?«

Der Bequemschuh reagierte nicht, aber seine Begleitung beugte sich hinter dem Raumteiler nach vorne und küsste ihn. Es war Rünz' Frau.

Er stand auf und schlich gebückt durch die Sitzreihe Richtung Ausgang. Es gab tausend gute Gründe einen schwierigen Termin zu verschieben, aber der Vortrag seines Vorgesetzten war der schlechteste. In den nächsten Tagen würden Zeitungen und Rundfunk die Geschichte ausschlachten. Er hielt es für besser, wenn sie es vorher von ihm erfuhr.

33

Er stand auf dem Woogsdamm, an der gleichen Stelle wie Wochen zuvor, als der Rettungstaucher Ted Riedkehl am Seegrund fand. Die Bäume auf dem Damm und rings um den See waren schon deutlich lichter. Nur einige hartgesottene Triathleten drehten ihre Bahnen im Wasser, und natürlich die Schlammbeisser, die dem Woog vom Anschwimmen im Frühjahr bis zum Badeschluss im Herbst die Treue hielten. Vom Nordufer aus startete wieder der Reiher, drehte seine Platzrunde und musterte auf dem Rückweg den Ermittler. Rünz lief auf der Dammkrone nach Norden Richtung Jugendherberge. Er schlenderte, versuchte seinen Besuch hinauszuzögern, der ihm schon eine schlaflose Nacht bereitet hatte. Er stieg hinab auf die Beckstraße, drehte nach rechts und schickte sich an, in Gedanken versunken die Landgraf-Georg-Straße zu überqueren, ohne auf die Fußgängerampel zu achten. Einer der zahllosen schweren Sattelschlepper, die täglich vom östlichen Umland durch die Innenstadt zum Autobahnzubringer fuhren, verfehlte ihn nur um Zentimeter. Rünz hatte den Trucker zu einer Vollbremsung genötigt. Eine schwere, schlecht gesicherte Ladung machte sich in seinem Auflieger bemerkbar, indem sie nach der Verzögerung mit einem ohrenbetäubenden Schlag gegen die vordere Bordwand krachte. Der Fahrer fluchte aus dem Fenster und Rünz brauchte eine Minute auf dem Bürgersteig, um den Adrenalinstoß zu verarbeiten. Dann ging er weiter, am Elisabethenstift vorbei in den Eugen-Bracht-Weg und hinauf zur Mathildenhöhe. Der Beinaheunfall hatte ihn aus der Kontemplation gerissen, er war hellwach und im überschaubaren Spektrum von Empfindungen, zu denen er fähig war, dominierte die Angst. Es war eine andere Angst als die vor Übelkeit und Erbrechen, die ihn wie ein hartnäckiger Stalker ständig begleitete, mal frontal angreifend und Panik auslösend, mal im Hintergrund auf eine günstige Gelegenheit wartend. Es war die Angst vor der Begegnung mit einem Menschen, von dem existenzielle Gefühlsäußerungen zu erwarten waren. Zwischenmenschliche Kommunikation konnte der Kommissar noch ertragen, wenn die Beteiligten ihre Affekte unter Kontrolle hatten und sich wie erwachsene Menschen benahmen. Spontaneität war ihm in jeder Hinsicht zuwider, sie machte die Situation unberechenbar und entzog ihm, der ja schon für die Aufsicht und Kontrolle über seinen Verdauungsapparat erhebliche seelische Ressourcen einsetzte, wertvolle Energie. Andererseits hatte er eine beruhigende Rückzugsposition – eigentlich war er ja nur der Überbringer einer Nachricht, ein einfacher Briefträger mit einem alten Umschlag in der Tasche, der nur ein paar erläuternde Worte zu seiner Sendung sagen musste. Der Bote konnte nicht für die Nachricht verantwortlich gemacht werden. Er bog nach rechts in den Alexandraweg ein. Er ging langsam, sein Wahrnehmungssystem war unempfänglich für die eigentümlich entrückte Aura des Viertels. Einen

Moment blieb er stehen und schaute zu dem nackten Steinpaar oben am Ernst-Ludwig-Haus hoch, erinnerte sich an das Gespräch mit Cooper, das er auf den Treppenstufen geführt hatte. Vielleicht konnten ihn diese wenigen Sekunden der Verzögerung retten, vielleicht schlug in diesem Moment irgendwo in der Umgebung ein schwerer Meteorit ein, eine kosmische Katastrophe, die diesen Fall und dieses Treffen mit der alten Dame völlig unwichtig und überflüssig machte.

Das Gartentor war nicht abgeschlossen. Er betrat das Grundstück ging ein paar Schritte auf das repräsentative kreisrunde Eingangsportal zu. Eine gepflegte Frau um die fünfzig in schlichter Kleidung öffnete ihm ohne dass er klingeln musste. Er stellte sich vor, sie führte ihn in die Eingangshalle. Die Dame machte einen dienstbeflissenen und devoten Eindruck, sie schien nicht zur Eigentümerfamilie zu gehören. Rünz drehte sich in der Mitte der Halle und ließ den Raum auf sich wirken. An diesem Haus schienen die Jahrzehnte spurlos vorübergegangen zu sein. Alles wirkte, als hätten die Handwerker der Jugendstilarchitekten eben erst Pinsel und Putzkelle weggelegt um ihr Werk zu bewundern. Schwungvolle, fantasie- und farbenreiche Wandornamente, reiches Blattgolddekor, aufwändig und sorgfältig gearbeitete Vertäfelungen, eine massive Holztreppe zum Obergeschoss, deren Antritt sich wie ein Wasserfall ins Erdgeschoss zu ergießen schien.

Die Haushälterin führte ihn vor eins der Zimmer im Obergeschoss. Rünz hatte plötzlich ein Déjà-vu, er kannte die Dame die ihm den Weg wies. Diesmal brauchten seine Synapsen nur wenige Sekunden für die notwendigen Verbindungen – sie war es, die das Fenster des Krankenzimmers geschlossen hatte, als er mit dem Briten oben auf der Treppe saß. Er hatte ein schlechtes Gefühl.

»Frau Gunder ruht sich im Moment aus, aber Sie können eintreten, sie erwartet Sie.«

Sie klopfte an und öffnete ihm die Tür, ohne auf ein Zeichen aus dem Raum dahinter zu warten. Rünz betrat einen lichtdurchfluteten, wohl über fünfzig Quadratmeter großen Raum, dessen Inneneinrichtung sich beschränkte auf ein Krankenbett mit Beistelltischen, in dem eine alte Dame ruhte, und eine Reihe großformatiger, gerahmter Ölgemälde, die diverse hessische Landgrafen bei ihren Parforcejagden zeigten. Rose Gunder hatte die Augen geschlossen, sie schien zu schlafen. Ihre Gesichtsmuskeln waren völlig erschlafft, die Wangen eingefallen, das schüttere graue Haar glatt zurückgekämmt.

Er trat leise zum Bett.

»Frau Gunder, mein Name ist Karl Rünz, können Sie mich hören?«

Sie hatte kaum Augenbrauen und Wimpern, womöglich hatte sie eine Chemotherapie hinter sich. Einige Kabel lugten unter ihrer Bettdecke hervor, führten zu einem Monitor über dem Kopfende, der kontinuierlich ihre Biodaten anzeigte. Auf einem ihrer Beistelltische stand eine Armada von Medikamenten, darunter Diclofenac, Naproxen und Tramadol, Bastionen mit beruhigend dicken Mauern, die die Pharmaindustrie tief ins Feindesland des körperlichen Schmerzes gesetzt hatte. Aber sie schien noch mobil zu sein, am Fußende stand eine vierrädrige Gehhilfe.

Sie antwortete nicht, er setzte sich in einen ergonomisch geformten Besucherstuhl neben dem Bett. Nach einigen Sekunden der Stille fing ein Kubus an zu brummen, der neben dem Bett auf dem Boden stand. Rünz schreckte auf, mit ihrer Matratze schien irgendetwas zu passieren, sie bewegte sich praktisch auf ganzer Länge als wäre sie zum Leben erweckt.

»Nicht erschrecken Herr Rünz«, sagte die alte Dame, »das ist meine Dekubitusmatratze. Bläst sich alle paar Minuten an anderen Stellen auf, ist gut gegen Wundliegen.«

Rünz lehnte sich zurück.

»Sie können mir nichts nachweisen, gar nichts.«

Diese Variante war in den Eröffnungen, die der Ermittler auf dem Weg durchgespielt hatte, nicht enthalten.

»Ich verstehe nicht ...«

»Der Raubüberfall im Herrngarten letzte Woche, ich habe ein wasserdichtes Alibi.«

Sie hatte sich trotz ihres Zustandes Humor bewahrt, das war gut, aber sie war informiert und las Zeitung. Er musste behutsam vorgehen.

»Sie haben sicher auch von dem Toten gelesen, der vor zwei Monaten im Woog gefunden wurde?«

»Ich habe mir das vorlesen lassen, ja. Wie weit sind Sie denn mit der Geschichte, haben Sie den Mann identifiziert?«

»Ja, wir hatten ein paar brauchbare Hinweise aus

der Bevölkerung und Unterstützung aus Großbritannien, das hat uns ein gutes Stück weitergebracht ...«

»Aber Sie gehen hier jetzt nicht von Haus zu Haus, um sich feiern zu lassen, richtig Herr Rünz?«

»Nein, ich bin hier aus einem anderen Grund. Wir hatten im Verlauf der Ermittlungen Kontakt mit einem englischen Piloten, der beim Einsatz in der Brandnacht beteiligt war. Dieser Pilot hat uns einen Brief gegeben, und der Adressat sind – Sie.«

Sie schwieg einige Sekunden.

»Ich habe nie einen britischen Piloten gekannt – schon gar keinen, der an der Brandnacht beteiligt war. Was schreibt mir dieser Mann?«

»Der Brief ist nicht von ihm, er hat ihn für einen Freund aufbewahrt, seinen Kopiloten – seinen Navigator, um genau zu sein.«

Er musste jetzt langsam auf die Zielgerade kommen, es hatte keinen Sinn, sie länger auf die Folter zu spannen.

»Wir haben Grund zu der Annahme, dass Sie diesen Navigator kannten.«

Sie wurde mürrisch.

»Wie ich schon sagte, meine Kontakte mit englischen Piloten ...«

»Er war kein Engländer«, unterbrach Rünz, »sondern Neuseeländer, nein, entschuldigen Sie, er war genau genommen Deutscher, der nach Neuseeland ins Exil gegangen ist, vor dem Krieg.«

Prima, eine grandiose Vorstellung. Rünz behielt das Monitoringsystem über ihrem Kopfende im Blick. Er kannte die Bedeutung der Kurven vom letzten Krankenhausaufenthalt seiner Mutter und er wusste ungefähr, wie sich Blutdruck, Puls, Atemfrequenz und CO_2-Sättigung änderten, wenn eine Krise drohte. Sie versuchte sich zu beherrschen.

»Sie nehmen an, dass es leichter verdaulich ist, wenn Sie es in kleinen Portionen verabreichen«, flüsterte sie.

Rünz stand mit dem Rücken an der Wand und im Moment des größten Druckes kam ihm die erlösende Eingebung. Er war auf dem besten Weg, sich lächerlich zu machen. Er war, aus welchem Grund auch immer, davon ausgegangen, dass Ted Riedkehl die große Liebe ihres Lebens war, dass sie ihn nie vergessen hatte, sich zeitlebens in Sehnsucht nach ihm verzehrt hatte und zusammenbrechen würde, wenn er ihr die Geschichte erzählt hatte, kurzum – er hatte hemmungslos gepilchert. Brecker hätte ihm diese Flausen sicher ausgetrieben, wenn er vorher mit ihm gesprochen hätte. Viel realistischer war doch, dass Ted einer von drei Dutzend Liebhabern war, die sie in ihrem Leben gehabt hatte, und sie sich kaum noch an seinen Namen erinnern konnte, dass sie nach dem Krieg dreimal geheiratet und vier Kinder von verschiedenen Männern hatte. Rünz konnte also rücksichtsvolles Pathos und schicksalsschwangere Gesten vergessen und ihr einfach formlos den Brief geben. Sie würde ihn lesen, wahrscheinlich würde sie über seine Vorsicht lachen, ihm ein bisschen über die alten Zeiten mit Ted erzählen, dann würde er sich verabschieden und gehen.

Er legte einen aufgeräumten und jovialen Ton auf.

»Naja, dieser Brief, sicher ein alter Jugendfreund von Ihnen.«

Er zog den Umschlag aus seiner Jacke und gab ihn ihr.

»Könnten Sie mir vorlesen?«

Er nahm das Kuvert, riss es auf und las.

Zwanzig Minuten später schlich Rünz einige Meter vom Bett entfernt vor der Bildergalerie herum. Sie hatte den Namen nicht vergessen, nach ihm hatte sie keine dreißig Liebhaber, sie hatte nie geheiratet, er war die große Liebe ihres Lebens und sie war die große Liebe seines Lebens.

Die Haushälterin stand mit zwei Notärzten am Bett, die Rose Gunder versorgten. Sie war bei Bewusstsein und schien mit den Ärzten und ihrer Bediensteten zu diskutieren. Rünz hatte den Eindruck, dass sie ihr mit Nachdruck zu einer vorübergehenden stationären Aufnahme rieten, aber sie weigerte sich offensichtlich. Die Haushälterin hätte ihren Blicken nach zu urteilen Rünz gerne nach Hause geschickt, aber die Alte bestand wohl auf seiner Anwesenheit. Der Ermittler wusste nicht, wo er hinschauen sollte, schließlich war es indiskret zu beobachten, wie sie medizinisch betreut wurde, andererseits konnte er nicht die Ölbilder betrachten und so tun, als befände er sich in einem Museum. Dabei waren die Motive durchaus ansprechend. Das Größte zeigte Ludwig den Achten bei der Parforcejagd vor der Dianaburg nahe dem Jagdschloss Kranichstein – eine reine Freude anzusehen, wie der Landgraf mit seiner Jagdgesellschaft die Bracken hinter dem waidwunden Rothirsch hertrieb. Eine Szene aus glücklichen Zeiten, in denen Männer ungestört von Gutmenschen in Bequemschuhen ihren Leidenschaften nachgehen konnten. Vielleicht war das Werk als Kunstdruck verfügbar, er konnte es der Pilatesgruppe seiner Frau für den Übungsraum schenken, als Entschädigung für den misslungenen Abend sozusagen.

Rose Gunder schaffte es, die Ärzte und ihre Haushälterin aus dem Zimmer zu schicken und rief den Ermittler wieder zu sich ans Bett. Sie wusste immer noch nicht, wer der Tote im Woog war.

»Sie sind ein feiger Hund, Herr Rünz.«

Er hatte dem nichts entgegenzusetzen.

»Erzählen Sie mir jetzt alles oder gehen Sie.«

Rünz legte los, er sprach ununterbrochen fast ein halbe Stunde, ließ kein Detail aus. Er berichtete von der Münze, den Zahnfüllungen, Bartmanns Untersuchungsergebnissen, den rätselhaften Verletzungen Riedkehls, er gab ihr Kurzporträts von Cooper und Fenwick, versuchte die Erlebnisse des Piloten so genau wie möglich wiederzugeben, immer den Blick auf die bunten Kurven auf dem Monitor gerichtet. Als er Rebmanns Version der Familiengeschichte der Riedkehls wiedergab unterbrach sie ihn einige Male, um das eine oder andere biografische Detail zu korrigieren oder zu ergänzen. Sie blieb stabil.

Dann redete sie. Rünz erwartete, dass sie von der Zeit vor dem Krieg berichten würde, von der Trennung, als er mit seinem Vater ins Exil ging, aber etwas anderes dominierte ihre Erinnerung.

»Wissen Sie, was es heißt, den Boden unter den Füßen zu verlieren?«

Rünz dachte an die wenigen Situationen, in denen

er in italienischen Restaurants unwissentlich Desserts zu sich genommen hatte, die mit Frischei zubereitet waren.

»Ich war vierundzwanzig, als ich den Boden unter den Füßen verlor – nicht im übertragenen Sinn, ich meine das wörtlich. Wir lagen im Keller auf dem Boden, hier im Haus. Die Bomber kamen in drei Wellen, die letzte war die schlimmste. Wenn die Bomben in der Nähe einschlugen, hob sich der Kellerboden um zwanzig oder dreißig Zentimeter und warf uns einen halben Meter in die Luft. Das tat nicht besonders weh, eigentlich ein bisschen wie Trampolinspringen – aber wir wussten nicht, wann der nächste Schlag kommt. Das hat mir den Verstand geraubt, die Sekunden bis zum nächsten Einschlag. Die dritte Bomberwelle ebbte ab, keiner ahnte, was noch folgen würde, aber ich hielt es im Keller nicht mehr aus. Ich nahm mir eine der feuchten Decken, die wir vorbereitet hatten, ließ meine Eltern zurück, rannte die Kellertreppe hoch in die Vollmondnacht. Das Ernst-Ludwig-Haus, das Haus Olbrich, die Häuser Habich und Christiansen – alle hatten Treffer und brannten. Die Motoren der letzten Bomberstaffel waren noch zu hören, aber eine weitere schien nicht im Anflug. Ich ging nach Osten, die Decke gegen die Hitze und die umherfliegenden Funken über dem Kopf. Der ganze Tag war völlig windstill und klar gewesen, aber jetzt musste ich gegen eine Brise angehen, die von Minute zu Minute stärker wurde. Die Brandherde in der Innenstadt wuchsen langsam zu einem Feuersturm zusammen, der sich wie ein Staubsauger die Luft aus dem ganzen Umland holte. Irgendwo im

Westen der Stadt detonierten Granaten, aber es waren keine Flugzeuge mehr in der Luft. Später habe ich erfahren, dass da ein Munitionszug getroffen wurde, und die Menschen sind in den Kellern geblieben weil sie dachten, die Briten wären noch über der Stadt. Das hat viele das Leben gekostet, die nicht rechtzeitig die Häuser verlassen haben. Ich lief gegen den Wind nach Osten bis zum Fiedlerweg, ich wollte weg vom Stadtzentrum, aber die Hitze und der Sturm wurden immer schlimmer.«

Sie sprach langsam mit großen Pausen, die Erinnerung schien sie gefangenzunehmen.

»Also bog ich ab nach Süden Richtung Woog, wenn ich es bis zum Wasser schaffte, konnte ich zumindest nicht verbrennen. Ich kletterte über den Zaun, meine Decke blieb hängen und ich stürzte die Uferböschung runter und landete im Wasser. Ich brauchte einen Moment, um wieder zu mir zu kommen, dann setzte ich mich auf, das Wasser ging mir bis zum Bauchnabel. Ich wusste, dass ich so einigermaßen sicher war und schaute über den See. An einer der Pappeln auf der Badeinsel hingen lange helle Stofffetzen, die der Wind wie Fahnen nach Westen blies. Dann sah ich ihn.«

»Wen?«

»Er saß in einem Ruderboot und hantierte mit irgendwas auf der mir abgewandten Seite des Bootes, ich konnte das nicht erkennen. Der Sturm trieb ihn langsam Richtung Westufer. Ich dachte erst das wäre der Woogsfischer, vielleicht hatte er einfach in dem Chaos seinen Verstand verloren, war wie ich aus dem Keller gerannt und wollte seine Netze einholen.

Aber dann schaute er sich kurz um, als würde er sich beobachtet fühlen. Er entdeckte mich nicht, aber ich erkannte ihn. Es war Gustav Wolf.«

Los, dachte Rünz, konzentrier dich, denk nach, du hast nur wenige Sekunden, du musst schneller sein als sie. Dann hatte er ihn: der hasserfüllte Autor der Leserbriefe in der ›Darmstädter Allgemeinen‹, das geplante Trainingsbad im Woog.

Er schaute sie an und sie ihn. Sie war stumm, er spürte, dass sie selbst die Verbindung zwischen Wolf und dem Toten erst in dem Moment hergestellt hatte, als sie ihm die Szene erzählte. Ihre Biodaten drohten die Normbereiche zu verlassen, der Monitor gab einen dezenten Warnton. Die Haushälterin erschien, sie konnte die Signale offenbar im ganzen Haus empfangen, aber Rose Gunder schickte sie wieder weg. Rünz ließ ihr einige Minuten, damit sie wieder zur Ruhe kam.

»Glauben Sie, dass Wolf es getan hat?«

»Ich glaube an gar nichts«, antwortete Rünz. »Woher kannten Sie diesen Mann?«

»Wie nennen Sie heute diese Leute, die einen hartnäckig verfolgen, die man nicht abschütteln kann?«

»Sie meinen einen Stalker.«

»Genau, Wolf war ein Stalker. Ich habe ihn gehasst. Um ganz ehrlich zu sein, ich habe mich gefreut, als ich dann seine Todesanzeige in der ›Allgemeinen‹ gelesen habe.«

»Was wollte er von Ihnen?«

»Was er wollte? Er liebte mich so wie ein hungriges Raubtier seine Beute liebt. Er wollte mich besitzen und konnte nicht akzeptieren, dass ich einen anderen liebte. Er war ein vulgäres, brutales, aufbrausendes Tier. Ich hatte Angst vor ihm.«

Rünz musste prüfen, ob Wolf irgendwie mit Brecker verwandt war.

»Wissen Sie, wo dieser Mann wohnte?«

»In der Heinrich-Fuhr-Straße direkt auf der anderen Seite des Woogs, aber fragen Sie mich jetzt bitte nicht nach der Hausnummer.«

Das war nicht nötig, Rünz meinte die Nummer zu kennen, die Fäden liefen langsam zusammen.

»Haben Sie nach dem Krieg jemals versucht ihn ausfindig zu machen?«

»Natürlich, ich habe Suchanfragen an die Zentralstelle des Roten Kreuzes gestellt. Mitte der Sechziger Jahre habe ich eine Kopie eines Formulares von einer neuseeländischen Musterungsbehörde bekommen, ich wusste also, dass er in Neuseeland beim Militär war. Aber wie sollte ich ahnen, dass er zur britischen Luftwaffe gehen würde? Warum um Himmels Willen hat mir dieser Pilot Ted's Brief nicht früher gegeben? Was ist das für ein ›bester Freund‹?«

»Ich glaube, er hat im Krieg so viele Kameraden verloren, dass er mit diesem Land und seinen Bewohnern einfach nichts mehr zu tun haben wollte.«

Sie schwieg wieder für ein paar Minuten, Rünz dachte schon sie sei eingeschlafen und wollte aufstehen.

»Da war noch etwas, Herr Rünz. Unten am Woog, in der Brandnacht. Vielleicht habe ich auch fantasiert ...«

»Erzählen Sie es mir.«

»Auf der anderen Seite, am Südufer, da saß jemand im Wasser genau wie ich, ein Mädchen, vielleicht zehn oder zwölf Jahre alt. Sie beobachtete den Mann im Boot, genau wie ich. Sie war völlig allein. Ich hatte solches Mitleid mit ihr, ich wollte um den See herum zu ihr laufen und sie trösten, aber ich muss das Bewusstsein verloren haben. Ich bin erst wieder aufgewacht, als mich zwei Frauen aus dem Wasser zogen.«

Rünz trat aus dem Haus auf den Bürgersteig und blieb einen Moment stehen. Das Gespräch hatte ihn deprimiert. Es war weniger die Konfrontation mit dem Tod; der Umgang mit Fenwick hatte ihn ein wenig mit dem Altern versöhnt. Es war die Erinnerung an die letzten Minuten mit seiner Mutter. Windböen trieben die ersten verfärbten Blätter aus den Kastanienbäumen. Es roch zum ersten Mal nach Herbst; es war, genau genommen, überhaupt das erste Mal, soweit er sich erinnern konnte, dass er eine Jahreszeit riechen konnte. Er legte den Kopf in den Nacken, blinzelte in die Nachmittagssonne und saugte die wärmenden Strahlen auf. Seine Augen tränten. Ein Beobachter hätte vermuten können, dass er weinte. Er freute sich darauf, seine Frau zu sehen. Für einen kurzen Moment fühlte er sich lebendig.

34

Das Freud'sche Diktum, nach dem religiöse Zeremonien letztlich nichts anderes waren als im Kollektiv ausagierte Zwangsneurosen, konnte für Beerdigungen nicht gelten. Der Tod eines Menschen schrie förmlich nach einem transzendierenden Ritual, das die Endgültigkeit für die Hinterbliebenen erträglicher machte.

Rünz stand etwas verunsichert in der neuen Trauerhalle des jüdischen Friedhofs in Bessungen. Er wusste nicht, ob der jüdische Brauch den Trauernden zu irgendeinem Zeitpunkt der Zeremonie eine aktive Mitwirkung abverlangte, analog zu der kleinen Schaufel Erde, die Christen einem herabgelassenen Sarg hinterherwarfen. Vielleicht wurde er aufgefordert, einen Tonkrug zu zerschlagen oder hebräische Worte nachzusprechen. Die Tachrichim, die Schiwa, der Kaddisch und die Schloischim – was jüdische Kultur anbelangte war er von der gleichen Mischung aus kolportiertem Halbwissen und verdrängtem Ressentiment geprägt wie neunundneunzig Prozent seiner nichtjüdischen Landsleute. Er versteckte sich halb hinter Rose Gunder, so konnte er zumindest für diejenigen die ihn nicht kannten als einer ihrer Betreuer durchgehen.

Die Halle war mit über dreißig Trauergästen gut gefüllt – Vertreter des Landesverbandes jüdischer

Gemeinden in Hessen, Mitglieder der jüdischen Gemeinde in Darmstadt, ein Mitarbeiter der neuseeländischen Botschaft war eigens aus Berlin angereist, der Vorstand eines Frankfurter Verlagshauses, das die Veröffentlichungsrechte an den Werken seines Vaters Karl Riedkehl besaß, der Oberbürgermeister mit den Magistratsmitgliedern. Die einzigen Angehörigen waren Rose Gunder, sofern man sie als solche bezeichnen konnte, und die Tochter einer Cousine des Toten, die aus München angereist war.

Fenwick war schon seit einigen Tagen zurück in seinem Resort in Bristol. Der Pilot hatte erst im Gespräch mit Cooper und Rünz erfahren, das sein Navigator Jude war. Riedkehl musste ihm das in all den gemeinsamen Jahren im Krieg verschwiegen haben. Von diesem Moment an hatte er das Interesse an seinem alten Kameraden verloren und keinerlei Ambitionen geäußert, an der Beisetzung teilzunehmen. Cooper hatte vermutet, dass er einfach erschöpft war und in sein Heim nach Bristol zurückwollte, aber Rünz hatte den Eindruck, Fenwick leistete sich den unverkrampften Alltagsantisemitismus von Menschen, deren Landsleute keinen Holocaust organisiert hatten.

Cooper hatte zusammen mit dem Vorsitzenden der jüdischen Gemeinde und dem Oberbürgermeister der Stadt die ganze Veranstaltung so choreografiert, dass sie den Bedürfnissen aller Beteiligten gerecht wurde. Eine Abordnung der Royal Air Force hatte dem Piloten vor dem Friedhof mit einem kleinen militärischen Zeremoniell das letzte Geleit gegeben. Rünz war erst dazugestoßen, als die britischen Soldaten den seidenen Union Jack von dem schmucklosen Sarg herunterzogen, einer einfachen, aus rohen und ungehobelten Brettern zusammengezimmerten Kiste ohne jeden Zierrat.

Er sparte sich nach der Beisetzung den Festakt, mit dem die Vertreter der Stadt sich in der Orangerie einen ihrer verstorbenen Bürger offiziell würdigten und fuhr direkt nach Hause. Er bereute, sich von Cooper nicht richtig verabschiedet zu haben. Eigentlich hatte er ihn zum Bahnhof bringen wollen, aber dann hatte er kurz angebunden eine Unpässlichkeit vorgetäuscht und Wedel hatte den Job übernommen. Das Begräbnis hatte ihn beunruhigend durchlässig und verletzlich gestimmt, er fühlte sich wie ein führerlos dahintreibendes Schiff im Sturm. Seine Frau betrat die Küche als er sich Wasser für einen Kaffee aufsetzte.

»Willst du auch einen?«
»Ja?«
Sie war derlei Nettigkeiten nicht gewohnt, ihre Antwort klang wie eine Frage, als ob sie sich wunderte, was da noch für Überraschungen folgen konnten. Einige Minuten später saßen sie vor ihren Tassen am Tisch.

»Sag mal, warum lassen Juden ihre Gräber so verkommen?«

»Du meinst so wie du das Grab deiner Eltern?«

Sie konnte erbarmungslos zurückschlagen, wenn er Schwäche zeigte.

»Du weißt schon was ich meine, mein Gott, ich bin ja nicht repräsentativ für die Christen. Die Christen pflegen ihre Gräber normalerweise, stellen jahrelang frische Kerzen und Blumen drauf. Ich war eben auf Riedkehls Beerdigung auf dem jüdischen Friedhof, die älteren Gräber dort sehen aus, als hätte sich seit der Beisetzung niemand mehr drum gekümmert.«

»Das ist keine Nachlässigkeit. Der jüdische Friedhof ist ein Beth Olam, ein Haus der Ewigkeit. Den Toten wird die absolute Ruhe garantiert bis zur Rückkehr des Maschiach, des Gesalbten. Deswegen werden die Gräber auch nicht neu belegt wie bei uns. Sie werden einfach der Natur überlassen.«

Unter all dem kruden mystischen Wissen, das sich seine Frau einverleibt hatte, schien die eine oder andere interessante Preziose zu schlummern. Rünz fragte sich, was dann mit den alten Gebeinen geschah, wenn die zur Verfügung stehende Friedhofsfläche begrenzt war. Er diagnostizierte beruhigt, dass sich sein Großhirn wieder mit praktischen und technischen Fragestellungen beschäftigte. Der Kaffee brachte ihn in Form.

Dann schoss er die Frage aus der Hüfte, völlig spontan, ohne eine Sekunde nachzudenken.

»Wann warst du eigentlich zum letzten Mal im ›Riviera‹?«

»Mit dir, vor zwei Jahren ungefähr. Schon vergessen?«

Ihre Antwort entsprach der offiziellen Wahrheit, aber sie hatte einen Moment gezögert. Diesmal hatte ›Schwarz‹ die Partie eröffnet und ›Weiß‹ unter Zugzwang gesetzt. Rünz ahnte, dass er in dieser Ehe nicht der Einzige war, der ein Geheimnis hatte.

Epilog

»Seit wann sitzt er so da?«

»Seit zwei Stunden«, antwortete Meyer. »Bunter zieht alle Register, ohne großen Erfolg. Hat alle Angaben zur Person gemacht, einschließlich Namen und Geburtsdaten der Eltern, Geburtsnamen der Mutter, Namen und Geburtstage der Großeltern. Hat alles präsent, wie ein Familienbuch. Er wirkt, als würde er gern mehr erzählen, könnte aber nicht aus irgendeinem Grund. Wir haben die Angaben geprüft, scheint alles zu stimmen. Die einzige lebende Verwandte ist seine Mutter, er wohnt mit ihr zusammen in der Heinrich-Fuhr-Straße. Alteingesessene Darmstädter, das Haus ist laut Grundbuch seit vier Generationen im Besitz der Familie.«

Meyer gab Rünz ein Blatt mit einigen Notizen, Rünz überflog die ausführlichen biografischen Daten, er wusste wonach er suchte.

Großvater: Gustav Wolf, geb. 1. Februar 1919

»Das hier hat er mitgebracht. Er behauptet das würde uns helfen zur Identifizierung des Toten im Woog.«

Meyer schob ihm einen brüchigen Karton mit einem alten Kleidungsstück über den Tisch. Rünz steckte die Spitze seines Kugelschreibers in die Kragenöffnung und hob den Stoff einige Zentimeter hoch. Das derbe Baumwollmaterial verbreitete einen muffigen Geruch. Es war vergilbt und übersät mit grauschwarzen Stockflecken, doch die Ursprungsfarbe, ein dunkles Khaki, war noch zu erkennen. Auf den Schultern und dem Brustteil waren die Umrisse von Aufnähern zu erkennen, die jemand sauber herausgetrennt hatte. Bei jeder Bewegung des Kleidungsstückes rissen einige der mürben Fasern.

»Ich habe mit der Digicam ein paar Detailaufnahmen gemacht und Cooper gemailt. Er hat eben angerufen, sagt das könnte passen, aber sie müssen das Teil in ihrem Labor in London genauer untersuchen.«

»Ist Charli im Haus?«, fragte Rünz.

»Auf der Rückreise aus Troyes, hat das Wochenende bei ihren Eltern verbracht. Wedel holt sie gerade vom Bahnhof ab, müsste gleich hier sein. Sollen wir sie sofort einsetzen?«

»Wenn sie sich fit genug fühlt ...«

Die beiden Ermittler verfolgten einige Minuten schweigend Bunters Befragung auf den Monitoren, die das Bild aus dem Vernehmungszimmer übertrugen. Rünz sah einen großen, asketisch wirkenden Mann um Mitte dreißig, mit dem ausgezehrten Gesicht und den hervorstehenden Wangenknochen eines Marathonläufers. Er hatte einen Seitenscheitel und Koteletten, trug über einem gelben Hemd einen braunen Pullunder mit V-Ausschnitt und Birkenstock-Sandalen. Zehn Jahre jünger wäre er in Mailand, Tokio oder einer Frankfurter Werbeagentur mit diesem Outfit sicher nicht aufgefallen, mit Mitte dreißig im hessischen Darmstadt war er eine Lachnummer. Wenn er sprach blieb sein ganzes Gesicht bar jeder Mimik und starr wie eine Maske, nur seine Mundpartie zeigte die für die Lautbildung notwendigsten Bewegungen. Er wirkte fast wie ein

Bauchredner im Varieté, ein digitaler Avatar der ersten Generation, dem IT-Spezialisten die Fähigkeit zu menschlicher Artikulation einprogrammiert hatten, dem aber das subtile körpersprachliche und mimische Repertoire fehlte, das verbale Äußerungen normalerweise begleitete. Im Vergleich zu diesem Autisten hatte Bunter, der Stoiker, das Gemüt eines spanischen Stierkämpfers.

Der Westfale verfügte über ein eindrucksvolles Portfolio an psychologisch ausgefeilten Vernehmungstechniken, aber hier biss er auf Granit. Wolf beantwortete alle Fragen zu seiner Biografie erschöpfend, spontan und korrekt – Einschulung in die Elly-Heuss-Knapp-Grundschule im Kohlbergweg, 1976, Gymnasialzeit und Allgemeine Hochschulreife an der Viktoriaschule in der Heinrichstraße zwischen 1981 und 1989, danach Wehrdienst mit Grundausbildung an der Fritsch-Kaserne in Koblenz. Vorzeitige Entlassung nach sechs Monaten, ausgemustert wegen mangelnder psychischer Belastbarkeit. Rückkehr nach Darmstadt in sein Elternhaus, Studium der Wirtschaftsinformatik an der TH Darmstadt, 1990 Abschluss mit Auszeichnung innerhalb der Regelstudienzeit. Seit 1991 als Systemadministrator im deutschen Hauptquartier der Rehm GmbH in der Pallaswiesenstraße tätig. Wolf konnte jeden Eckpunkt seiner Vita mit exakten Datumsangaben unterfüttern, verfiel aber in eine Art Schweigestarre, sobald Bunter mit seinen Fragen das sichere Terrain harter, abrufbarer Fakten verließ. Schon bei Fragen nach seiner Zukunftsperspektive bei seinem Arbeitgeber, seiner Bewertung des Betriebsklimas im Unternehmen, versteifte er sich, so als hätte Bunter Aramäisch gesprochen. Auf die Frage nach Anzahl und Qualifikation der Mitarbeiter in seiner Abteilung konnte er dann wieder erschöpfend Auskunft geben ohne jemals eine einzige Information zuviel preiszugeben. Rünz hatte wenig Erfahrung mit Computern, aber so ungefähr stellte er sich die Arbeit mit Abfragen an eine Accessdatenbank vor.

Wedel und Charli betraten das Zimmer. Die Französin stellte ihre Reisetasche ab, beide traten zu den Monitoren um die Vernehmung zu verfolgen. Wedel fiel die Kinnlade herunter.

»Scheiße!«

Die anderen sahen ihn verständnislos an.

»Der kommt Ihnen wohl bekannt vor«, sagte Rünz, wenig überrascht.

»Scheiße, das ist der Typ aus der Heinrich-Fuhr-Straße, den ich befragt habe. Chef, Sie erinnern sich, der den Sie auf dem Video gesehen haben. Was macht der hier?«

Rünz erläuterte den beiden den Stand der Dinge. Charli war müde aber sie fühlte sich ausreichend fit um Bunter abzulösen. Rünz ließ das Mobiltelefon des Westfalen summen, sodass Bunter Gelegenheit hatte einen Anruf zu simulieren und das Verhör an eine Kollegin weiterzugeben. Wolf hatte nichts gegen einen Schichtwechsel. Bunter verabschiedete sich, Charli betrat den Raum und legte los, bevor sie richtig auf dem Stuhl Platz genommen hatte.

»Puh, ich kann Ihnen vielleicht sagen, ich bin ganz schön müde. Ich bin fünfhundert Kilometer in einem überfüllten Zug von Troyes bis hierher gefahren. Und Sie, wie lange müssen Sie schon auf die Fragen meines Kollegen antworten?«

»Ich bin seit 15.30 Uhr im Präsidium und stehe seit 16.00 Uhr Ihrem Kollegen Herrn Bunter für seine Fragen zur Verfügung.«

Charli zögerte.

»Wissen Sie was? Ich mache Ihnen einen Vorschlag. Wir beide, wir machen Feierabend für heute, schlafen uns aus und morgen sehen wir weiter.«

»Gute Idee«, murmelte Meyer.

Bunter war zu der Gruppe im Nebenraum gestoßen und schüttelte den Kopf.

»Was macht sie da, habt Ihr das mit ihr abgesprochen?«

»Nein, abwarten.«

Rünz spürte, dass Charli einen Plan hatte.

Wolf schwieg über zwanzig Sekunden, eine lange Zeit in einem Dialog, aber Charli besaß Instinkt genug ihm diese Zeit zu geben.

»Ich kann nicht zurück.«

Im Nebenraum hielten alle den Atem an. Rünz hatte das Gefühl, sein Herzschlag füllte den ganzen Raum aus. Die Beobachter rechneten damit, dass Charli ihn jetzt an die Hand nehmen und sanft nachhaken würde, aber sie tat etwas völlig Unerwartetes. Sie rutschte auf ihrem Stuhl nach vorne, legte ihre Füße auf den Tisch und ihren Nacken auf die Stuhllehne, verschränkte ihre Unterarme auf der Brust und schloss die Augen. Das Ganze wirkte überhaupt nicht provozierend und ignorant, sie schien sich einfach zu entspannen. Rünz hätte sie in diesem Moment am liebsten in die Arme genommen und geküsst. Sie hatte ein unglaublich intuitives Gespür für Menschen und Situationen, eine angeborene Empathiefähigkeit, die durch kein Ausbildungsprogramm vermittelt werden konnte. Sie hatte gespürt, dieser Mensch stand vor einer Zäsur, musste für diese Veränderung massive innere Widerstände überwinden und brauchte dafür Raum und Zeit. Genau genommen hatte sie intuitiv ein analytisches Setting improvisiert, eigentlich fehlte nur die Couch für den Patienten. Wolf, der seit über zwei Stunden seine Sitzposition nicht verändert hatte, nahm eine etwas bequemere Haltung ein. Auch er versuchte sich zu entspannen, soweit das einem Menschen mit seiner Persönlichkeitsstruktur möglich war.

»Was soll das, sie muss doch jetzt nachhaken!«

Meyer schaute ungeduldig auf seine Armbanduhr, die Befragung schien seinen geplanten Freizeitausgleich über den Haufen zu werfen.

Fast zehn Minuten saßen sich die beiden schweigend gegenüber, zehn Minuten, in denen etwas Bewegung in Wolfs Gesichtsausdruck kam. Er biss sich auf der Unterlippe herum, seine Augen tasteten nervös die karge Inneneinrichtung des Raumes ab. Er schien es nicht gewohnt zu sein, mit einem Menschen in einem Raum zu sein, der ihn weder verbal noch nonverbal aufforderte etwas zu sagen oder nichts zu sagen, etwas zu tun oder zu unterlassen – er musste nicht mehr *funktionieren*.

Dann brach er sein Schweigen.

»Ich möchte eine Aussage machen.«

Charli öffnete die Augen, nahm die Füße vom Tisch und richtete sich im Stuhl auf.

»Ich verfüge über detaillierte Kenntnisse über die illegale Tötung zweier Menschen.«

Rünz fiel keine Form der legalen Tötung ein – kriegerische Auseinandersetzungen und Notwehr ausgenommen – aber der junge Mann schien diese formalisierte Sprache zu brauchen, um Distanz zwischen sich und das Geschehene zu bringen. Er war ein Fallschirmspringer vor dem ersten Sprung. Und sagte er ›zweier‹, oder hatte Rünz sich verhört? Der Ermittler fühlte ein leichtes Ziehen in seinem Oberbauch.

»Meine Mutter Maria Wolf hat mich am zweiten November 1976 davon unterrichtet, dass mein Großvater Gustav Wolf am 12. September 1944 einen Menschen ermordet hat.«

Wolf zitterte, auf seiner Stirn bildeten sich Schweißperlen, obwohl der Raum klimatisiert war.

»Sie meinen, Ihre Mutter hat Ihnen die Geschichte erzählt, als Sie ein kleines Kind waren?«

Wolf zuckte mit den Schultern als wäre das nicht weiter bemerkenswert.

»Ich war sechs Jahre alt. Laut Angaben meiner Mutter verließ mein Großvater in der Nacht vom 11. auf den 12. September 1944 direkt nach der schweren Bombardierung der Stadt durch die englische Luftwaffe mein Elternhaus in der Heinrich-Fuhr-Straße, um das Gebäude auf Schäden und Brandherde zu untersuchen. Meine Mutter versuchte ihn davon abzuhalten, aber er ließ sie allein im Keller zurück. Nach einigen Minuten hielt sie es nicht mehr aus und lief ihm nach ins Freie. Der westliche Teil der Häuserzeile brannte, an unserem Haus waren lediglich die Fenster durch die Druckwellen eingedrückt. Die Straße war menschenleer, von meinem Großvater keine Spur, alle anderen noch in den Kellern, weil im Westen noch Detonationen zu hören waren.«

Wolfs Idiom veränderte sich allmählich. Hatte er zu Beginn der Vernehmung noch präzise und stoisch Fakten aufgelistet, so fing er jetzt an zu erzählen. Irgendwo in ihm schien ein Damm zu brechen; die Geschichte seiner Mutter, die er in allen Details reproduzieren konnte als hätte er sie selbst erlebt, ergoss sich in einem durch nichts aufzuhaltenden Redeschwall über die Französin.

»Sie hatte Angst alleine in das Haus zurückzulaufen. Auf der Straße war die Hitze unerträglich, der Feuersturm zerrte an ihren Kleidern, sodass sie sich kaum aufrecht halten konnte. Sie lief über die Straße, kletterte über den Zaun der den Woog umgab und suchte Schutz in den Büschen der Uferböschung. Der heiße Sturm nahm zu, sie kroch ganz hinunter, setzte sich ins Wasser und schaute über den See. Drüben auf der Badeinsel riss der Sturm an einer zerrissenen großen Stoffbahn, die einen der Bäume wie eine Mütze umhüllte.«

Rünz dachte an den hellen Fleck auf der Luftaufnahme, den er für einen Bildfehler gehalten hatte. Seine Verdauung rumorte, er versuchte sich in Erinnerung zu rufen, was er in den letzten Stunden zu sich genommen hatte.

»Am Fuß des Baumes sah sie ihren Vater. Er drosch mit einem Vierkantholz auf irgendeinen leblosen Körper ein, meine Mutter konnte es auf die Entfernung nicht genau erkennen, zuerst hielt sie es für einen Hund. Irgendwann ließ er den Prügel fallen und verließ die Insel über die Brücke. Meine Mutter dachte, er würde zu ihr zurückkehren, aber nach einigen Minuten erschien er wieder auf der Brücke. Er ging langsam, torkelte unter dem Gewicht einer schweren Last, die er vor dem Bauch trug. Neben dem Körper ließ er den Brocken fallen. Dann zog und zerrte er an dem Körper, und in diesem Moment erkannte meine Mutter, dass es ein Mensch war, dem er die Kleider vom Leib riss. Von Westen erschreckte sie eine furchtbare Detonation, sie zuckte zusammen und kauerte sich auf den Boden. Als sie wieder aufblickte, schaute mein Großvater zu ihr herüber. Er blickte sie sekundenlang an, dann setzte er seine Arbeit fort. Er hatte den Toten, den Stein und das Kleidungsstück, das er ihm ausgezogen hatte, in eins der Fischerboote gezerrt, die vor der Badeinsel vertäut waren. Dann ließ er sich vom Feuersturm auf den See hinaustreiben, befestigte dabei irgendwie den Brocken an der Leiche. Irgendwo in der Seemitte warf er das ganze Paket über Bord. Er wollte zuerst zurück zur Insel rudern, kam aber gegen den Sturm nicht an – also ließ er sich nach Westen bis gegen die Betonstege treiben, stieg aus dem Boot und schlich mit dem Kleiderpacken unter dem Arm am Ufer entlang bis er meine Mutter erreicht hatte.«

Er machte eine Pause und fragte nach einem Glas Wasser. Rünz empfand Ekel bei dem Gedanken, irgendetwas zu sich zu nehmen.

»Meine Mutter hat erzählt, er habe immer nur den

einen Satz gemurmelt, diese Judensau würde seine Rose nicht mehr anfassen.«

»Das heißt, Ihr Großvater hat sein Opfer gekannt?«

»Meine Mutter erzählte mir diese Geschichte immer wieder in allen Einzelheiten. Und immer wieder musste ich ihr Versprechen, dass ich weder meinem Vater noch sonst irgendwem davon erzähle. Als Kind habe ich das alles nicht verstanden, ich dachte ›Judensau‹ wäre ein ganz normaler Familienname. Die Einzelheiten der Geschichte, der weiße Stoff auf dem Baum, die Uniform, habe ich erst in Zusammenhang gebracht als ich elf oder zwölf war.«

Wolf wurde unpräzise mit seinen Zeitangaben.

»Er musste Besatzungsmitglied eines abgeschossenen britischen Bombers gewesen sein, der mit dem Fallschirm abgesprungen war. Irgendwann fragte ich meine Mutter, was ›Judensau‹ hieß und ob ihr Vater das Wort auf der Uniform gelesen hätte. Meine Frage schien für sie das Signal gewesen zu sein, dass ich reif war für den zweiten Teil der Geschichte.«

»Und für den zweiten Mord«, meldete Charli sich.

»Ja. Sie verriet mir, dass mein Großvater den Mann den er gefunden hatte für einen Darmstädter hielt, der ihm seine Jugendliebe ausgespannt hatte. Meine Mutter tat das als eine fixe Idee ab. Ende der Dreißiger Jahre war dieser Mann plötzlich verschwunden – meinem Großvater gelang es trotzdem nicht, die Frau zu erobern, das hat er nie richtig verwunden.«

Rünz hatte Mitleid mit dem Häufchen Elend, das im Vernehmungsraum Charli gegenübersaß. Es war deprimierend mitanzusehen, wie seelische Deformationen durch Krieg und Verbrechen von Generation zu Generation weitergegeben wurden. Er schwankte zwischen Mitgefühl für das junge Mädchen, das den Vater als Mörder erlebte und Abscheu vor der Mutter, die ihren kleinen Sohn zum Mitwisser dieser schrecklichen Tat machte. Er fror, die Spannung unter seiner Bauchdecke nahm zu.

»Niemand außer meiner Mutter und meinem Großvater wussten von dem Mord, aber Anfang der Fünfziger Jahre gab es Probleme. Damals gab es einen Woogsfischer, der den See von der Stadt gepachtet hatte. Dieser Pachtvertrag lief aus und die Fischrechte sollten an einen Anglerverein übergehen. Mein Großvater las ein Inserat des Fischers in der ›Darmstädter Allgemeinen‹. Der Mann kündigte einen großen Fischmarkt auf dem Woogsdamm an. Er wollte vor der Übergabe den See noch einmal richtig abfischen, dazu das Wasser ablassen bis auf einen kleinen See in der Grube unterhalb des Sprungturmes. Es war klar, dass die Leiche dann entdeckt werden würde.«

Wolf zog ein Baumwolltaschentuch aus der Hose und tupft sich die Stirn ab. Rünz vollzog die Geste wie ein Spiegelbild nach; in seinem Magen-Darm-Trakt braute sich ein Gewitter zusammen, aber er war zu abgelenkt, um in Panik zu verfallen.

»Er hat ihn in unserem Keller umgebracht. Wie genau, das hat mir meine Mutter nie erzählt. Er muss ihn unter irgendeinem Vorwand ins Haus gelockt haben, vielleicht um ihm Wasserschäden zu zeigen, die durch den hohen Grundwasserstand verursacht worden waren. Die Leiche hat er nachts in unserem Garten vergraben.«

»Und dort ist sie heute noch?«

Wolf nickte. Dann kippte er ohne Vorwarnung besinnungslos von seinem Stuhl.

Rünz hatte rund fünfundzwanzig Meter bis zur Toilette am Ende des Flurs. Er war kein durchtrainierter Sprinter, es würde also knapp werden. Die Ablenkung durch Wolfs Bericht fehlte, seine Phobie brach jetzt mit Macht durch. Er erreichte die Zelle rechtzeitig, wusste aber nicht, über welche Öffnung seines Verdauungsweges er zuerst die Kontrolle verlieren würde. Mit heftigen Kontraktionen nahm ihm sein Magen die Entscheidung ab. Nach dieser Vorstellung schaffte er es gerade noch rechtzeitig, die Hose herunterzuziehen und sich hinzusetzen. Ihm war kalt, er hatte Schüttelfrost. Er hatte die Beherrschung verloren, sein vegetatives Nervensystem hatte das Oberkommando übernommen, ihn vergewaltigt mit autonom ablaufenden organischen Routinen, die seinem freien Willen entzogen waren. Er drückte die Spülung und sackte zusammen wie Wolf, blieb aber bei Bewusstsein. Er rutschte auf den Boden der Klozelle, Arme und Beine um die Toilettenschüssel geschlungen wie ein Fötus um den Mutterkuchen – und heulte. Er gab sich keine Mühe sein Schluchzen zu unterdrücken, wie das Ungeborene im Fruchtwasser ließ er sich treiben im Meer der Verzweiflung, bis ihn ein profanes Geräusch zurück an die Oberfläche holte. Jemand betrat den Sanitärbereich. Erst jetzt wurde ihm bewusst, dass er die ganze Zeit allein gewesen war, und mit dem Auftauchen in Kultur und Zivilisation kehrte auch die Scham zurück. Er hatte seine Zelle nicht abgeschlossen! Wie versteinert blieb er liegen, wartete ergeben darauf, dass der Kollege ihn entdecken würde. Aber er hatte Glück, der Mann entschied sich für eine der Nachbarzellen. Mit dem Kopf am Boden hatte Rünz gute Sicht auf die Füße des Kollegen. Er sah klassische Derbies aus bestem Chevreaux-Leder, handgenäht mit Querkappe, vorbildlich gepflegt und praktisch frei von Gehfalten. Auch Hoven schien sich allein zu fühlen, er gab sich lautstark und genussvoll seinem Stuhlgang hin, seine Presswehen schienen denen der Gebärenden im Marienhospital an Intensität kaum nachzustehen. Rünz dachte an Sybille Habich. Auch auf dem höchsten Thron ...

Der Ermittler wartete, bis er wieder allein war, zog sich die Hose hoch, machte sich frisch und ging zurück zu seinem Team. Er fühlte sich etwas besser, Magen und Darm hatten sich von ihrer Last befreit und schienen beruhigt. Charli und Bunter kümmerten sich um Jürgen Wolf, Wedel kontaktierte Habich und Bartmann um einen Einsatztermin im Garten des Wolf'schen Hauses zu vereinbaren. Rünz betrachtete Wolf, der langsam wieder zur Besinnung kam. Er war relativ jung und zäh, er würde sich erholen. Wahrscheinlich hatte er seinen Dämon besiegt und in einigen Tagen würde es ihm besser gehen als je zuvor. Rünz beneidete ihn.

ENDE

Nachwort

Sämtliche Protagonisten dieses Romans sind frei erfunden, zwei der Figuren haben jedoch historische Vorbilder, an die ich hier erinnern möchte. Sowohl die Gemeinde Riedkehl als auch der Riedkehlsche Garten und die Riedkehlstraße sind Fiktion. Die historische Vorlage für die fiktive Geschichte der Riedkehls lieferte die Familie Wolfskehl, eine der ältesten jüdischen Familien im Rhein-Main-Gebiet, deren Name auf die Gemeinde Wolfskehlen im Hessischen Ried zurückgeht. Wilhelm Otto Wolfskehl (im Roman Wilhelm Riedkehl) leitete im neunzehnten Jahrhundert eines der renommiertesten und traditionsreichsten Bankhäuser in Darmstadt. Darüber hinaus engagierte er sich als Stadtverordneter, langjähriger Landtagsabgeordneter und Vizepräsident der zweiten Kammer des Hessischen Landtags. Er gründete den Bauverein für Arbeiterwohnungen und die Hessische Landeshypothekenbank und war Vorsitzender der jüdischen Gemeinde in Darmstadt. Der Wolfskehlsche Park und die Wolfskehlstraße in Darmstadt sind nach ihm benannt. Sein Bruder Paul Friedrich Wolfskehl (im Roman Paul Riedkehl) arbeitete als Mathematiker an der Technischen Universität. Otto Wolfskehls Sohn Karl (1869-1948) war leidenschaftlicher Lyriker und gehörte wie sein Alter Ego im Roman (Karl Riedkehl) dem George-Kreis an. Nach seinen Studien- und Wanderjahren wurde München zu seiner Wahlheimat, die beschriebenen »Jours fixes« fanden in Schwabing statt. Er heiratete 1898 Hanna de Haan, die Tochter des damaligen

Darmstädter Generalmusikdirektors, mit der er zwei Töchter hatte. 1935 floh er ohne seine Familie in die Schweiz, später nach Italien. Er emigrierte 1938 nach Neuseeland und starb drei Jahre nach Kriegsende in Auckland. Das faszinierende Werk und Leben dieses Schriftstellers sowie das politische und kulturelle Wirken seiner Vorfahren in Darmstadt verdienen Beachtung und Würdigung. Die Geschichte der Wolfskehls ist ausführlich dokumentiert in der 1984 von Eckhart G. Franz herausgegebenen Sammlung ›Juden als Darmstädter Bürger‹.

Die Vorlage für die fiktive Figur des Royal Air Force-Piloten Bob Fenwick lieferte der legendäre Kanadier Russ Bannock, der hier stellvertretend für die meist wenig beachteten australischen, neuseeländischen und kanadischen Soldaten gewürdigt werden soll, die im Zweiten Weltkrieg ihr Leben im Kampf gegen Nazideutschland in Europa riskierten. Bannock zerstörte neunzehn deutsche V1-Raketen über dem Kanal und gehörte damit zu den erfolgreichsten Piloten der britischen Luftwaffe.

Der Aviation Artist Robert Bailey ist keine fiktionale Figur, auch sein Bild *Unscheduled Arrival* existiert und ist als Kunstdruck erhältlich (www.rivetingimages.com). Das Motiv zeigt tatsächlich einen britischen Mosquitobomber nach dem Angriff auf Darmstadt im Tiefflug über dem Hauptbahnhof Kaiserslautern. Auch die Bildbeschreibung ist authentisch bis auf das Datum des Angriffs. Das Flugzeug, dass Bailey als Motivvorlage diente, war am 25. August 1944 an einem Angriff auf Darmstadt beteiligt, also knapp drei Wochen vor der Brandnacht.

Nicht frei erfunden ist selbstverständlich auch der ehemalige Leistungsschwimmer Hans-Joachim Klein, der von 1963 bis 1969 an der Technischen Hochschule Darmstadt Wirtschaftsingenieurwesen studierte und 1965 zum Sportler des Jahres gewählt wurde.

Zu erwähnen sind außerdem die hervorragenden Dokumentationen über die Brandnacht in Darmstadt: ›Die Brandnacht‹ von Klaus Schmidt, erschienen im Verlag H.L.Schlapp 2003; ›Feuersturm und Widerstand‹ von Fritz Deppert und Peter Engels, erschienen im Verlag H.L.Schlapp 2004; ›Darmstadt im Feuersturm‹ von Klaus Honold, erschienen im Wartberg Verlag 2004. Über die Nachkriegsmonate in Darmstadt hat Moritz Neumann die ausführliche Dokumentation ›1945-nachgetragen‹, geschrieben, erschienen im Roether Verlag 1995. Darüber hinaus ist die ausgezeichnete Filmdokumentation ›Brandmale‹ der GropperFilmProduktionsgesellschaft Darmstadt auf DVD erhältlich, in der Überlebende der Brandnacht ausführlich zu Wort kommen.

Zur historischen Entwicklung des Großen Woogs in Darmstadt haben Werner Kumpf, Heiner Lautenschläger und Gerhard Wittwer eine materialreiche Liebeserklärung geschrieben, erschienen 1989 im Verlag Günter Preuß.

Für Informationen zur aktuelleren Geschichte des Gewässers danke ich Peter C. Bernet und Dr. Reinhard Cuny, für kritisches Lektorat und kreativen *Input* Claudia Senghaas, Karin Neumann und meiner Frau Jutta Glatt.

Glossar

Amygdalae
Lateinischer Ausdruck für Mandelkerne. Zwei mandelförmige Nervenknoten im limbischen System des Zwischenhirns. Die Amygdalae spielen eine Schlüsselrolle bei der Bewertung von Schlüsselreizen auf drohende Gefahr und darauf folgende Angstreaktionen.

Aneurisma
Spindel- oder sackförmige Erweiterung von arteriellen Blutgefäßen, angeboren oder erworben.

Avro Lancaster
Die britische Royal Air Force nutzte die viermotorigen Avro 683 ›Lancaster‹ von 1942 bis 1954. Die Lancaster war der bekannteste schwere britische Bomber im Zweiten Weltkrieg. Die Nachtangriffe auf deutsche Städte gehörten zu den Haupteinsatzgebieten der Maschine. Darüber hinaus wurden die Bomber durch die erfolgreiche Versenkung des deutschen Schlachtschiffes Tirpitz und die Bombardierung Hitlers' Berghof in Berchtesgaden bekannt. Legendär wurde die *Operation Chastise* im Mai 1943. Die ›Dam-Busters‹, Lancaster-Bomber mit speziell entwickelten Sprengminen, zerstörten die Möhnetalsperre, die Edertalsperre und die Ennepetalsperre im Ruhrgebiet.

Böllenfalltor
Südöstlicher Stadtausgang Richtung Odenwald. Die in südhessischer Mundart Bellen oder Böllen genann-

ten Pappeln säumten einst den Klappacher Weg. Die Falltore ermöglichten damals Passanten die Passage des eingezäunten Darmstädter Waldes, ohne dass Wild entweichen konnte.

Datterich

Mit dem Datterich hat Ernst Elias Niebergall den unsterblichen Archetyp eines genialischen, arbeitslosen und durstigen Schnorrers und Schuldenmachers geschaffen. Die biedermeierliche Lokalposse hat als Dialektlustspiel einen festen Platz in der deutschen Literaturgeschichte.

Dead reckoning (DR)

Koppelnavigation.

De Havilland Mosquito

Die Mosquito war eines der vielseitigsten britischen Kampfflugzeuge im Zweiten Weltkrieg.
Sie wurde im Gegensatz zu allen anderen Bombern zum größten Teil in Holzbauweise hergestellt und von nur zwei Männern geflogen. Für den Bau konnten Schreiner und Zimmerleute eingesetzt werden, so dass Schlosser und Metallbauer für andere kriegswichtige Aufgaben zur Verfügung standen. Die leichte Bauweise und die starken Rolls-Royce-Merlin-Motoren sorgten für eine Spitzengeschwindigkeit über 600 km/h, vergleichbar also mit der einer Spitfire. Viele verschiedene Versionen entstanden nach dem Erstflug des Prototyps im November 1940. Mosquitos waren als Jäger, Nachtjäger, Bomber, Fotoaufklärer und Zielmarkierer im Einsatz. Die Mos-

quito-Schwadronen waren berüchtigt für ihre Präzisionsbombardierungen (*windowdropping*). Berühmt wurden sie durch ihre erfolgreichen Angriffe auf die Gestapo-Hauptquartiere in Aarhus und Kopenhagen sowie auf ein Gefängnis im französischen Amiens, in dem alliierte Kriegsgefangene und französische Widerstandskämpfer interniert waren.

Dentin
Zahnbein.

DSW
Darmstädter Schwimm- und Wassersportclub 1912. Der DSW hat heute rund 1.700 Mitglieder und unterhält seit 1994 auch eine Triathlonabteilung.

Enfield
Der Enfield No. 2 MK1 Service Revolver war die Standard-Handfeuerwaffe britischer Armeeangehöriger im Zweiten Weltkrieg.

Enzed
Auch Enzedder, Neuseeländer/in, entspricht der ausgesprochenen Abkürzung ›NZ‹ für New Zealand.

Epiphysenfuge
Fuge zwischen Endstück und Mittelstück menschlicher Röhrenknochen.
Die Epiphysenfuge ist der Ort des Knochenwachstums.

ESOC
European Space Operations Center, die deutsche Operationszentrale der europäischen Weltraumagentur.

Fairey Battle
Einmotoriger, zweisitziger leichter Kampfbomber der alliierten Luftwaffen im Zweiten Weltkrieg. Nach den letzten Fronteinsätzen 1944 wurde die Fairy Battle von der Royal Canadian Air Force als Trainingsflugzeug für die Ausbildung von Spitfire-Piloten eingesetzt.

Fettembolie
Embolie durch Einschwemmen von Fetttröpfchen in den Blutkreislauf, z. B. durch große offene Knochenbrüche.

Florin
Insgesamt umfasste das 1933 mit dem Coinage Act in Umlauf gebrachte neuseeländische Hartgeld sieben Münzen – die Half-Crown, den Florin, den Shilling, die Six- und Three-Pence-Münzen, den Penny und den Halfpenny. Alle Geldstücke zeigen landestypische Motive wie Maorikrieger und deren Waffen oder einheimische Tierarten.
1967 führte die Regierung ein dezimales Währungssystem ein.

Foramen Obturatum
»Verstopftes Loch«, Teil der menschlichen Hüfte.

GIS
Geographisches Informationssystem.
Verknüpfung von Datenbankinformationen mit räumlicher Zuordnung.

HEAG
Hessische Elektrizitätswerke AG.

Heiner
Was macht heute einen Darmstädter zum Heiner? Er muss in Darmstadt geboren und mit Woogswasser getauft sein. Historisch kennzeichnet der Name eher einen wenig vertrauenswürdigen und grobschlächtigen Altstadtbewohner, der zwar wenig Arbeit, aber dafür nicht viel zu tun hatte.

IFM
Institut für Forensische Medizin, Zentrum der Rechtsmedizin im Klinikum der Johann Wolfgang Goethe-Universität Frankfurt am Main.

Incisura Ischiadica
Sitzbein, Teil der menschlichen Hüfte.

Joint POW/MIA Accounting Command
JPAC

JPAC
JPAC steht für ›Joint POW/MIA Accounting Command‹ (POW = Prisoner of War, MIA = Missing in Action). Hauptaufgaben der am 01. Oktober 2003 in Oahua auf Hawaii gegründeten US-amerikanischen

Einrichtung sind die Rückführung amerikanischer Kriegsgefangener und die Suche und Identifizierung der Überreste amerikanischer Soldaten aus Kriegseinsätzen seit Beginn des zwanzigsten Jahrhunderts. Die Organisation beschäftigt 425 Mitarbeiter und ist aus einem Zusammenschluss des dreißig Jahre alten ›U.S. Army Central Identification Laboratory‹ und der ›Joint Task Force – Full Accounting‹ hervorgegangen. Ein Viertel der Belegschaft stellen ausgewählte, erfahrene Soldaten aus Infanterie, Navy, Luftwaffe und den Marines.

Das Central Identification Laboratory (CIL) des JPAC ist weltweit das weltweit größte Labor für forensische Anthropologie. Die USA vermissen allein 78.000 Amerikaner aus dem Zweiten Weltkrieg. Schätzungen zufolge sind die Überreste von 35.000 dieser Vermissten grundsätzlich auffindbar und identifizierbar, die verbleibenden 43.000 sind auf See verschollen. Weitere 8.100 werden aus dem Koreakrieg vermisst, noch 1.800 aus dem Vietnamkrieg und 120 aus dem Kalten Krieg gegen die Sowjetunion.

Koppelnavigation

Engl. *dead reckoning*, Ortsbestimmung von Schiffen und Flugzeugen durch Messung von Kurs, Geschwindigkeit und Zeit. Koppelnavigation ist die Basis der Navigation. Die Kursbestimmung erfolgt mit Kompass, die Geschwindigkeit mit Fahrtmesser. Voraussetzung sind die bekannten Koordinaten des Startpunktes. Je nach Stärke der zu berücksichtigenden Winde bzw. Strömungen und der Entfernung vom Ausgangspunkt beträgt die Abweichung zwischen 2 und 10%.

Laborierung
Begriff aus der Militär- und Waffentechnik. Durch die Laborierung werden Zünder, Treibladung und Geschoss zu einer schussfähigen Patrone verbunden.

Lancs
Royal Air Force: Slang für Avro Lancaster Bomber.

LIBS
Analysegerät zur Bestimmung von Materialzusammensetzungen. ›Laser Induced Breakdown Spectroscopy‹ – ein auf eine Probenoberfläche fokussierter Laserstrahl verdampft kleinste Materialmengen und regt sie zu Plasmaentladungen an. Die Spektrallinien der dabei emittierten elektromagnetischen Strahlung zeigen die Zusammensetzung der Elemente des Plasmas und damit die der Probe an.

MoD
Das britische ›Ministry of Defence‹, also das Verteidigungsministerium.

Molaren
Hintere Backenzähne des menschlichen Gebisses.

Mosquito
De Havilland Mosquito.

Mossie
Royal Air Force – Slang für De Havilland Mosquito.

OFA (Operative Fallanalyse)
Hauptziele der OFA sind die Identifizierung von Serienstraftaten und die Erstellung von Täterprofilen bei schweren Straftaten wie Tötungs- und Sexualdelikten sowie Terroranschlägen. Kern der Ermittlungsstrategie ist die systematische Erfassung und Bewertung aller mit der Tat in Zusammenhang stehenden Informationen, um qualifizierte Hypothesen über den Tathintergrund aufstellen zu können. Operative Fallanalysen werden meist von den Landeskriminalämtern während oder nach den polizeilichen Ermittlungen durchgeführt. Wichtigstes Werkzeug der OFA ist in Deutschland ViCLAS.

Orangerie
Rauschende Feste feierten die Landgrafen im achtzehnten Jahrhundert in der barocken Gartenanlage im Darmstädter Stadtteil Bessungen, die 1716 Louis Remy de la Fosse im Auftrag des Landgrafen Ernst Ludwig baute. Im Orangeriegebäude werden heute Ausstellungen und Konzerte veranstaltet, der Garten steht der Öffentlichkeit zur Verfügung.

Pädagog
Von Darmstadts ältester höherer Schule, die 1629 fertiggestellt wurde, blieben nach der Brandnacht nur der Sockel, der Turm und das Wappen über der Kellertür. In den Achtziger Jahren des letzten Jahrhun-

derts bemühte sich die Bürgeraktion Pädagog erfolgreich um den originalgetreuen Wiederaufbau. Heute wird das Gebäude von verschiedenen Bildungseinrichtungen genutzt und beherbergt ein Lokal.

PCR
Polymerase Chain Reaction (Polymerase-Kettenreaktion) – biotechnisches Verfahren zur Vervielfältigung von DNA. Die PCR ist Voraussetzung, um die für einen genetischen Fingerabdruck notwendige DNA-Menge zu erhalten.

Pneumothorax
Akutes, lebensgefährliches Krankheitsbild, das durch Eindringen von Luft in den Spalt zwischen Lunge und Brustfell entsteht. Ursache können u.a. nach innen sprießende Rippenfrakturen sein.

RAF
Royal Air Force

REM
Raster-Elektronenmikroskop,

Stratigrafie
Teilgebiet der Geowissenschaften, die Schichtenkunde. Die S. ist die Lehre der Schichtungen und zeitlichen Zuordnung geologischer Ablagerungen und Formationen.

ViCLAS
Violent Crime Linkage Analysis System, ein in Ka-

nada entwickeltes Datenbank-System, das dort seit 1995 von der Royal Canadian Mounted Police eingesetzt wird. Das System basiert im Kern auf dem vom US-amerikanischen FBI eingesetzten VICAP-Programm. Die etwas sperrige deutsche Übersetzung lautet ›Analysesystem zum Verknüpfen von Gewaltdelikten‹ und zeigt die Aufgabe der Software – Erfassung und Auswertung deliktübergreifender, wiederkehrender Falldaten bei schwerwiegenden Straftaten.

Winco
RAF-Slang für Wing Commander.

*Weitere Krimis finden Sie auf den
folgenden Seiten und im Internet:
www.gmeiner-verlag.de*

Uta-Maria Heim
Totschweigen

228 Seiten, 11 x 18 cm, Paperback.
ISBN 978-3-89977-704-8. € 9,90.

Sie war schön, sie war jung, sie war unschuldig. Doch sie musste sterben. 22 Jahre nach dem Fund der »Kofferleiche« kann sie endlich identifiziert werden. Petra Clauss, ein 15-jähriges Mädchen aus Schramberg, wurde ermordet, zerstückelt und in drei Koffern verteilt im Stuttgarter Rosensteinpark abgestellt. Die LKA-Ermittler Anita Wolkenstein und Timo Fehrle müssen erfahren, dass der Identifizierungserfolg bei der Familie des Opfers auf wenig Gegenliebe stößt. Niemand hat mehr Interesse daran, an den alten Wunden zu rühren.

Erwin Kohl
Flatline

325 Seiten, 11 x 18 cm, Paperback.
ISBN 978-3-89977-715-4. € 9,90.

In Krefeld und Düsseldorf werden zwei Drogentote gefunden. Was die beiden verbindet, ist das nahezu identische Obduktionsergebnis: Im Körper der Toten befindet sich eine hohe Zahl künstlich manipulierter Hepatitis-Erreger. Wenig später wird im Blut eines vermeintlichen Selbstmörders eine ganze Reihe lebensbedrohlicher Viren entdeckt, allen voran eine bislang unbekannte Mutation des H5N1-Erregers.
Während LKA-Ermittler Joshua Trempe den mysteriösen Todesfällen auf die Spur geht, ringt sein Freund und Kollege Jack Holsten mit dem Tod. Er leidet unter dem unheilbaren Dengue-Schock-Syndrom. Die Ärzte geben ihm nur noch wenige Tage, als Joshua von einem universellen Impfstoff erfährt ...

Guido Seyerle
Schweinekrieg

327 Seiten, 11 x 18 cm, Paperback.
ISBN 978-3-89977-702-4. € 9,90.

Herbst 1984: Heinrich Bauer, ein ehrgeiziger Landwirt, kehrt von einem mehrjährigen Auslandsaufenthalt zurück. Entsetzt stellt er fest, dass das Schwäbisch-Hällische Landschwein beinahe ausgestorben ist. Er beschließt, die Rasse am Leben zu erhalten und zu züchten. Doch er hat die Rechnung ohne die alteingesessenen Schweinezüchter gemacht, die ganz und gar nicht von der neuen Konkurrenz begeistert sind. Was als Schlammschlacht beginnt, wird zu einem Krieg um die Schweine: Dubiose Unglücksfälle, Verleumdungen und Erpressungen häufen sich. Und als es den ersten Toten gibt, muss Bauer nicht mehr nur um die Existenz seiner Schwäbisch-Hällischen Landschweine fürchten.

Klaus Schuker
Brudernacht

374 Seiten, 11 x 18 cm, Paperback.
ISBN 978-3-89977-703-1. € 9,90.

In einem Wald am Stadtrand von Ravensburg wird die Leiche des pensionierten Arztes Josef Klimnich entdeckt. Neben ihm liegt sein Pudel mit abgeschnittenen Läufen. Wenig später wird ein weiterer Mann ermordet aufgefunden. Auch seinem Hund wurden sämtliche Läufe abgetrennt.
Die Polizei steht vor einem Rätsel und auch der ehemalige Kripobeamte Louis Astrella, der von Klimnichs Frau engagiert worden ist, kann sich keinen Reim auf die seltsamen Morde machen. Aber sein Instinkt sagt ihm, dass es eine Verbindung zwischen den beiden Opfern geben muss. Astrella beginnt sich durch ein Gestrüpp aus Gewalt, Lügen und dunklen Geheimnissen zu kämpfen …

Manfred Bomm
Beweislast

468 Seiten, 11 x 18 cm, Paperback.
ISBN 978-3-89977-705-5. € 9,90.

Kommissar Häberles neuer Fall scheint klar: Der in einem abgeschiedenen Tal am Rande der Schwäbischen Alb tot aufgefundene Berater der Agentur für Arbeit wurde von einem seiner »Kunden« ermordet. Eine ganze Reihe von Indizien, aber auch DNA-Spuren am Tatort, weisen zweifelsfrei auf Gerhard Ketschmar hin. Der 55-jährige Bauingenieur ist nach über einem Jahr erfolgloser Stellensuche psychisch und physisch am Ende und voller Hass, weil man ihn auf das Abstellgleis Hartz IV zu schieben droht. Doch während sein Prozess vor der Schwurgerichtskammer des Ulmer Landgerichts vorbereitet wird, kommen August Häberle erhebliche Zweifel. Wird möglicherweise ein Unschuldiger zu einer lebenslänglichen Haftstrafe verurteilt?

Manfred Köhler
Schreckensgletscher

274 Seiten, 11 x 18 cm, Paperback.
ISBN 978-3-89977-709-3. € 9,90.

Nelli Prenz ist nach siebenjähriger Weltumrundung mit dem Fahrrad auf dem Rückweg in ihre Heimatstadt Hof. Als sie an einem Alpenpass schwer stürzt, muss sie die Nacht in einer einsamen Berghütte verbringen. Nur der Wirt Andi leistet ihr Gesellschaft. Seine Hilfsbereitschaft wirkt jedoch aufdringlich. Besonders sein großes Interesse an Nellis Tagebuch und sein ominöses »Gletscherprojekt« erwecken Nellis Argwohn. Sie versucht zu fliehen. Doch es ist bereits zu spät: Die Falle schnappt zu. Nelli findet sich plötzlich in einem Stollensystem tief im kalten Eis des Gletschers wieder …

Jochen Senf
Nichtwisser

277 Seiten, 11 x 18 cm, Paperback.
ISBN 978-3-89977-711-6. € 9,90.

Fritz Neuhaus, ein kleiner »Schnüffler« und Moralist, gerät unversehens in eine heikle Lage. Sein chaotisches Leben ist schon schwierig genug; seine Kindheitserinnerungen und seine verkorkste Mutterbeziehung tun ein Übriges. Als dann noch eine geheimnisvolle rothaarige Frau auftaucht, überschlagen sich die Ereignisse: Die Rothaarige ist eine Agentin von Interpol und hat Kenntnis von mysteriösen Vorgängen in einem Flüchtlingslager nahe Saarbrücken. Ausgestattet mit einem Koffer voll brisanter Inhalte schickt sie Fritz Neuhaus, den die faszinierende Frau völlig in ihren Bann genommen hat, in eine »Schlacht« mit ungewissem Ausgang.

Sabine Klewe
Wintermärchen

226 Seiten, 11 x 18 cm, Paperback.
ISBN 978-3-89977-713-0. € 9,90.

Ein plötzlicher Wintereinbruch stürzt das Rheinland ins Chaos. Ausgerechnet an diesem Nachmittag gelingt Mario Brindi die Flucht aus der Klinik für Psychiatrie und Psychotherapie in Viersen-Süchteln. Er hat acht Frauen entführt und brutal gequält.
Am gleichen Abend verschwindet die Fotografin Katrin Sandmann spurlos. Sie wurde zuletzt in einem Parkhaus in der Düsseldorfer Altstadt gesehen. Was ist geschehen? Hat Brindi sich bereits sein neuntes Opfer gesucht? Ist Katrin in seiner Gewalt? Die Polizei glaubt nicht an einen Zusammenhang zwischen den beiden Ereignissen. Doch dann entdeckt ein Spaziergänger im Wald die grauenvoll zugerichtete Leiche einer jungen Frau …

**Monika Detering
Herzfrauen**

*274 Seiten, 11 x 18 cm, Paperback.
ISBN 978-3-89977-714-7. € 9,90.*

In unmittelbarer Nähe des Bielefelder »Wahlfamilienhauses« stürzt ein junger Mann, der Pharmazievertreter Till Matthusch, aus dem Fenster. Kurze Zeit später häufen sich Vergiftungen unter den Bewohnern dieses Wohnprojekts. Hauptkommissar Viktor Weinbrenner, der ebenfalls hier lebt, glaubt nicht an einen Zufall. Er beginnt zu ermitteln – genauso wie seine Mitbewohnerin Sybille Gott. Die Journalistin wittert in einem Artikel über Schenkkreise, den »Herzfrauen«, ihre große Chance. Plötzlich ergeben die mysteriösen Ereignisse im »Wahlfamilienhaus« einen Sinn. Viele Ungereimtheiten verdichten sich zu einem unheilvollen Bild. Und alle Spuren führen zu den Herzfrauen.

**Ella Danz
Steilufer**

*273 Seiten, 11 x 18 cm, Paperback.
ISBN 978-3-89977-707-9. € 9,90.*

An einem verregneten Sommertag wird in der Lübecker Bucht ein Toter gefunden. Sein Gesicht ist vollkommen zerstört; die Identifizierung ist zunächst unmöglich. Nicht weit vom Fundort entfernt wird der Pâtissier eines Feinschmeckerrestaurants, ein junger Algerier, vermisst. Der Fall scheint klar, denn auch das Motiv ist schnell gefunden: Rassismus. Tatverdächtig ist eine Clique Neonazis.
Anna Floric, die Chefin des Restaurants, bekommt es mit der Angst zu tun. Viele ihrer Mitarbeiter stammen aus Nordafrika. Ihre größte Sorge jedoch gilt Lionel, ihrem zwölfjährigen Sohn ...

Ihre Meinung ist gefragt!

Mitmachen und gewinnen

Als der Spezialist für Themen-Krimis mit Lokalkolorit möchten wir Ihnen immer beste Unterhaltung bieten. Sie können uns dabei unterstützen, indem Sie uns Ihre Meinung zu den Gmeiner-Krimis sagen!

....

Senden Sie eine E-Mail an gewinnspiel@gmeiner-verlag.de und teilen Sie uns mit, welchen Krimi Sie gelesen haben und wie er Ihnen gefallen hat. Alle Einsendungen nehmen automatisch am großen Jahresgewinnspiel teil. Es warten ›spannende‹ Buchpreise aus der Gmeiner- Krimi-Bibliothek auf Sie

Die Gmeiner-Krimi-Bibliothek

Das neue Krimijournal ist da!
2 x jährlich das Neueste
aus der Gmeiner-Krimi-Bibliothek

ISBN 978-3-89977-950-9
kostenlos

In jeder Ausgabe:

- Vorstellung der Neuerscheinungen
- Hintergrundinformationen zu den Themen der Krimis
- Interviews mit den Autoren und Porträts
- Allgemeine Krimi-Infos (aktuelle Krimi-Trends, Krimi-Portale im Internet, Veranstaltungen etc.)
- Die Gmeiner-Krimi-Bibliothek (Gesamtverzeichnis der Gmeiner-Krimis)
- Großes Gewinnspiel mit ›spannenden‹ Buchpreisen

Erhältlich in jeder Buchhandlung oder direkt beim:

 GMEINER-VERLAG

Im Ehnried 5
88605 Meßkirch
Tel. 07575/2095-0
Fax 07575/2095-29
info@gmeiner-verlag.de
www.gmeiner-verlag.de

Alle Gmeiner-Autoren und ihre Krimis auf einen Blick

Anthologien: Mords-Sachsen (2007) • Grenzfälle (2005) • Spekulatius • Streifschüsse (2003)
Artmeier, H.: Feuerross (2006) • Katzenhöhle (2005) • Schlangentanz • Drachenfrau (2004)
Baecker, H.-P.: Rachegelüste (2005)
Beck, S.: Duftspur (2006) • Einzelkämpfer (2005)
Bomm, M.: Beweislast (2007) • Schusslinie (2006) • Mordloch • Trugschluss (2005) • Irrflug • Himmelsfelsen (2004)
Bosch van den, J.: Wassertod • Wintertod (2005)
Buttler, M.: Dunkelzeit (2006) • Abendfrieden (2005) • Herzraub (2004)
Danz, E.: Steilufer (2007) • Osterfeuer (2006)
Detering, M.: Herzfrauen (2007)
Dünschede, S.: Deichgrab (2006)
Emme, P.: Killerspiele (2007) • Würstelmassaker • Heurigenpassion (2006) • Schnitzelfarce • Pastetenlust (2005)
Enderle, M.: Nachtwanderer (2006)
Erfmeyer, K.: Karrieresprung (2006)
Franzinger, B.: Bombenstimmung (2006) • Wolfsfalle • Dinotod (2005) • Ohnmacht (2004) • Goldrausch (2004) • Pilzsaison (2003)
Gardener, E.: Lebenshunger (2005)
Graf, E.: Elefantengold (2006) • Löwenriss • Nashornfieber (2005)
Gude, E.: Mosquito (2007)
Haug, G.: Gössenjagd (2004) • Hüttenzauber (2003) • Finale (2002) • Tauberschwarz • Riffhaie • Tiefenrausch (2002) • Höllenfahrt (2001) • Sturmwarnung (2000)
Heim, Uta-Maria: Totschweigen (2007) • Dreckskind (2006)
Heinzlmeier, A.: Bankrott (2006) • Todessturz (2005)
Karnani, F.: Turnaround (2007) • Takeover (2006)
Keiser, G.: Apollofalter (2006)
Keiser G./Polifka W.: Puppenjäger (2006)
Klewe, S.: Wintermärchen (2006) • Kinderspiel (2005) • Schattenriss (2004)
Klingler, E.: Königsdrama (2006)
Klugmann, N.: Kabinettstück (2006) • Schlüsselgewalt (2004) • Rebenblut (2003)
Kohl, E.: Flatline (2007) • Grabtanz • Zugzwang (2006)
Köhler, M.: Schreckensgletscher (2007)
Koppitz, R. C.: Machtrausch (2005)
Kramer, V.: Todesgeheimnis (2006) • Rachesommer (2005)
Kronenberg, S.: Kultopfer (2006) • Flammenpferd • Pferdemörder (2005)
Lebek, H.: Schattensieger • Karteileichen (2006) • Todesschläger (2005)
Leix, B.: Hackschnitzel (2006) • Zuckerblut • Bucheckern (2005)
Mainka, M.: Satanszeichen (2005)
Matt, G. / Nimmerrichter, K.: Schmerzgrenze (2004) • Maiblut (2003)
Misko, M.: Winzertochter • Kindsblut (2005)
Puhlfürst, C.: Rachegöttin (2007) • Dunkelhaft (2006) • Eiseskälte • Leichenstarre (2005)
Senf, J.: Nichtwisser (2007)
Seyerle, G.: Schweinekrieg (2007)
Schmitz, I. G.: Sündenfälle (2006)
Schmöe, F.: Schockstarre (2007) • Käfersterben • Fratzenmond (2006) Kirchweihmord • Maskenspiel (2005)
Schröder, A.: Mordsgier (2006) • Mordswut (2005) • Mordsliebe (2004)
Schuker, K.: Brudernacht (2007) • Wasserpilz (2006)
Schwab, E.: Angstfalle (2006) • Großeinsatz (2005)
Schwarz, M.: Zwiespalt (2007) • Maienfrost • Dämonenspiel (2005) • Grabeskälte (2004)
Steinhauer, F.: Narrenspiel (2007) • Seelenqual • Racheakt (2006)
Thadewaldt A./Bauer C.: Kreuzkönig (2006)
Valdorf, L.: Großstadtsumpf (2006)
Wark, P.: Epizentrum (2006) • Ballonglühen (2003) • Machenschaften (2002) • Albtraum (2001)
Wilkenloh, W.: Feuermal (2006) • Hätschelkind (2005)